남도정신과 송수권의 시 세계

저자 **김수형**

시인, 문학평론가
중앙대학교에서 「현대시조의 통시적 고찰」로 박사학위를 받았다. 2019년 《중앙일보》
중앙신인문학상을 수상했다. 2021년 한국예술위원회 아르코문학창작기금 시 부문,
2022년 아르코 비평활동 연구기금을 수혜하였다. 2023년 아르코문학 발표지원기금에
선정되었다.
목포대 호남문화콘텐츠연구소 공동 연구원, 한국학 호남진흥원 연구원으로 문학교재
발간과 강의를 하며, 「송수권 시에 나타난 소리이미지 형상화 방식」, 「송수권 시 세계
연구」 등의 논문을 발표하였다. 저서로 평론집 『존재의 푸른빛』 시집 『사랑한 것들은
왜 모두 어제가 되어버릴까』 등이 있다.

남도정신과 송수권의 시 세계

초판 1쇄 **인쇄** 2023년 6월 21일
초판 1쇄 **발행** 2023년 6월 28일

저   자 김수형
펴 낸 이 이대현

편   집 이태곤 권분옥 임애정 강윤경
디 자 인 안혜진 최선주 이경진
마 케 팅 박태훈

펴 낸 곳 도서출판 역락
주   소 서울시 서초구 동광로 46길 6-6(반포4동 문창빌딩 2F)
전   화 02-3409-2060(편집부), 2058(영업부)
팩   스 02-3409-2059
등   록 1999년 4월 19일 제303-2002-000014호
이 메 일 youkrack@hanmail.net
역락홈페이지 http://www.youkrackbooks.com

I S B N 979-11-6742-572-0 93810

남도정신과
송수권의 시 세계

김수형

역락

머리말

　이 책은 필자가 송수권의 시 세계에 대한 연구를 준비하면서 꽤 오랜 시간 동안 갈등하고 고뇌했던 흔적이다. 전통서정시의 마지막 주자라 할 수 있는 위대한 시인의 사상과 시 세계를 하나의 틀로 연구하는 것 자체가 너무나 방대한 작업임을 박사학위논문을 쓰면서 실감했기 때문이다. 송수권(1940~2016)은 1975년 『문학사상』에 「산문에 기대어」 등이 당선되어 등단한 이래로 전통서정을 현대적으로 계승·발전시킨 시인이다. 폭넓고 다양한 시적 특징을 지닌 시인이었기에 송수권이 일군 문학세계를 일정한 체계를 통해 엮어내는 작업이 결코 수월하지 않았다. 지금껏 직장과 도서관을 오가며 글을 쓰는 동안 몇 번이나 쓰러질 정도로 열중하였지만, 온전히 그의 시 세계를 분석하고 다루었는지 확언할 수는 없다.

　그럼에도 불구하고 필자는 이 글에서 초·중기에 해당하는 시집뿐만 아니라 그간 송수권 시 세계 연구에서 공백기에 해당하는 후기 시의 특징과 시사적 의의를 조명하고, 송수권 시문학의 전모를 총체적으로 분석해 보고자 하였다. 특히 지금껏 거의 고찰되지 않았던 음식시와 장편 서사시를 분석 대상에 포함시켰다. 그리하여 송수권의 시 세계를 다양한 각도에서 살펴보고 그 가치를 규명하는 과정에서 그의 문학세계가 좀 더 폭넓게 조망될 수 있는 방법을 모색하고자 했다. 작고하기 전까지 꾸준하게 창작활동을 펼친 송수권의 시 세계에 대한 시사적 의의를 규명하고, 객관적 가치를 조망하는 것은 한국 현대시의 위상을 정립하는 작업의 일환이기 때문이다.

　한국현대시사에서 송수권은 '남도'라는 공간에 문학적 뿌리를 내리고 우리 국토는 물론 민족과 역사의식으로까지 시 세계를 확대하였다는 의미에서 소월 → 영랑 → 백석 → 서정주 → 박목월 → 박재삼으로 이어지는 전통 서정시의 맥을 잇는 시인으로 평가되어 왔다.

그러나 지금까지 송수권의 시에 대한 논의는 그 범위와 대상이 시 세계 전반을 아우르지 못하며, 소재와 주제를 바탕으로 엇비슷한 담론이 되풀이 되는 문제점이 발견되고 있다. 특히 송수권이 우리 민족의 주체적인 역사 인식을 보여주고자 의욕적으로 집필한 제12시집 『달궁아리랑』(2010), 후기 에 천착한 음식시의 진경을 보여주는 제13시집 『남도의 밤 식탁』(2012)을 비롯하여 제14시집 『빨치산』(2012), 제15시집 『퉁』(2013), 제16시집 『사구시 의 노래』(2013), 제17시집 『허공에 거적을 펴다』(2014), 제18시집 『흑룡만리』 (2015)와 같이 후기시의 특성을 망라하여, 그의 시 세계를 남도적 서정과 역사인식에 초점을 두고, 총체적으로 분석하려는 시도는 아직 없었다.

이런 점을 염두에 두고 이 책은 송수권 시에 투영된 문학적 지향성과 구현 양상을 중심으로 그의 시 세계를 전반적으로 다루었으며, 이를 바탕으 로 송수권의 시문학이 지니는 시사적 의의를 조명하였다.

『남도정신과 송수권의 시 세계』는 크게 3부로 나뉜다.

1부는 시인의 문학적 생애와 이 책의 이론적 전거에 관한 글이다. 2부는 그의 문학적 지향성과 시 세계의 구현양상에 따른 주제의식 유형과 이미지 를 다루었다. 1장에서는 문학적 지향성에 따른 전통정신의 추구, 남도적 서 정성과 자연친화, 공동체적 한과 역사의식을 다루었다. 즉, 남도 3대정신과 토속성을 토대로 하는 송수권의 시가 민중적 힘의 분출을 통해서 퇴영적 한을 극복하고, 역사의식을 통해 전통서정의 영역을 새롭게 확장하는 양상 을 다루었다.

2장에서는 송수권 시의 문학적 구현 양상을 두 가지 측면에서 살펴보았다.

1절은 어법과 가락의 특징을 다루었다. 대화체의 활용, 시어의 반복 및 민요 가락의 변형을 통해서 그의 시가 전통적인 리듬을 계승하고, 자신만의 시 세계를 공고히 하였음을 조망한다. 그리고 사라져 가고 있는 우리말을 적극적으로 활용함으로써 모국어의 표현 영역을 확대한 점과 이야기시를 통해서 그의 시가 우리 민족의 정서와 보편성을 획득하는 방안과 의미 양상을 다룬다.

2절은 이미지의 양상을 살펴본다. 꽃과 풀을 통한 생태적 이미지, 소리를 통한 역동적 이미지, 음식을 통한 원초적 이미지, 곡선을 통한 순환적 이미지에 대해 살펴보았다.

3부는 송수권의 전통서정시가 지닌 시사적 의의와 그 가치를 살펴본다. 한국전통서정시의 계보를 전승한 송수권은 전통적인 자연이나 개인의 내면 세계를 노래한 것에 그치지 않았다. 그의 시는 역사적 현실과의 거리를 두지 않고, 공동체적 의지를 시에 투영함으로써 종래의 전통서정시가 지닌 나약함과 공허함을 극복한 것으로 알려져 있다. 그럼에도 불구하고 지면의 한계로 인해 모든 작품을 유형화하고 더 다양한 시각으로 송수권의 문학세계를 살펴보지 못한 것은 아쉬움으로 남는다.

어찌 보면 한 시인의 시적 관심이 반드시 논리적이고 일관된 흐름 속에서 진행되는 것이 아니기에 송수권 시의 전반적인 의미와 지향성을 하나의 틀로 파악하고자 한 시도 자체가 과욕일 수도 있을 것이다. 그러나 이 책은 위대한 시인의 사상적 전거와 시집 전체를 아우르면서, 시에 내재된 함의와 시사적 의의까지 규명함으로써 그의 시 세계 전반을 새롭게 조망한 첫 시도였다는 점에서 그 의미를 두고자 한다. 송수권의 시를 총체적으로 파악하고자 한 이 저작을 통해서 향후 그의 문학세계에 대해 더욱 풍성한 담론과 연구가 이루어지기를 기대하며, 여기에서 다루지 못한 점은 후속 연구를 위해 남겨두기로 하였다. 추후에 다시 고구하게 될 송수권 시 세계의 변모양상에 따른 주제의식 분류나 그 상관관계를 살펴보는 일도 꽤 흥미로운 작업이 될 듯하다.

2023년 5월 김 수 형

● 차례

제3부 시사적 의의

제1부

송수권의 시 세계 입문

1장_ 시인의 문학적 생애와 평가

송수권은 1975년 『문학사상』에 「산문에 기대어」 외 4편이 당선되어 등단한 이래 2016년 타계할 때까지 활발한 문단 활동을 하였다. 그가 펴낸 작품집은 시력 41년 동안 첫 시집 『산문에 기대어』를 비롯한 18권의 개인 시집과 시선집, 산문집까지 포함하면 71권에 이른다.

이렇듯 방대한 창작에도 불구하고 그의 작품은 일정한 수준을 유지하여 태작이 없다는 것이 평단의 중론이다. 제1시집 『산문에 기대어』에서부터 마지막 시집인 제18시집 『흑룡만리』에 이르기까지 언어와 가락, 전통서정에 대한 그의 천착은 여일하게 이루어졌다.

주지하다시피 송수권은 한국현대시사에서 전통서정을 성공적으로 계승한 시인으로 자리매김되어 있다. 그의 시는 자연 친화적 세계관을 비롯하여 민중의식과 역사의식, 문명 비판까지 다양한 스펙트럼을 보여주었고, 어떤 포에지와 결합하더라도 시종일관 전통서정의 결을 버리지 않았다. 이에 따라 송수권은 언어에 대한 순결성을 지키고[1] 순수서정시의 영역을 확대한 시인으로 평가되어왔다.

그러나 이러한 평가나 위상에도 불구하고 그의 시에 대한 총체적인 연구는 아직 미미한 실정이다. 지금껏 그에 대한 연구가 꾸준하게 진행되어왔고, 일정한 성과를 도출한 것도 사실이지만 대부분이 초·중기 시에 국한되어 있어 후기 시 세계까지를 포함한 총체적인 분석이 미흡한 실정이다.[2] 여타의 저작들과 연구물 또한 주로 인상비평 같은 단평류에 그치는 한계를 드러내고 있다.

송수권이 문단의 집중적인 주목을 받게 된 것은 1988년 제2회 소월시문학상을 받으면서부터이다. 당시 한국시단은 정치·사회적 변화와 맞물리면서 본래의 취지와는 다르게 상당히 왜곡된 성향을 드러내고 있었다. 주지하다시피 한국 현대시사는 전통지향과 근대지향이라는 양축의 상호교체 양상을 띠었다. 1920년대 회월과 팔봉의 '내용·형식 논쟁'이 1950년대의 '순수·참여 논쟁'으로 이어졌고, 이는 1960년대를 뜨거운 문학 담론의 장으로 만들었다. 이러한 순수 대 참여라는 이분법적 구도는 1970~1980년에도 여전히 유효한 문학적 패러다임을 구축하고 있었다. 급격한 근대화정책의 영향으로 기존 사회질서가 무너지면서, 인식의 변화가 요구되던 혼돈의

---

1   남도의 도속적 가락에 실은 송수권의 시어는 순결한 삶, 순수한 원형적 인간성을 유지하고자 하는 그의 지향성을 드러내는 상징태로서의 담론이다. (진순애, 2005, 「남도의 비가, 그 순결의 언어―시어를 통해 본 송수권의 시세계」, 『송수권 詩 깊이 읽기』, 나남출판.)

2   가장 최근 논문인 김교은의 박사학위논문(2020)은 제15시집 『툉』(2013) 이후 제16시집 『사구시의 노래』(2013), 제17시집 『허공에 거적을 펴다』(2014), 제18시집, 『흑룡만리』(2015) 등 4권의 시집을 논의의 대상에서 제외하였다. 이 책은 송수권(1940~2016) 시인의 문학적 지향성과 구현 양상을 중심으로 시 세계 전반을 고찰하고자 하는 데 목적이 있다. 보다 구체적으로 말하면, 송수권의 시적 인식이 그의 시에 어떻게 수용되어 있는지를 살펴보기 위해 주제의식과 형식적 특징을 규명함으로써 그의 시 세계가 우리 현대시사에서 지니는 의의를 재조명하고자 한다.

시대였기 때문이다.

특히 송수권이 문단 활동을 시작한 1970년대는 산업화·도시화가 진행됨에 따라서 대도시로 농촌 인구가 대거 유입되던 시기였다. 농촌공동체가 붕괴되면서 오랫동안 이어져 내려온 전통문화는 단절될 위기에 처해 있었다. 또한 당대의 시적 경향은 군부독재라는 엄혹한 시대적 배경 때문에 이를 타개할 만한 이념적인 경향이 우세하였고, 모더니즘에 경도된 시들이 유행했다. 따라서 전통서정시가 명맥을 유지하기는 했지만, 민중시와 실험시가 난무하던 상황에서 전통서정시는 진부한 것으로 치부되는 형국이었다. 당시 전통적 성향이 강한 서정주의 「질마재신화」(1974~1975)가 『시문학』에 게재된 것은 이러한 상황에 대한 반작용의 일환이었다.

하지만 송수권은 당대의 시류에 편승하지 않고, 문학의 공리성보다 새로운 시적 언어를 신뢰하면서 자신만의 독자적인 공간을 구축하고자 했다.[3] 즉, 그의 시는 토속적 서정을 기반으로 출발하였으나 여기에 안주하지 않고 한층 더 심화된 세계로 이행하였다. 필자가 송수권(1940~2016)[4] 시인의 문학적 지향성과 구현 양상을 중심으로 시 세계 전반을 고찰하고자 하는 이유가 여기에 있다. 송수권이 김영랑과 서정주, 박재삼의 계보를 잇고

---

3 송수권의 시에서 남도는 특화된 공간으로써 상징적인 기능을 한다. 또한, 그의 시는 전통적 소재와 토속성에서 오는 친숙함이 있지만, 백석의 시처럼 자신만의 시적 문법을 통해 형상화됨으로써 낯설고도 강한 힘을 지닌다. 따라서 송수권의 시는 한국 현대서정시의 기틀을 마련한 김소월과 김영랑, 서정주, 박재삼의 계보를 이어받았다고 평가할 수 있지만, 그들의 시와 구분되는 남다른 지점이 있다.

4 전남 고흥에서 태어난 평전(平田) 송수권(宋秀權)은 서라벌 예술대학교를 졸업하였다. 1975년 『문학사상』 신인상으로 등단한 그는 제1시집 『산문에 기대어』를 기점으로 타계하기 전까지 18권의 시집과 5권의 시선집, 5권의 창작 이론서를 비롯한 산문집, 음식문화 기행집 등 71권의 작품집을 출간하였다.

있지만, 그의 시 세계에는 이들의 시에서 볼 수 없는 특성이 나타나기 때문이다. 구체적으로 말하자면, 필자는 송수권의 시적 인식이 그의 시에 어떻게 수용되어 있는지를 살펴보기 위해 주제의식과 형식적 특징을 규명함으로써 그의 시 세계가 우리 현대시사에서 지니는 의의를 재조명하고 싶었다. 따라서 송수권 시에 나타난 시적 기법과 한의 양상, 민중의식·역사의식 등을 살펴보고, 그 시사적 의의를 다음과 같은 측면에서 다뤄보고자 했다.

첫째, 송수권의 시와 한국의 전통서정시는 어떻게 다른가.

둘째, 그가 구사하는 시적 기법과 주제의식은 어떻게 구현되는가.

셋째, 송수권의 시 세계가 지니는 시사적 의의는 무엇인가.

송수권은 2013년부터 2015년까지 3년 동안 무려 4권의 시집을 발간하며, 자신의 시 세계를 종합하고자 애쓴 것으로 보인다. 따라서 이 시기에 집필된 시편들은 시 세계의 완결판으로서의 의미를 지닌다 할 수 있다. 그의 고향을 형상화한 『사구시의 노래』(2013)가 시인의 투병 중에 집필되었음이 이를 방증한다. 그럼에도 불구하고 선행연구들은 이러한 노력이 집중된 후기 시의 대부분을 연구 범위에서 배제하고 있어 한 시인의 시 세계를 온전히 이해하고 고찰했다고 볼 수는 없을 것이다.

특히 송수권의 시는 오늘날 현대시에서 잘 쓰이지 않는 운율과 가락이 두드러지게 나타난다. 즉, 시어의 반복, 판소리 가락을 통한 주술적 리듬과 샤먼적인 시어가 혼용된 시편들을 어렵지 않게 찾아볼 수 있다. 이런 점에서 그가 견지한 전통 서정은 과거의 퇴영적인 정서가 아니라 근대적 문명의 폐해를 초극할 수 있는 하나의 방법론이자 시적 의장(意匠)으로 선택되었을 가능성이 높다. 그렇다면 오늘날 그의 시는 어떤 의미가 있을까? 만일 의미가 있다면 어떻게 구현되고 그 지향점은 어디로 귀결되는가? 필자의 문제의식과 의문은 여기에서 출발하였다. 이런 점을 염두에 두고 이 책에서는 치열한 현실 인식과 역사의식, 반 근대와 문명에 대한 비판적 사유를 아우르는 송수권의 시 세계 전반을 분석해보고, 그가 평생의 화두로 삼은 남도정신이 시 세계에 어떻게 삼투되었는지를 고찰하고자 한다. 이를 바탕으로 송수권의 시 세계가 한국 현대시사에서 어떤 시사적 가치를 지니는지 규명하게 될 것이다. 무엇보다 송수권의 시가 전통정신의 추구와 역사 현실이라는 맥락에서 형성되어 왔음을 감안할 때, 이러한 시대적 자장(磁場) 속에서 그의 문학적 지향성이 지니는 의의를 살펴보는 것은 한국 현대시의 위상 정립을 위하여 매우 중요하다고 판단하였기 때문이다.

2장_ 이론 분석 및 사상적 전거

지금까지 발표된 송수권 시에 대한 연구와 저작들은 그의 시력이나 작품 활동에 비하면 그 결과물이 많은 편은 아니라고 할 수 있다. 이를 학술지와 학위논문으로 2분하여 살펴보면 학술지 논문 59편, 학위논문 12편(박사학위 논문 1편, 석사학위논문 11편)이 있다.

이 연구들은 크게 두 가지 측면으로 구분되는데, 작가·작품론을 중심으로 한 내용적인 측면의 연구와 형식적 연구가 그것이다.

학술논문[5]의 내용과 형식적 측면을 살펴보면 다음과 같다.

---

5   학술지에 대한 논의는 이 글의 테마와 연관 있는 주제들을 성격별로 총망라한 후에
     그것의 구체적 내용을 다시 언급하기로 하겠다.

첫째, 전통서정을 바탕으로 하는 자연 친화적 세계관과 역사의식에 관한 논의들이다. 대표적 연구자로는 김준오와 오세영, 고형진 등이 있다. 이들 외에 김재홍, 배한봉, 전정구, 정재민, 신덕룡, 염창권, 이형기 등이 의미 있는 연구 성과를 도출하였다.

둘째, 형식적 측면의 연구로서 시어와 가락에 나타난 언어적 특징과 시 창작에 관한 방법론적 특성 연구가 주를 이룬다. 그리고 방법적 특성은 다시 두 가지로 나뉘는데, 하나는 시의 구조와 독특한 이미지 대한 논의이고, 다른 하나는 송수권의 독자적인 시 세계를 이루게 한 고전과 설화의 차용 및 시의 유형론에 관한 연구가 그것이다. 대표적인 연구자는 김선태, 박윤우, 박호영, 장경렬, 진순애, 이사라, 염창권, 오세영, 이대규, 이희중 등이 있다.

다음은 학위논문[6]이다.

송수권 시에 관한 최초의 학위논문인 강선례는 논의가 범박하고, 송수권

---

6   12편의 학위논문을 성격별로 분류하면 작가론 4편, 시창작 방법 연구 2편, 시의 특성 연구 6편이다.
    강선례, 2006, 「송수권 시의 서정성 연구」, 인천교육대학교 석사학위논문.
    유은희, 2007, 「송수권 시 연구」, 원광대학교 석사학위논문.
    소영란, 2007, 「송수권 시 연구」, 순천대학교 석사학위논문.
    문채열, 2007, 「송수권 시 연구」, 한국교원대학교 석사학위논문.
    김수영, 2008, 「송수권 시의 전통성 연구」, 한국교원대학교 석사학위논문.
    김종덕, 2008, 「송수권 시 창작방법 연구」, 한남대학교 석사학위논문.
    최나진, 2009, 「송수권 시 세계의 변모 과정 연구」, 중앙대학교 석사학위논문.
    이진영, 2009, 「송수권 시 창작방법 연구」, 중앙대학교 석사학위논문.
    김경선, 2012, 「송수권 시의 풍류정신 연구」, 조선대학교 석사학위논문.
    손나영, 2013, 「송수권 시의 남도적 특성 연구」, 목포대학교 석사학위논문.
    이태범, 2019, 「송수권의 서정적 상상력 연구」, 전남대학교 석사학위논문.
    김교은, 2020, 「송수권 시의 토속성 연구」, 동신대학교 박사학위논문.

시의 시적 어조와 특성에 대한 유은희의 논문은 주제에 비해 그 내용이 소략하다. 김소월과의 대비를 통해서 송수권의 시 세계가 한국시의 전통성을 어떻게 이어가고 있는지를 고찰한 김수영의 논의는 흥미를 끈다. 이 논문은 김소월의 시적 어조와의 대비를 통해서 송수권의 시가 전통성을 현대적으로 계승하였음을 규명하였다. 송수권의 시관을 바탕으로 '우리 것'에 대한 애정과 역사의식, 자연 세계와 생명의식을 논의한 문채열의 연구는 형식적 특징에 대한 고찰이 간과되어 있다. 송수권 시의 창작 방법을 연구한 김종덕은 한(恨)의 발생 배경을 중심으로 한의 풀이와 형상화 방식을 논의했고, 이진영은 소리와 곡선의 상상력을 통해 창작기법을 분석했는데, 기존 논의보다 발전된 견해를 제시하지는 않았다.

최나진은 남도의 3대 정신을 바탕으로 송수권 시의 지형학적 변모 양상을 논의하였다. 이에 비해 김경선은 풍류정신을 토대로 송수권 시의 구현 양상을 연구하였다. 하지만 두 연구 모두 서정주의 신라정신과의 접점에 대한 논의를 간과하였다. 소영란은 토속어의 활용과 판소리, 민요 등 남도 가락의 차용과 함께 남도 3대 정신을 제시하면서 송수권 시의 남도적 특성을 논의하였다.

한편, 가장 최근의 학위논문으로는 이태범과 김교은의 논문이 있다. 송수권 시에 나타난 서정적 상상력을 초월적 상상력, 생태적 상상력, 역사적 상상력으로 나누어 고찰한 이태범의 논의는 일리가 있다. 하지만 송수권의 음식시에 나타난 원초적 상상력의 구조를 간과하였다. 김교은은 송수권 시의 토속적 서정성을 연구하였는데, 남도 언어의 토속적 원형, 한과 흥의 발현과 함께 리얼리즘적 측면까지 논의를 확대한 점에서 의미가 있다 하겠다. 하지만 2020년에 발표된 논문임에도 불구하고 실증적 연구 측면에서 문제점을 안고 있다. 송수권의 후기 시 세계를 다루었음에도 불구하고, 근거를 밝히지 않고 기본 텍스트에서 시집 4권을 배제하였고, 참고 자료로 삼은 학술지 논문 역시 2010년까지의 자료만을 대상으로 했다. 따라서 송수권 시 세계의 총체적인 특징을 논의하지 못하였으며, 작품 분석의 밀도가 떨어지는 한계를 보였다.

이상과 같이 그의 시는 선행연구에서 주로 방법적 프레임에 의하여 단편적으로 논의되었기에, 송수권 시 세계의 구현 양상과 지향성을 체계적으로 파악하는 데 한계가 있다. 한편, 이 책의 주제와 관련 깊은 핵심적 연구물을 유형화하여 망라하면 다음과 같다.

먼저, 작가론[7]적 관점에서 바라본 연구이다. 송수권이 추구한 문학적 지

---

7   김준오, 2005, 「곡선의 상법과 전통」, 홍영·정일근 외, 『송수권 詩 깊이 읽기』, 나남.
     김선태, 2016, 「송수권의 詩論 정립을 위한 試論 — 남도 3대정신을 중심으로」, 『한국현대문학이론연구』, 67권, 현대문학이론학회.
     ____, 2009, 「송수권 시의 가락 연구」, 『현대문학이론연구』 제39집, 현대문학이론학회.
     김재홍, 1998, 「우주율 또는 생명의 가치화」, 『수저통에 비치는 저녁노을』 해설, 시와시학사.
     김완하, 2005, 「탈속의 시간과 공간을 찾아서」, 『시와정신』, 가을호.
     나태주, 1991, 「뻐꾸기 울음은 보랏빛, 꾀꼬리 울음은 황금빛」, 『시와시학』, 가을호.
     박영호, 1999, 「노을처럼 빛나는 유장함」, 『현대시』, 4월호.
     배한봉, 2019, 「고향의 장소성과 공간 연구」, 『비교한국학』.
     이선이, 1996, 「황토빛 서정과 내성의 시」, 『시와시학』, 겨울호.
     이성선, 1999, 「낙조 속의 날개 울음」, 『시와시학』, 여름호.
     이형기, 1991, 「고향, 전통 그리고 조국」, 『문학사상』, 11월호.
     전정구, 1999, 「화음을 동반한 생명의 숨결」, 『시와시학』, 여름호.
     진순애, 1996, 「남도의 비가, 그 순결한 언어」, 『서정시학』, 6월호.
     오세영, 2005, 「토속적 세계관과 생명존중의 시」, 송수권, 『우리나라의 숲과 새들』, 고요아침.
     허형만, 1991, 「사랑과 따뜻함의 시정신」, 『금호문화』, 9월호.
     허혜정, 1996, 「저음과 내성의 시」, 『서정시학』, 6월호.

향성은 그동안 크게 두 가지 방향에서 다루어져 왔다. 하나는 시인이 천착한 자연 세계, 다른 하나는 전통정신을 탐구한 논의이다. 이러한 연구물은 원형적 삶에 대한 송수권의 그리움이 향토적인 소재, 민담적 배경과 어우러져 민족의식과 역사의식으로 표출된다고 지적한 공통점이 있다. 이를 다시 성향별로 구분하여 살펴보면 다음과 같다.

김준오는 재생과 부활의 순환적인 시간성을 추출하여 송수권의 시를 '곡선의 상법'으로 해명하였다. 그는 송수권의 시가 전통과 현실, 한과 힘, 여유와 역사의식 등이 어우러져 더 큰 생명에 대한 사랑으로 승화한다고 밝히고 있다.[8]

고형진은 "토박이말로 빚은 겨레의 소리와 정신"이란 평론에서 송수권 시 세계를 '소리의 상법'으로 해명하였다.

오세영은 애니미즘과 샤머니즘을 통해서 송수권의 시를 분석하며, 송수권이 전통적 한을 삭이고 승화시키는 방법으로써 이들을 채택했다고 보았다.[9] 샤먼의 전통을 사적으로 복원하는 것은 전통서정시의 계보에서도 특이한 사례에 해당한다고 할 수 있는데, 이런 성향에 대하여 남기혁도 주술 제의적 성격을 띤 소리의 양상에 주목했다.[10] 이러한 전통정신을 오세영은

---

8   김준오, 2005, 앞의 책, 39쪽.
9   오세영, 2005, 앞의 책, 185-186쪽 참조.
10   "송수권의 소리는 주술적 제의적 성격을 지닌다. 마치 샤먼의 넋두리와 같이 주술사의 마법과 같이 그는 소리를 통해 근원적 세계의 현현을 이루어낸다. (…중략…) 억눌린 타자의 세계를 시적으로 복원하며 희망으로 투사하는 독특한 상상력은 기존의 전통주의 시에서 나타나는 퇴영적 복고적인 상상력과는 근본적으로 구별된다. 역사주의적 상상력과 결합되는 서정시는 그래서 현대적 삶의 형식이 은폐하고 있는 민족적 전통에 대한 고통의 기원이 무엇인지 밝혀주는 등불과도 같다. 이런 점에서 송수권의 시가 인간이 통제할 수 없는 혼의 세계, 즉 초시간성을 노래하기 때문에 서정시의 본령과

고전, 역사, 민속, 설화, 향토 생활, 무속적 세계관으로 세분해서 논의했다. 김선태는 오세영이 언급한 여섯 가지의 세계관에 풍류의식과 음식을 추가하며, 이 모든 세계관의 기저에는 생명존중 사상이 깔려있다고 바라보았다.[11]

한편 오세영은 전술한 전통정신에 대한 담론과는 별도로 송수권의 시에서 자연에 대한 관점이 조금씩 달라지는 것에 주목하고, 송수권의 시 세계를 3단계로 구분했다. 1기인 애니미즘으로서의 자연, 2기인 생활공간으로서의 자연, 3기인 생태 환경으로서의 자연이 그것이다. 그런데 오세영의 저작은 그 범위가 제10시집인 『파천무』(2001)까지로 되어 있어서, 그 이후에 집필된 작품에 대한 분석이 빠져 있다. 따라서 송수권의 시 세계에서 중요한 의미를 지니는 음식시와 장편 서사시에 대한 연구가 거의 이루어지지 못하였다.[12]

다음은 송수권 시 세계를 풍류정신과 연계하여 평가한 연구이다.

김경선, 김선태, 최나진, 배한봉 등은 풍류의식이 상상력의 근원으로 작동되었음을 지적하며, 이런 발상법이 송수권의 시에서 구현되는 양상을 분석했다. 김경선은 풍류정신이 송수권의 시에 삼투되는 과정에서 '남도'라는 지형학적 배경이 크게 작용하였음에 주목했다. 송수권의 시 세계가 남도의 고유한 문화와 전통정신을 배경으로 형성되었으며, 그것이 송수권

시적 경지에 올라섰다"라고 평가하였다(남기혁, 2005, 「경계 너머에서 울려오는 전통의 목소리 ─ 송수권론」, 『유심』, 봄호, 227쪽.)

11   김선태, 2016, 앞의 글, 38~39쪽.

12   오세영의 글은 『불교문예』 2004년 겨울호에 실려 있으므로 2005년에 발간된 제11시집, 『언 땅에 조선 매화 한 그루 심고』 이후 시집들은 논의에서 배제되어 있다.

의 시적 뿌리임을 지적한 것이다. 풍류정신은 동양주의, 조선주의에서 유래한 것으로 최남선, 김범부, 김동리 등에 의해서 제기되었는데, 이 연구는 이와 같은 역사적 맥락을 형성하고 있는 풍류정신을 송수권의 시 정신과 연계하여 고찰한 점에서 의미가 있다.[13] 이와 연장선에 있는 최나진의 연구는 지형학적 측면에서 송수권 시의 남도정신을 다루었다. 즉, '대의 정신', '황토 정신', '뻘의 정신'으로 축약되는 세 가지 남도정신이 그의 시에 어떻게 투영되었는지 파악하며, 그의 시에 나타난 상상력이 '남도'라는 공간에서 배태된 지형학적 상상력임을 지적했다. 김경선의 논문이 풍류정신과 관련지어 송수권 시에 나타난 상상력을 해명했다면, 최나진은 '남도의 3대 정신'으로 작품을 분석한다는 점에서 차이를 보인다. 이상의 연구들은 송수권의 시 세계를 한국의 전통정신과 연계해서 분석한 의의가 있지만, 연구 범위가 초·중기의 시에 국한된 한계를 보인다.

주제론적 연구는 초기 시에 나타난 고향에 대한 그리움을 논의한 연구, 초·중기 시에 나타난 역동적인 한의 표출과 민중에 대한 논의이다. 그리고 후기시의 치열한 현실 인식을 토대로 하는 역사의식을 논의한 연구로 나뉜다.[14]

첫째, 고향의 그리움에 대하여 논의[15]한 대표적인 연구자로는 신덕룡,

---

13 김경선, 2012, 앞의 논문.
14 그런데 송수권의 시 세계는 이러한 시적 경향성과 각각의 주제가 단독적으로 존재하는 것이 아니라 종합적으로 섞여 있다.
15 고형진, 1996, 「토박이말로 빚은 겨레의 소리와 정신」, 『서정시학』, 6월호.
    김재홍, 2005, 「우주율 또는 생명의 가치화」, 홍영·정일근 외, 앞의 책.
    김선태, 2016, 앞의 글.
    신덕룡, 1997, 「꿈꾸기 혹은 그리움의 시학」, 『시와사람』, 겨울호.

염창권, 이형기 등이 있다. 이들은 공통적으로 송수권 시가 천착하는 시적 대상인 고향이 실제적인 의미가 아니라, 과거의 행복했던 기억 속에 존재하는 공간임을 지적하고, 고향에서의 체험이 송수권의 초기 시 세계를 형성한다고 분석했다.

신덕룡은 현재의 좌절을 극복하는 방법의 하나로 송수권이 선택한 것은 '온전했던 삶에 대한 꿈꾸기'라고 평하며, 송수권의 시가 유년의 추억을 소환하는 것도 원형적 삶을 지향하기 때문이라 진단했다.[16] 이형기는 송수권의 시에서 세계에 대한 주체의 소외와 단절감은 모성의 상실과 고향의 부재로 나타나며, 그의 시에 상실감과 비애가 깔린 것은 이 때문이라 분석하였다.[17] 염창권은 송수권이 유년의 고향을 노래하는 것은 현실적 삶의 원초적인 통일성을 회복하고자 하는 열망이라고 밝히면서, 이를 통해 송수권의 시가 전통의 재창조라는 시적 성취를 이루었다고 바라보았다.[18] 김선태는 그의 시가 희구하는 원형적 삶은 남도에 있고, 직선화된 도시의 각박함 속에서 송수권이 늘 고향을 그리워하였으며, 시작 활동을 통해서도 고향의 정서와 가락을 잃지 않으려고 노력한 점을 강조했다.[19]

    염창권, 1993, 「흔적 찾기와 흔적 되살리기」, 『비평문학』 제7집, 한국비평문학회.
    이성선, 2005, 「낙조 속의 날개 울음」, 홍영·정일근 외, 앞의 책.
    이형기, 1991, 「고향, 전통 그리고 조국」, 『문학사상』, 11월호.
    진순애, 1996, 「남도의 비가 그 순결의 언어」, 『서정시학』, 6월호.
    허형만, 1991, 「사랑과 따뜻함의 시 정신」, 『금호문화』, 9월호.
    황치복, 1999, 「그늘과 뻘밭의 우주율」, 『현대시학』, 2월호.
16 신덕룡, 2005, 「꿈꾸기 혹은 그리움의 시학」, 홍영·정일근 외, 앞의 책, 184쪽 참조.
17 이형기, 2005, 「고향, 전통 그리고 조국」, 홍영·정일근 외, 위의 책, 73-74쪽 참조.
18 염창권, 2005, 「흔적 찾기와 흔적 되살리기」, 홍영·정일근 외, 앞의 책, 211쪽 참조.
19 김선태, 2016, 앞의 글, 39쪽과 50쪽 참조.

둘째, '우리 것'에 대한 애정과 한의 표출, 언어와 가락을 살핀 논의[20]
이다.

송수권 시의 '한'을 논의한 대표적 연구자로는 이선이, 정재민, 김종덕,
조연정 등을 들 수 있다. 이들은 다른 전통시에서 나타나는 애상적인 한의
정서를 송수권이 역동적인 힘으로 표출했다고 평가하였다. 이 외에 다수의
연구자가 우리 민족의 마음속에 면면히 이어져 내려온 사적인 한을 송수권
이 공동체적인 것으로 승화시켰다고 보았다.

셋째 언어의 특성에 관한 연구[21]로는 김선태, 김수영, 배한봉, 장경렬,

20　고형진, 1996, 앞의 책.
　　김종덕, 2008, 「송수권 시와 한의 배경 연구」, 『한남대학교 어문학회』 32호, 한남대
　　어문학회.
　　김재홍, 1998, 앞의 글.
　　박윤우, 2003, 「민족적 삶의 곡진한 가락 혹은 서정 언어의 육화에 이르는 길」, 『시와시
　　학』, 가을호.
　　류지현, 1996, 「시인의 성찬, 꽃과 고요가 놓인 - 송수권의 근작시를 중심으로」, 『서정
　　시학』, 6월호.
　　＿＿＿, 2008, 「송수권 시에 나타난 식물적 상상력의 미학 연구」, 『우리어문학연구』
　　32권, 우리어문학회.
　　장경렬, 1999, 「인식의 전경화와 시적 소재로서의 언어」, 『시와시학』, 여름호.
　　조연정, 2005, 「송수권 시론에서 한의 의미」, 『한국문화』, 6월호.
　　오세영, 2005, 앞의 글.
　　이선이, 1996, 「황토빛 서정과 내성의 시」, 『시와시학』, 가을호.
　　정재민, 1985, 「한에서 솟아나는 힘의 언어」, 『육사신보』 249호.
　　정호웅, 1989, 「<산문에 기대어>에 나타난 불과 물의 역동적 상상력」, 『문학사상』,
　　11월호.
　　진순애, 1996, 「남도의 비가 그 순결의 언어」, 『서정시학』, 6월호.
　　황치복, 1999, 「그늘과 뻘밭의 우주율」, 『현대시학』, 2월호.
21　김선태, 2009, 앞의 글, 37~52쪽.
　　김수영, 2008, 앞의 글, 7~27쪽.
　　유은희, 2007, 앞의 글, 6~44쪽.

진순애, 염창권, 유은희, 이대규의 논문을 참고할 만하다.

김선태는 송수권 시가 지닌 언어의 형식미에 주목했다. 송수권 시의 언어적 특성을 전통율과 남도의 판소리 가락, 유장한 곡선미의 변형된 가락으로 나누어 세밀하게 분석하였다. 하지만 분석 대상이 몇몇 작품에 한정되어 있어서 시 세계의 전반적 특성을 파악하지 못한 한계를 나타낸다.[22]

시의 어조에 주목한 김수영은 김소월 시와 송수권 시의 영향관계를 고찰한 점에서 의미가 있다. 하지만 송수권 시에 나타난 시적 어조의 전반적 특성 중에서 극히 일부분만을 다루었기 때문에 총체적인 분석이 이루어지지 못하였다.[23] 이에 비해 송수권 시에 나타난 가락의 특징을 김소월과 비교한 유은희는 남도의 판소리를 통해서 송수권의 전통정신을 새롭게 조망한 점에서 의미가 있다. 하지만 전통성에 대한 논의가 김소월과의 대비와 그 연결 고리에만 국한되어 있어서 김소월과 무관한, 송수권만의 독자적인 가락의 운용과 특질을 충분히 다루지 못한 한계를 보였다.

장경렬, 1999, 앞의 글, 148~159쪽.

진순애, 1996, 앞의 글, 83~95쪽.

22 송수권 가락의 특성은 다음과 같다. 첫째, 송수권 시의 가락은 우리 전통서정시의 율격을 바탕으로 하되 그것을 새롭게 변형·발전시키고 있는데, 호흡이 길되 곰삭은 그늘이 있는 가락은 한용운, 백석, 서정주의 그것과도 구별되는 그만의 장점으로 보고 있다. 둘째, 송수권 시의 가락에는 소리 이미지가 지배적인 남성적 힘이 있으며 시각을 청각화하여 정중동의 가락을 창조하고 있다. 셋째, 송수권 시의 가락은 대부분 판소리, 민요, 농악, 춤, 무가, 육자배기 등 남도 가락을 차용하여 자기만의 가락으로 재구성하고 있다. 넷째, 송수권 시의 가락은 유장한 곡선으로 굽이치는데 이 곡선의 가락은 산의 능선, 강물의 흐름, 비포장 시골길, 저녁연기 등 남도 자연의 생김새를 가락으로 끌어들인 것이다. 이 네 가지 특성들은 각기 변별력이 있으나 상호 유기적인 관계를 맺고 있다는 것이다. (김선태, 2009, 앞의 글, 84~85쪽 참조).

23 유은희, 2007, 앞의 글.

이대규는 상호텍스트성 차원에서 송수권의 등단작을 분석했다. 「산문에 기대어」가 전통시의 특징인 3음보 리듬을 계승한 점과 「제망매가」와 「찬 기파랑가」 같은 향가의 영향을 받았음을 지적했다. 즉, 이별의 정한과 이를 초월하고자 하는 남성적 화자의 의지가 표출됨으로써 송수권의 시가 역동 적이며, 환생적인 비가의 성격을 지닌다고 해명하였다. 이런 관점에서 그 의 전통서정시가 전통의 미학을 현대적으로 계승하였다는 견해를 도출하 였다.[24] 앞의 논의 외에도 송수권의 우리말에 대한 애정이 고유어와 토속어 의 유연한 사용으로 나타났다고 조망한 연구가 있다.[25]

다음은 상상력의 유형을 고찰한 연구다.

김준오는 송수권 시를 '곡선의 상법'으로 분석하였다. 그의 시가 지향하 는 한국적 정서 즉, 고향 정경과 유년의 과거 체험이 역사 속으로 전진하는 특이한 시 세계로 표출되었다고 평했다. 여유와 역사의식, 전통과 현실, 기쁨과 슬픔 같은 대립적인 세계가 시에 반반쯤 섞여 있다고 지적하며, 송수권의 시가 과거와 현재, 한과 힘 등이 맺히고 꼬임으로써 더 큰 생명성 을 지향하기 때문이라고 정리하였다.[26]

김재홍과 류지현은 식물적 상상력에 관하여 논의했다. 송수권의 시가 국토와 산하에서 피어나는 꽃과 풀 등을 소재로 삼고 있는 이유를 분석한 것이다.[27] 김재홍은 식물 이미지가 송수권 시에서 하나의 상징체계를 이루

---

24   이대규, 2005, 「문학교육과 텍스트 상호성」, 홍영·정일근 외, 앞의 책, 124~127쪽.
25   염창권, 1993, 앞의 글, 149쪽.
26   김준오, 2005, 앞의 글, 34~39쪽 참조.
27   실제로 송수권의 시에 가장 많이 나오는 시어 중의 하나가 '풀'과 '꽃'이고, 대표 시선집 으로 『우리나라 풀이름 외기』(1988)가 있을 정도로 그의 시에는 식물 이미지가 무수하 고 다양하게 펼쳐져 있다.

고 있음을 파악했다. 즉, 송수권이 식물적 상상력을 통해서 민중의 힘과 생명성을 강조하여 그만의 새로운 서정성을 표출한다고 지적하였다. 그리고 이러한 식물적 상상력에 송수권의 문학적 지향점이 집중적으로 반영되었다고 보았다.[28] 류지현은 자연 세계에 근거한 전통적인 서정성과 시어의 직조 양상을 통해 송수권이 상당한 성과를 거두었다고 평하며, 다층적인 상상력을 보여주는 식물적 이미지를 정교하게 검토할 필요성을 제기하였다. 하지만 식물적 상상력을 논의하면서 몇몇 작품만을 논의하고 있으며, 식물 이미지를 표출하는 데 기여하는 시어에 대한 구체적 분석이 간과되어 있다.[29] 이 외에 그의 시에 빈번하게 등장하는 소리 이미지와 상상력을 연구한 논의들도 주목할 만하다. 고형진, 이진영 등은 송수권이 소리의 자질을 적극적으로 이용하여 전통미학의 서정성을 개성화시키는 데 탁월한 시인이라 바라보았다.[30]

다음은 민중에 대한 애정과 역사의식을 연계해서 분석한 논의이다.

대표적인 연구자로는 고형진, 김준오, 박윤우, 박호영, 이지엽 등이 있으며, 이들은 민족의 분단이란 차원에서 송수권의 시를 분석했다. 고형진은 송수권 시에 빈번하게 등장하는 토박이 풀의 이름에서 우리 민족의 소박한 삶과 강인한 정신이 연상된다고 파악했다. 이지엽은 시대적 자장 속에서 송수권의 시 세계를 '구원의 시학'으로 조망하였으나, 이를 뒷받침할 만한

---

28 김재홍, 1998, 앞의 글, 53~54쪽 참조.

29 류지현, 2008, 「송수권 시에 나타난 식물적 상상력의 미학 연구」, 『우리어문연구』 32집, 497~499쪽 참조.

30 고형진, 1996, 앞의 글.
    이진영, 2005, 「송수권 시의 방법적 특성」, 홍영·정일근 외, 앞의 책.

구체적인 분석은 보여주지 못하였다.[31]

박윤우는 송수권의 시가 유미주의적 서정시의 울타리를 벗어나 시대정신과 역사적 상상력을 담아내는 데까지 이르렀다고 평가하였다. 이들은 모두 전통문화를 통해서 구현된 민족적·민중적인 감성과 송수권의 역사적 상상력이 맞닿아 있다는 데 동의한다. 이 외에 다수의 연구자가 1980년대에 송수권이 적극적으로 당대 현실을 투시하고 역사의식을 표출하는 시를 발표하였지만, 어느 경우에도 송수권이 시의 미감(美感)을 외면하지 않는다고 바라보았다.[32]

마지막으로 시의 유형 연구인데, 주요 연구자로는 이사라, 이진영, 오세영, 박윤우, 박호영 등이 있다. 오세영의 경우에는 송수권이 기행시와 민담시로 볼 수 있는 시의 유형에 집착한다고 지적했다.[33]

이사라는 기호론적인 독해를 시도하였다. 송수권의 의식의 지향성이 동일한 체계를 구축하면서 다양한 기호들로 표현되어 하나의 패러다임을 이루고 있다고 분석했다.[34] 박호영은 송수권의 시가 기법적인 측면에서 낭만적인 리얼리즘을 사용하였다고 지적하며 토속적 풍물, 낭만적 리얼리즘, 생성적 구조를 논의했다.[35] 박윤우는 송수권 시에 투영된 낭만적 슬픔 즉, 한의 정서가 민족의 아픈 역사에서 기인하였음을 지적하고, 그것이

---

31 이지엽, 2005, 「카오스의 시대, 구원의 시학」, 홍영·정일근 외, 앞의 책, 42쪽.
32 고형진, 1996, 앞의 글.
    이사라, 2005, 「송수권 시의 기호론적 독해」, 홍영·정일근 외, 앞의 책.
33 이런 이야기시 형식은 1930년대의 백석과 이용악, 그리고 해방 이후 서정주와 김수영에 의해서 널리 보급된 바를 송수권이 나름대로 개성 있게 소화한 것으로 볼 수 있다.
34 이사라, 2005, 앞의 글, 84~87쪽.
35 박호영, 2005, 「낭만적 리얼리즘의 지평」, 홍영·정일근 외, 앞의 책.

공동체적 세계관으로 확대되는 양상을 분석하였다. 또한 송수권의 시가 유미성과 낭만적 리얼리즘에서 출발했지만, 후기 시에 이르러서는 사회적 현실과 분단 조국에 대한 안타까움을 적극적으로 표출했음을 지적했다.[36] 그런데 송수권이 천착한 시 세계가 전통서정임을 감안할 때 그의 시 세계를 리얼리즘으로 명명한 박윤우의 논의에 동의하기는 어렵다. 그럼에도 불구하고 박윤우의 논의는 그 이전의 견해들과 비교했을 때, 송수권의 시가 민족의 현실을 인식하고, 역사적 현장에 적극적으로 진입하였음을 파악하였다는 측면에서 의미가 있다. 이런 논의들에 대하여 김선태는 송수권의 민족의식이 후기에 접어들어서 비로소 생성된 것이 아니라, 초기에 이미 성립되었고 그것이 후기에 정리되었을 뿐이라고 해명하였다.[37]

지금까지 선행연구를 검토한 결과를 간추려보면 몇 가지 문제점이 드러난다.

첫째, 연구 범위와 대상이 시 세계 전반을 아우르지 못하며, 소재와 주제를 바탕으로 엇비슷한 논의가 되풀이되었다.

둘째, 전통서정이란 정태적인 틀에서 연구가 더 확대되지 못함으로써 송수권의 시에 대한 다양한 해석이 이루어지지 못한 측면이 있다. 대부분의 연구자들이 송수권 시의 문학적 성취에 대해서는 높게 평가하면서도 정작 시인이 스스로 해명한 것 이상의 논의를 보여주지 못했고, 대표적인 시집만을 거론함으로써 시 세계 전반에 대한 다양하고 체계적인 연구가 이루어지지 않았다. 송수권은 특이하게도 시론과 산문집 등을 통해서 자신

---

36   박윤우, 2003, 앞의 글, 286쪽 참조.
37   김선태, 2016, 앞의 글, 40쪽.

의 작품을 스스로 설명하고 있는데, 대부분의 연구논문이 송수권 시인의 해명을 넘어서지 못하는 수준에서 작품을 분석했다. 따라서 송수권의 시 세계에 대한 새로운 비평적 안목이 필요해 보인다. 다시 말해서 기왕의 논의들이 시 세계의 탁월한 점만을 밝히고 있어서, 그의 시에 대한 비판적 시각은 찾아보기가 어렵다. 따라서 송수권의 시가 다양한 관점에서 해석될 여지가 없었다.

하지만 송수권 시에 대한 새로운 접근이 전혀 없었던 것은 아니다. 그의 시 세계에 나타난 생태학적 사유를 적극적으로 도입한 연구는 2000년대 이후에 본격화하였다. 송수권 시 연구에 '탈근대'라는 용어가 적극적으로 동원되지는 않았지만, 이론적 접근에서는 전통서정의 울타리를 극복하려는 경향을 차츰 보이기 시작했다. 그의 시에 나타난 반 근대적인 정서 혹은 문명에 대한 반감, 남도의 음식문화를 통한 역사 현실의 인식과 현대인이 잃어버린 원초적인 감각의 추구, 더 나아가 생태학적 인식 등을 발견하고자 하는 노력의 성과들이 나타나기 시작한 것이다. 음식시 연구를 통해 새로운 분석과 서정시의 가능성을 고구한 김용희 등의 연구가 바로 그것이다.[38]

그리고 송수권의 시 세계를 집대성한 『송수권 詩 깊이 읽기』[39]가 출간되었는데, 이 저작물을 통해 송수권의 위상을 입체적으로 가늠해볼 수 있는 객관적 지표가 마련된 점은 고무적이라고 할 수 있겠다. 하지만 여전히 후기 시 세계 연구가 미비하고, 논고의 형식 또한 산발적인 평론 형식의

---

38 김용희, 2005, 「한국시의 신서정과 음식 시의 가능성」, 『시안』, 봄호.
39 홍영·정일근 외, 2005, 『송수권 詩 깊이 읽기』, 나남.

글과 소논문에 그치고 있어서 종합적인 측면에서의 연구가 필요하다. 또한 시적 발상의 토대가 되는 상상력을 분석한 연구는 기존에 논의된 내용에서 크게 벗어나지 못했고, 후기에 천착한 음식시에 대한 언급도 거의 없는 실정이다.

특히 송수권의 주체적인 역사 인식을 보여주는 제12시집 『달궁아리랑』 (2010)과 원초적 감각의 복원을 꾀하고자 집필된 제13시집 『남도의 밤 식탁』 (2012)을 비롯하여 제14시집 『빨치산』(2012), 제15시집 『통』(2013), 제16시집 『사구시의 노래』(2013), 제17시집 『허공에 거적을 펴다』(2014), 제18시집 『흑룡만리』(2015)의 내용과 형식적 특징을 동시에 아우르며 송수권 시 전반을 논의하려는 시도는 아직 없었다. 따라서 이 책은 송수권의 후기 시까지를 포함하여 총체적으로 접근한 최초의 저작물이 될 듯하다. 여기에서는 송수권의 18권 시집 전체[40]에 실린 시와 여타의 문예지에 발표한 글 및 산문을

---

40   제1시집, 1980, 『산문에 기대어』, 문학사상사.
     제2시집, 1982, 『꿈꾸는 섬』, 문학과지성사.
     제3시집, 1984, 『아도(啞陶)』, 창비.
     제4시집, 1986, 『새야 새야 파랑새야』, 나남.
     제5시집, 1988, 『우리들의 땅』, 문학사상사.
     제6시집, 1991, 『자다가도 그대 생각하면 웃는다』, 전원.
     제7시집, 1992, 『별밤지기』, 시와시학사.
     제8시집, 1994, 『바람에 지는 아픈 꽃잎처럼』, 문학사상사.
     제9시집, 1998, 『수저통에 비치는 저녁노을』, 시와시학사.
     제10시집, 2001, 『파천무(破天舞)』, 문학과경계사.
     제11시집, 2005, 『언 땅에 조선 매화 한 그루 심고』, 시학사.
     제12시집, 2010, 『달궁 아리랑』, 종려나무.
     제13시집, 2012, 『남도의 밤식탁』, 작가.
     제14시집, 2012, 『빨치산』, 고요아침.
     제15시집, 2013, 『통』, 서정시학.
     제16시집, 2013, 『사구시의 노래』, 고요아침.

분석의 대상으로 삼아 작품 세계의 특징을 다루려고 한다. 문예지에 발표한 글은 『월간조선』 1991년 2월호부터 『오늘의가사문학』 2015년 겨울호까지를 살펴보았다. 그런데 문예지에 발표한 글 중에서 시인의 시 세계가 형성되는 과정을 스스로 밝힌 산문, 시인의 시론을 언급한 산문이 아닌 경우는 제외했다.[41] 이 외에 시인의 시 정신을 추정할 수 있는 정년 퇴임 기념문집 『송수권 詩 깊이 읽기』(2005, 나남출판)에 실린 시인의 말, 문학 강연과 대담 등 지면으로 남긴 글과 동료 시인들과 주고받은 편지도 포함하였다.

한편, 텍스트의 인용은 원전을 원칙으로 하므로 정규 시집을 제외한 시선집 8권[42]은 참고만 하고 분석 대상으로 삼지 않았다. 다만, 정규 시집에 실린 시를 시선집에서 개작한 경우는 출전을 밝혀야 하므로 인용하였고, 시선집에 실린 시인의 산문도 논의에 필요한 경우에는 일부 활용하였다.

제17시집, 2014, 『허공에 거적을 펴다』, 지혜.
제18시집, 2015, 『흑룡만리』, 지혜.
본문에서 인용할 페이지는 이를 근거로 한다.

41   따라서 송수권이 창작한 13권의 산문집 중에서 『다시 산문에 기대어』(1986), 『남도 풍류의 맥을 찾아서』(2008), 『사랑이 커다랗게 날개를 접고』(1989), 『남도의 맛과 멋』(1996), 『소리, 가락을 품다』(2007) 등 본 연구의 테마와 관련된 산문집만을 대상으로 삼고, 나머지는 자료로 활용하지 않을 것이다.

42   송수권, 1988, 『우리나라 풀 이름 외기』, 문학사상사.
_____, 1991, 『지리산 뻐꾹새』, 미래사.
_____, 1999, 『들꽃 세상』, 혜화당.
_____, 1999, 『초록의 감옥』, 찾을모.
_____, 2002, 『여승』, 모아드림.
_____, 2005, 『우리나라의 숲과 새들』, 고요아침.
_____, 2007, 『시골길 또는 술통』, 종려나무.
_____, 2007, 『격포에 오면 이별이 있다』, 문학의 전당.

시인이 개작한 경우에는 그 작품이 원전보다 미학성이 높게 평가되더라도 원작을 텍스트로 삼았다. 원전을 텍스트로 정하는 것이 연구 방법으로 타당하다고 판단하기 때문이다. 이런 경우에는 각각의 출전을 확인해서 밝히고, 개작한 이유를 유추해보기로 한다.

이 책의 구체적인 구성은 다음과 같다.

제2부에서 송수권의 문학적 지향성과 구현 양상을 다루었다. 이를 위해 작품 자체만을 분석의 대상으로 삼고, 텍스트의 내재적 가치를 살펴보았다. 다만 역사 현실에 대한 시인의 치열한 현실 인식과 시 세계의 변모 양상을 명확히 밝혀야 할 경우에는 외부 현실과의 연결 고리를 고려하여 분석했다.

먼저 송수권의 문학적 지향성을 중심으로 주제의식을 3분하여 다루었다. 1장에서는 선행연구를 참고하여 남도적 서정성에 바탕을 두고, 이른바 남도의 3대 정신 즉, 전통정신을 추구하는 그의 문학적 지향성과 의미양상을 분석하였다. 1절에서 자연 친화와 문명 비판을 다루고 2절에서 공동체적 한과 역사의식을 고찰하였다.

이러한 과정을 통해 남도적 서정성과 전통정신이 작품 속에서 어떻게 발현되는지 다루고, 그의 시적 뿌리는 남도의 토속성과 남도 3대 정신을 거점으로 하는 것을 확인하였다. 그리고 이러한 배경이 그의 시에서 어떻게 표출되는지를 파악하고, 그 의의를 살펴보았다.

자연 친화를 추구한 그의 시는 한국 전통서정시의 어법을 따르고 있지만, 자연 관조적 태도에 함몰되지 않고 생태의식과 문명 비판을 통해 전통 서정시의 영역을 확장하였다. 따라서 여기에서는 그의 시가 자연을 살아 숨 쉬는 실체로 인식하며 동일화를 이루는 과정과 의미를 파악하였다. 이에 작품 분석의 전제로서 송수권 시작의 출발점이 고향에서 체험한 기억과 모성에 대한 결핍된 욕망에서 비롯되었다는 가설을 세우고, 애니미즘의 연관 관계를 '결핍'과 '지향성'의 범주에서 다루었다.

더 나아가 그가 치열한 현실 인식을 통해 전통서정시의 영역을 확장한 측면을 살펴보고, 인식의 선상에서 서구 서정시의 역사와 전통서정시의 개념을 짚어보았다. 즉, 그가 자연 세계와 현대문명을 어떤 시각으로 바라보며, 어떻게 형상화했는지 확인하려 하였다. 대체적으로 송수권 시의 자연 친화적 세계관은 애니미즘과 생태의식을 통해서 문명 비판적 시각으로 이어진다. 따라서 필자는 그의 시에 나타난 자연 친화와 문명 비판이 어떻게 구원의식으로 나아가는지와 그 의의를 조명하였다.

그간 한국현대시사에서 사적인 차원에 머물렀던 퇴영적 한이 승화되고, 공동체적 의지로 확장되는 것과 실체가 모호한 한국인의 한은 여러 가지 측면에서 논의되어왔는데, 이 책은 천이두[43]의 한에 대한 이론을 참고했다. 이는 송수권의 시에 나타난 한과 다른 전통서정시의 특징을 살피고자 함이다. 말하자면 김소월, 김영랑, 서정주, 박재삼의 시에서 표출되는 한의 속성을 살피면서 송수권과의 변별성을 밝혀보려 했다. 같은 계보라 평가되는 네 사람의 시를 비교하는 과정에서 그만의 특징이 더 잘 파악되리라 판단하였기 때문이다.

2장에서는 송수권 시의 문학적 구현 양상을 다루었다. 이미지나 특정한 시어의 반복은 시인의 의식적 지향점을 드러내기 때문에 반복 구문에 따른 의미론적 특성과 시적 화자의 내밀한 정서를 면밀하게 살펴보았다.

---

43 천이두, 1993, 『한의 구조 연구』, 문학과지성사.

이와 관련하여 1절은 그의 시에 사용되는 어법과 가락의 특징을 파악하였다.

1항에서는 송수권의 시론을 토대로 토속어와 대화체의 활용 방식을 살펴보고, 2항에서는 시어의 반복을 통해 리듬감이 성취되는 방식을 다루었다. 그리고 의성어와 의태어를 전면에 배치한 시적 전략, 그리고 다른 시인들과 확연하게 구별되는 공감각적 이미지의 특성을 확인하고, 이에 따른 시적 효과를 분석하였다.

3항에서는 가락의 변용을 통한 전통율의 재창조 방식을 다루었다. 전통율격은 1920년대에 현대시가 수용되면서 다양한 모습으로 계승·변용되었는데, 이 연구는 현대시의 율격론 중에서 조동일[44]과 성기옥[45]의 이론을 참고하여, 송수권 시의 가락 변용 양상을 고찰하려 하였다. 판소리 가락 외에도 기왕의 연구에서 세밀하게 논의되지 못한 민요의 선·후창 방식, 숫자요(數字謠), 문답요(問答謠)와 같은 가락을 적극적으로 변용한 사례를 살펴보았다.

4항에서는 설화의 차용과 이야기시를 다루었다. 송수권의 시는 기존의 전통서정시와 동일한 설화 텍스트를 수용한 시가 적지 않다. 따라서 대표적인 전통 서정 시인들인 김영랑, 서정주, 박재삼 등과의 대비를 통해서 유사한 점과 변별성을 고찰하고, 전통의 계승 방식을 살펴보았다. 아울러 선행연구에서 다루어지지 않은 제주 4·3사건을 다룬 송수권의 장편 서사시집, 『흑룡만리』, 빨치산의 역사를 다룬 『달궁 아리랑』과 『빨치산』에 나

---

44 조동일, 1996, 『한국민요의 전통과 시가 율격』, 지식산업사.
45 성기옥, 1996, 『한국시가 율격의 이론』, 세문사.

타난 역사의식을 분석하였다. 이를 위해 같은 사건을 주제로 삼은 이산하와 신경림의 시와의 대비를 통해서 송수권의 서사시에 나타난 특징을 면밀히 다루었다. 이를 토대로 그의 이야기시가 역사적 현재를 어떻게 형상화했는지 규명하고자 하였다.

2절은 이미지의 구현 양상을 다루었다. 상상력은 기존의 경험에서 얻어진 심상을 새로운 형태로 재구성하는 정신작용이거나 이미지의 활동이다. 바슐라르는 문학작품에 나타난 상상력을 설명하며, 이와 같은 상상력이 이미지의 운동성에 기초한다고 해명하였다.[46] 따라서 이 책은 바슐라르의 견해에 기대어 송수권의 시 세계에서 자주 표출되는 시적 이미지와 그 특징을 주로 분석하였다.

1항에서 꽃과 풀을 통한 생태적 이미지를 다루었다. 송수권의 시에서 식물 이미지는 척박한 현실의 고통을 극복하고자 하는 방법론으로 제시되는 경우가 많다. 이런 식물 이미지 중에서 꽃과 풀의 형태적 이미지가 지닌 지향성을 통해서 그의 시에 나타난 생태적 이미지가 무엇을 의미하는지 파악하려 하였다.

2항에서 소리를 통한 역동적 이미지에 대하여 이야기했다. 구체적으로 말하자면 시각과 청각적 이미지의 변용을 통해 송수권이 시적 인식의 지평을 확장해 나가는 양상을 확인하였다.

---

46 문학적 이미지만이 물질적 현존을 다루면서 형태를 변모시키는 물질적, 창조적, 역동적 상상력을 가능하게 한다. 문학적 이미지는 말들을 움직이게 하고 말들에게 상상력을 준다. 문학적 이미지는 상상력의 동적 성격을 잘 보여주며, 언제나 확장의 관점과 내면의 관점을 동시에 갖고 있다. (곽광수·김현, 1978, 『바슐라르 연구』, 민음사, 248~250쪽 참조.)

3항에서 음식 소재를 통한 원초적 이미지를 다루었다. 인간의 감각기관에 들어온 정보는 뇌 속에 축적되어 기억과 연결됨으로써 인간의 행동을 결정한다.[47] 이런 맥락에서 감각적 체험이 타자와의 동화 및 합일의 과정에서 어떤 영향을 미치는지 살펴보았다. 즉, 미각, 후각 등에 관한 감각적 비유가 형상화되는 방식을 다루고, 백석의 음식시와 대비를 통해서 송수권 시와의 영향 관계와 특징을 파악하였다. 또한 남도의 전통문화와 풍류정신이 깃들어 있는 음식 서사가 원초적 이미지로 표출되는 양상과 그 함의를 살피고자 하였다.

4항에서 곡선이 지닌 순환적 이미지를 다루었다. 이 과정에서 곡선미가 지닌 부드러움과 원형(圓形)적 형상이 송수권 시 정신의 중요한 원천이며, 보편적인 공감대를 형성하는 원동력임을 조명하였다.

제3부에서는 전술한 내용을 토대로 송수권의 시 세계가 지닌 시사적 의의를 규명하려 했다. 그가 등단했던 1970년대의 문단과 사회·경제적 상황을 살펴보고, 시사적 흐름과 연계해서 전통서정시의 가치와 그 한계를 다루었다. 이를 위해 같은 계보라 할 수 있는 전통서정시인들의 시와 송수권의 시를 비교·분석함으로써 그만의 변별성을 파악하려 하였다. 이상과 같이 역사 현실의 변화와 함께 송수권의 시 세계가 변모한 양상을 면밀하게 고찰하면서, 한국 현대시사에서 그가 지닌 시사적 위상을 가늠해보았다.

---

47 의식의 경계를 규정하는 다섯 가지 감각을 이야기한다. (다이앤 애커먼(백영미 역), 2004, 『감각의 박물학』, 작가정신.)

제2부

송수권 시의 문학적 지향성과 구현 양상

1장_ 전통정신의 추구와 문학적 지향성

이 글에서는 송수권의 시적 인식이 추구하는 바를 문학적 지향성과 구현 양상을 바탕으로 파악하고자 한다.

주지하다시피 송수권의 초기 시는 원시적인 토속성과 애니미즘의 세계가 강하게 드러난다. 그의 전통서정에 대한 천착은 창작 후기에 이르기까지 여일하게 이루어졌다. 하지만 자연 친화를 바탕으로 하는 송수권의 시 세계가 항상 고정불변했던 것은 아니다. 그의 시에 나타난 자연 인식과 민속적 세계관은 나름의 변화를 보여주고 있다. 오세영은 이에 대하여 송수권의 시에 나타난 자연관을 세 가지 측면에서 구분하였다. 즉, 제1기의 자연은 애니미즘적 세계, 제2기의 자연은 생활공간의 세계, 제3기는 생태환경의 세계[48]로 분석했다.

이와 같은 자연 친화와 생태 환경에 대한 송수권의 관심은 결국 문명에 대한 비판과 구원의 시학으로 이어졌다. 또한 한국적 정한을 계승한 그의

---

48 오세영, 2004, 「토속적 세계관과 생명존중의 시」, 367쪽, 『불교문예』, 겨울호.

시 세계는 민중적 힘을 통해 사적인 한의 퇴영성을 극복하고 공동체적 역사의식으로 확대되었다. 이에 필자는 송수권 문학세계에 나타난 지향점 즉, 주제론적 의미 양상을 두 가지 측면에서 다루는 과정을 통해 전통정신의 추구와 남도의 3대 정신 즉, 남도적 서정성[49]이 송수권의 시에서 어떻게 구현되는지 다음과 같이 살펴보겠다. 1. 자연 친화와 문명 비판 2. 공동체적 한의 표출과 역사의식이 바로 그것이다. 물론 이는 엄격하게 나눠진 목록은 아니다. 송수권 시 세계는 주제가 서로 넘나들기도 하는 성향이 있으므로, 이 책에서 구분한 주제는 의미의 변모 양상에 따른 상대적 분류이다. 그리고 이는 송수권 시 세계의 진행 방향을 조망하려는 의도임을 전제로 한다.

1. 남도적 서정성과 자연 친화

송수권의 시가 형상화되는 과정에는 남도의 지형학적 배경이 크게 자리 잡고 있다. 그는 인간의 근원적인 고향으로 남도라는 원형적 공간을 상정하고, 끊임없이 소환한다. 그렇게 하는 과정을 통해 우리 기억 속에서 고향에 대한 따뜻한 기억을 불러일으키게 한다. 송수권은 스스로 '남도의 3대 정신'을 표방하며 시를 썼다. '국토의 3대 정신이라고 확대하여 부르기도

---

49 김선태는 송수권이 남도의 3대 정신을 중심축으로 삼고 전통서정과 향토적 시 세계를 펼쳐왔음을 언급하면서 이 3대 정신이 후기에 와서야 정립되었다는 주장에 반론을 제기하면서, 사실은 초기부터 바탕에 깔려있었음을 지적하였다. 한 마디로 남도의 3대 정신은 "초기부터 후기에 이르기까지 송수권의 시 세계를 관통하는 중심 화두"라고 역설하였다. (김선태, 앞의 글, 40쪽.)

했던 이 남도의 3대 정신은 '황토의 정신', '대나무의 정신', '뻘의 정신'이다. 김선태에 의하면 이는 각각 '원초적 생명정신', '남도의 풍류·저항정신', '남도의 질펀한 개척정신'으로 해석된다.[50] 그간 많은 평자들에 의하여 송수권은 전통서정시의 계보를 잇고 있으면서도 독특한 개성을 지닌 시인으로 회자되어 왔다. 선행연구는 대체로 송수권 시의 특성을 남도의 토속적 정서와 전통정신의 측면에서 해명한다는 점에서 공통분모를 이루고 있다. 말하자면 그가 유년의 고향을 그리워하며, 이상적인 자연 세계를 남도라는 공간으로 상정하고, 이를 자신의 고향 이미지로 보여준다는 것이다.

남도적 서정성에 천착한 이 같은 시적 특성은 그의 초기 시뿐만 아니라 후기 시에도 나타나 있다. 남도의 생활환경과 지형학적 토양 및 남도인들의 기질을 대표하는 남도 3대정신을 송수권의 시 정신, 혹은 그의 시가 지향하는 세계관으로 보아도 될 것이다. 그런데 그의 시가 여일하게 현실 공간과의 불화나 화해를 통해서 현실적 성찰을 드러내고 문명에 대한 비판적 시선을 견지한다는 점에서 그가 추구한 욕망은 쉽게 이루어질 수 없는 것으로 보인다.

이런 점을 염두에 두고 구체적인 작품 분석을 통해 송수권의 시 세계에 잠재한 근원적이며 본질적인 무의식의 양상도 함께 살펴보자.

---

50 김선태는 "송수권이 말로만 언급했던 남도의 3대 정신인 '황토의 정신', '대나무의 정신', '뻘의 정신'을 각각 '남도의 원초적 생명정신', '남도의 풍류·저항정신', '남도의 질펀한 개척정신'으로 연결하여 그것들이 시에서 구체적으로 어떻게 구현되고 있는가를 살피는" 첫 시도를 하였다. (김선태, 2016, 앞의 글, 37~52쪽.)

너는 서해 뻘을 적시는 노을 속에

서 본 적이 있는가

망망 뻘밭 속을 헤집고 바지락을 캐는 여인들

한 쪽 귀로는 내소사의 범종 소리를 듣고

한 쪽 귀로는 선운사의 쇠북 소리를 듣는다

만 권의 책을 쌓아 올렸다는 채석강 절벽

파도는 다시 그 만 권의 책을 풀어 흘려

뻘밭 위에 책장을 한 장씩 넘긴다

이곳에서 황혼이야말로 대역사(大役事)를 이루는 시간

가슴 뜨거운 불꽃을 사방으로 던져

내소사 대웅보전의 넉살문 연꽃 몇 송이도 활짝 만개한다

회나무 가지를 치고 오르는 청동까치 한 마리도

만다라와 같은 불립문자로 탄다

곰소의 뻘강을 건너 소금을 져 나르다 머슴 등허리가 되었다는

저 소요산 질마재도 마지막 술빛으로 익는다

쉬어라 쉬어라 잠시 잠깐

해는 수평선 물 밑으로 가라앉는다

° 대역사(大役事)(『수저통에 비치는 저녁 노을』) 전문

인용 시는 대자연의 풍경 속에서 서해와 채석강, 질마재 등 천지의 만물과 내소사, 선운사가 서로 교섭하고 통합하는 정경을 보여준다. 즉, 자연과 인간이 서로 화합하고 상생하는 정경을 형상화하였다. 대자연인 '황혼'이 "대역사(大役事)를 이루는 시간"에 사방으로 던진 "뜨거운 불꽃"에 "대웅보전의 넉살문 연꽃 몇 송이"가 활짝 만개하는 것은 바로 자연물과 인간세계

가 서로 화답하고 조응하는 경지를 보여주는 것이다. 그리고 서해의 뻘밭을 매개로 "바지락을 캐는 여인들"과 "소금을 져 나르"는 소요산 질마재를 연결함으로써 대역사(大役事)의 의미를 한층 강화하고 있다. 끝부분의 "쉬어라 쉬어라"는 대역사를 이루기 위해 하루 동안 힘겨운 노동을 한 자연물과 인간 모두에게 건네는 위로와 휴식에 대한 권유다.

또한 이 시는 '너'라는 청자를 명시적으로 설정하여 말을 건네면서 화자가 보고 있는 시적 정경 속으로 청자(독자)를 끌어들이는 화법을 구사하고 있다. 첫 행을 "너는 ~한 적이 있는가"라고 시작하여 청자의 경험을 환기하며 독자의 공감을 유도하고 있다. 그리고 'ㄴ다', '~는다'와 같이 현재형 종결어미를 사용함으로써 저녁 무렵 서해의 뻘을 현장감 있게 형상화하였다.

이 시에 대해 김재홍은 대자연과 인간이 서로 어울려 교감하면서 우주적 질서로 수렴되는 모습을 보여준다고 언급했다.[51] 황치복은 이 시에서 민중적 생명력의 세계를 읽었고[52] 천창우도 남도의 갯벌에서 살아가는 사람들의 고난에 찬 삶의 애착을 지적하였다.[53]

'뻘'과 함께 남도정신을 극명하게 보여주는 것으로 '대나무'를 빼놓을

---

51 "서해 뻘과 노을, 바지락과 여인들, 그리고 내소사의 범종 소리와 선운사의 쇠북 소리가 서로 어울려 교감하면서 보다 큰 우주적인 질서로 수렴되는 모습을 보여준다."(김재홍, 1991, 「우주율 또는 생명의 가치화」, 『수저통에 비치는 저녁노을』 해설, 시와시학사, 118~119쪽)

52 황치복은, 시인에게 다가온 자연이 "삶의 체취가 묻어있는 질긴 생명력을 가진 민초들의 고단한 노동이 새겨진 것"임을 지적하였다. (황치복, 2005, 「그늘과 뻘밭의 우주율」, 홍영·정일근 외, 앞의 책, 423쪽).

53 천창우는 갯벌에서 사는 여인네들의 "고난에 찬 생의 애착은 만 권의 서책에 기록되어 연꽃보다 아름답고 경전보다 더 거룩해지는 것"이라고 하였다. (천창우, 2017, 「송수권 시에 내포된 상징물의 의미 연구」, 『현대문학이론연구』 제69집, 현대문학이론학회, 282쪽.)

수 없다. '대나무'는 송수권이 직접 언급한 바에 의하면 "수 틀리면 죽창을 깎아 외적을 막아내고, 태평한 세월엔 대금, 중금, 소금, 피리소리로 뜨는 가락의 정신"[54]으로 한마디로 말하면, '난세엔 죽창(저항정신), 호시절엔 피리(풍류정신)'이다. 다음 시에는 이런 남도의 정신이 극명하게 형상화되어 있다.

> 대들이 휘인다
> 휘이면서 소리한다
> 연사흘 밤낮 내리는 흰 눈발 속에서
> 우듬지들은 희 눈을 털면서 소리하지만
> 아무도 알아듣는 이가 없다
> 어떤 대들은 맑은 가락을 지상(地上)에 그려내지만
> 아무도 알아듣는 이가 없다
> 눈뭉치들이 힘겹게 우듬지를 흘러내리는
> 대숲 속을 가만히 들여다보면
> 삼베 옷 검은 두건을 들친 백제 젊은 수사(修士)들이 지나고
> 풋풋한 망아지떼 울음들이 찍혀 있다
> 연사흘 밤낮 내리는 흰 눈발 속에서
> 대숲 속을 가만히 들여다보면
> 한밤중 암수 무당들이 댓가지를 흔드는 붉은 쾌자자락들이 보이고
> 활활 타오르는 모닥불을 넘는
> 미친 불개들의 울음소리가 들린다.

  °「눈 내리는 대숲 가에서」(『수저통에 비치는 저녁노을』) 전문

---

54 송수권, 2005, 「극기와 내면의 풍경」, 홍영·정일근 외, 앞의 책, 586쪽.

차분한 관조와 깊은 사유가 빛나는 작품이다. 화자는 우듬지들이 흰 눈을 터는 소리와 "맑은 가락을 지상(地上)에 그려내"는 대나무들의 소리를 아무도 알아듣는 이가 없다고 진술한다. "눈뭉치들이 힘겹게 우듬지를 흘러내리는" 모습을 보면서 화자의 상상력은 역사 속으로 진전한다. 즉 "삼베 옷 검은 두건을 들친 백제 젊은 수사(修士)들이 지나"가는 모습을 보기도 하고 대숲에 찍힌 "풋풋한 망아지 떼 울음들"을 듣기도 한다. 남도 땅을 기반으로 전성기를 구가하다 멸망한 백제의 역사와 당시 민중들의 정신과 숨결, 풋풋한 자연의 생명력을 듣고 보는 것이다. "암수 무당들이 댓가지를 흔드는 붉은 쾌자자락들"을 보고, "활활 타오르는 모닥불을 넘는/미친 불개들의 울음소리'"를 듣는다. '쾌자자락', '불개'[55]와 같은 역동적인 이미지를 통해 화자는 민중의 힘찬 에너지를 우리의 감각기관에 호소하여 시·청각적으로 형상화하고 있다.

남기혁은 대들이 휘이면서 내는 소리가 "과거의 시간에 묻혀 있는 공동체의 기억"을 되살리게 해준다[56]고 했으며, 장경렬은 "시인의 상상력을 통해 전경화된 겨울날의 풍경"이 생생하게 형상화된다[57]고 언급하였다. 전정

---

55 '쾌자자락'은 무당들이 굿할 때 입는 옷이며, '불개'는 우리나라 토종 붉은 개다.

56 남기혁은 송수권의 시에 전통적 소리 이미지가 거의 전편에 등장한다고 지적하면서 이 소리를 통해 "과거 시간에 묻혀 있는 공동체의 기억을 되살리고 억압된 것들 속에서 미래에의 희망을 발견하려 한다"라고 언급했다. (남기혁, 2006, 「서정과 본질」, 『시인시각』, 봄, 32~34쪽).

57 장경렬은 "시인의 상상력을 통해 전경화된 겨울날의 풍경, 새로운 의미로 충만하게 된 겨울날의 풍경"임을 이야기했다. 참고로 여기서 '전경화(前景化)'는 시인의 직관과 감성에 따라 덜 중요한 요소를 버리는 것. 즉, 중요한 요소를 '전경(前景)에 배치'하고 나머지를 버리는 것이다. (장경렬, 1999, 「인식의 전경화와 시적 소재로서의 언어」, 앞의 책, 149쪽).

구는 "민중 에너지가 분출하는 청각적 이미지"에 주목하였고[58] 김선태는 송수권의 시에 구현되는 '대나무의 정신'이 대나무가 상징하는 지조와 절개보다 "남도 사람들의 풍류의식이나 역사의식을 상징하는 정신"임을 언급하였다.[59]

'대나무'는 허균이 『도문대작』에서 "죽순은 노령 이남"이라고 했듯이 주로 경남과 전남에서 많이 자생하므로 남도를 대표하는 식물 중 하나다. 이는 김선태에 따르면 "인심이 후하고 풍류를 좋아하되, 불의를 보면 못 참는 남도 사람들의 기질과 그대로 연결"[60]된다. 평화로운 시기에는 대나무로 '피리'를 만들어 풍류를 즐기지만, 외적의 침입이나 불의가 횡행하는 시기에는 '죽창'으로 표상되는 남도의 대나무 정신, 그 민중적인 힘의 표출이 바로 '대나무'라는 것이다. 이러한 관점에서 소영란은 송수권이 "남도정신을 자신의 시적 기질로 하여 자신의 작품 세계를 확고하게" 하고 있음을 언급했다.[61]

---

58 전정구는 이 시의 기저에 깔린 민중 친화적 정서를 언급하면서 "살아 움직이는 힘찬 민중의 모습을 각인시키는 소리의 울림 속에 우리 민족의 혼이 담겨있다"라고 하였다. (전정구, 2005, 「화음을 동반한 생명의 숨결」, 홍영·정일근 외, 앞의 책, 237쪽).

59 김선태는 대나무가 "고대사회부터 전쟁 무기였던 활·화살·창이나 퉁소·피리·대금 등의 악기를 만드는 재료로 이용되기도 했다"라는 것을 언급하면서 "송수권의 시에 구현된 대나무의 정신은 남도민의 풍류의식이나 역사의식을 상징하는 정신임을 강조하였다. (김선태, 2016, 앞의 글, 43~44쪽)

60 이에 대해 김선태는 "판소리와 민요·무가·산다이로 대표되는 남도의 풍류 가락"과 "동학농민혁명, 5·18광주민중항쟁으로 대표되는 남도의 저항운동이 그 좋은 본보기"라고 부연 설명하였다. (김선태, 2016, 위의 글, 44쪽)

61 소영란은 송수권이 "국토 정신으로서의 '남도(南道) 정신'을 시적 기질로 하여 자신의 작품 세계를 확고히 하고 있다"라고 하면서 그가 말하는 '남도정신'에서 '대의 정신'은 역사의식, '황토 정신'은 작가의 유년기 고향에서의 체험, '뻘의 정신'은 민중들의 삶의 공간과 관련된다고 지적하였다. 특히 "'대의 정신'은 항상 원초적인 생명력이 넘치는

이상에서 살펴본 바와 같이 송수권이 시종여일하게 천착했던 '전통의식'이나 '남도의 서정'은 따스한 정이 살아 있는 향토 정신으로써 우리가 잃어가는 원형적 삶에 대한 갈망의 투사물이라고 하겠다. 이러한 측면에서 남도의 서정은 자연 친화를 그 기저로 하고 있다.

(1) 애니미즘의 확산과 생태의식

송수권 시의 특징 중 하나는 자연 친화를 토대로 하는 애니미즘의 확산과 생태의식이다. 그런데 그의 시에서 표현되는 자연 세계의 이미지는 기존 전통시의 자연 풍경[62]과는 다른 양상으로 나타난다. 가령 청록파들의 시에 등장하는 순수한 자연 모습[63]과 다르고, 동시대에 활동한 전통시인들

공간이자 회복해야 할 공간으로, 지금은 사라져 버린 것들에 대한 그리움과 회복의 의지'를 의미하며. '뻘의 정신'은 "서해 변산 격포로 옮기면서 형성된 것으로 뻘냄새가 질게 묻어나는 민중들의 삶에 대한 애정 어린 시선"을 의미한다. "뻘은 민중들의 삶의 공간이자, 그곳에서 건강한 민중들과 더불어 자연과 합일된 삶을 지향하는 작가의 시 정신을 의미한다"고 하였다. (소영란, 2008, 「송수권 시 연구」, 『남도문화 연구』 14집, 남도문화연구소, 232쪽).

62 전통적 자연관은 다음 유형으로 나누어 볼 수 있다. 1) 외경적 자연관과 친화적 자연관 2) 순응적 자연관과 조형적 자연관 3) 감흥적 자연관과 탐구적 자연관 4) 유교적 자연관과 불교적 자연관 5) 현실적 자연관과 이상적 자연관 7) 직접적 자연관과 간접적 자연관 (조기영, 1999, 「전통적 자연관의 유형과 현대적 수용성」, 『동양고전연구』 12호, 동양고전학회, 217~263쪽 참조.)

63 청록파 3인에게 자연은 그 비중이 절대적인데 각각 다른 특성을 보인다. 조지훈의 자연은 유·불·선이 통합된 동양적 자연관에서 후기에는 허무의식이 가미되어 나타난다. 박목월의 자연은 초기의 자연 합일과 향토적 서정에서 종교적·철학적 자연으로 변모된다. 박두진의 경우는 일관되게 기독교적 이상향에 기반한 자연인데 후기에 신성한 자연이 가미된다. (김진희, 2008, 「<청록집>에 나타난 자연과 정전화 과정 연구」, 『한국근대문학연구』 18호, 한국근대문학회, 7~41쪽 참조.)

이 바라본 자연[64]과도 변별되는 지점이 있다.

전술한 바대로 자연 세계를 바라보는 송수권의 내면 인식이 달라짐에 따라서 그의 시 세계는 시기별로 차츰 변화한다. 이를 세 가지로 구분하면 제1기는 토속성이 강한 애니미즘적 세계관이 투영되었고, 제2기는 생활공간으로서의 자연, 제3기는 생태 환경으로서의 자연이다. 이러한 세계관의 기저에는 문명 비판적인 시각이 깔려있다.[65]

송수권 시에 짙게 나타나는 남도의 원시적 토속성과 생태의식은 자연 친화적 세계관에서 비롯되었다고 볼 수 있다. 이러한 세계관은 산업화·도시화로 인해 훼손된 자연 세계로 인해 결핍된 근원적 시·공간을 회복하기 위한 욕망의 투사로 해석할 수 있다. 다시 말해 시인의 시 세계가 시인의 의식과 무의식의 결과물이라고 본다면, 송수권 시에 나타난 자연을 바라보는 상상력의 기본 동인은 성장기에서 겪게 된 '결핍'에서 찾을 수 있다. 그리고 이 결핍은 그의 의식세계를 지배해온 또 다른 억압이라고 할 것이다.

---

64 우리나라 현대시인들의 자연관은 대체로 다음 4가지로 유형화할 수 있다. 1) 자연을 자연 그 자체의 독립된 미(美)로 보는 경우 2) 현대문명의 대척점으로서의 자연(문명비판) 3) 자연과 역사적 사실의 결합 4) 삶의 배경으로서의 자연(심재욱, 1970, 「한국현대시인의 자연관」, 『한국어문학연구』 10호, 이화여자대학교, 42~66쪽 참조.)

65 오세영은 시기별로 다음과 같은 시들을 예로 제시한다.
제1기 애니미즘적 세계 : 「산문에 기대어」, 「달」, 「방울꽃」, 「술래야 나는 요즘 자꾸 몸이 아프단다」, 「꿈꾸는 섬」, 「목련 한 화」, 「풍경」, 「꿀벌」, 「봄」, 「달팽이집들」, 「감꽃」 등
제2기 생활공간으로서의 자연 : 「가을바람 찬바람」, 「겨울산」, 「대숲 바람소리」, 「식민지의 눈」, 「평사리행」, 「우리나라 풀 이름 외우기」, 「아그라 마을에 가서」, 「망월동 가는 길」 등
제3기 생태환경적인 자연 : 「5월」, 「조팝나무 가지의 꽃들」, 「낙차」, 「뿔」, 「선운사 동백꽃」, 「어초장 시」 등 (오세영, 2005, 「토속적 세계관과 생명존중의 시」, 앞의 책, 366~380쪽.)

인간이 겪는 최초의 결핍은 모체로부터의 분리인데, 이 같은 결핍을 충족하기 위해 시인은 어머니의 변용 대상을 탐색하며 그것을 욕망하게 된다. 이를 이해하기 위해서 아스만의 기억이론을 언급할 필요가 있다. 일라이다 아스만은 과거 재현의 원리로써 '기억' 혹은 '회상'이란 개념을 언급한다. 아스만은 주체가 경험한 사건들이 아직 내면에 머물러 있는 상태, 그리고 억압되어 인식되지 못했던 것을 의식의 표층으로 끌어들이는 행위를 트라우마와 연관하여 해명한 것이다. 아스만은 "'장소의 기억'은 기억하는 사람의 통찰, 의지, 욕구에 따라 조정되면서 개인의 고유한 경험이 된다"[66]고 지적했다.

그런데 송수권 시 세계에서 고향으로 상정되는 모성의 부재는 트라우마로 나타난다. 즉, 그가 지향하는 자연 친화적 세계관과 토속성은 근원적 삶에 대한 그리움의 표상임과 동시에 모성이 존재했던 유년의 고향에 대한 결핍된 욕망을 드러내는 것이다.

이러한 견해를 받아들인다면 송수권의 시에서 가장 중요하게 짚고 넘어가야 할 장소는 바로 '고향의 집'이다. 공간이나 장소는 인간과 상호작용을 하면서 그 의미가 부여된다. 유년기에 경험한 공간(장소)에 대한 기억이나 경험은 개인의 무의식 속에 저장되어 성인이 된 후에도 그립고 안락한 대상이거나 때론 혐오의 공간이 되기도 한다. 송수권 시인에게 유년의 기

---

[66] '장소에 대한 기억'이 지울 수 없는 어떤 특정한 곳에 고정되어 있다면, 기억의 장소들은 원래 발생 장소로부터 분리된다. '기억의 장소'에는 초시간적 차원의 창고에 저장된 기억을 불러오는 '기술(ars)로서의 기억'이 적용되는 것에 비해 '장소의 기억'에서는 기억하는 시점과 기억하는 주체의 조건에 따라 다르게 작용하는 내재적인 '활력(vis)으로서의 기억'이 적용된다(알라이다 아스만(변학수 역), 2011, 『기억의 공간』, 그린비, 431~432쪽 참조.)

억을 떠올리게 하는 장소는 고향이며, 이는 어머니가 존재했던 따뜻한 기억을 통해 비로소 완성되는 공간이다. 따라서 그가 가장 애착을 갖는 장소, 즉 '장소애'라고 불리는 토포필리아(topophilia)[67]는 '유년의 고향 집'이 된다.[68] 말하자면 훗날 유년의 따뜻한 고향 집이라는 장소가 사라짐으로써 생성되는 결핍과 부재는 그의 시에서 어머니를 상징하는 자연 세계를 애착하게 한다고 추정할 수 있다. 이런 시각에서 다음 시를 살펴보자.

어머님 한 땀씩 놓아가는 수틀 속에선
밤새도록 오동나무 한 그루가 자라고 있다
매운 선비 군자란(君子蘭) 싹을 내듯 어느새 오동꽃도 시벙글었다
태사(太史)신과 꽃신이 달빛에 퍼내는 북전계하(北殿階下)
말없이 잠든 초당(草堂) 한 채
그늘을 친 오동꽃 맑은 향(香) 속에
누가 당음(唐音)을 소리 내어 읽고 있다
그려낸 먹붓 폄을 치듯 고운 색실 먹여 아귀 틀면
어머님 한삼 소매 끝에 지는 눈물
오동잎새에 막 달이 어린다
한 잎새 미끄러뜨리면 한 잎새 받아 올리고
한 잎새 미끄러뜨리면 한 잎새 받아 올리고

---

67 토포필리아를 '장소애', 즉 공간 현상학적 차원에서 본격적으로 검토한 최초의 연구가는 인문지리학자인 이-푸 투안(Yi-Fu Tuan)이다. 투안이 장소와 공간을 구별하는 방식은 바슐라르와 유사한데, 공간은 움직임이 일어나는 곳, 장소는 정지된 곳이라고 말한다.

68 신덕룡, 2005, 「꿈꾸기 혹은 그리움의 시학」, 홍영·정일근 외, 앞의 책, 184쪽.
이형기, 2005, 「고향, 전통 그리고 조국」, 홍영·정일근 외, 앞의 책, 74쪽.

스르릉스르릉 달도 거문고 소리 낸다

어머님 치마폭엔 한밤내 수부룩이 오동꽃만 쌓이고……

° 「자수(刺繡)」(『산문에 기대어』) 전문

　어머니가 수를 놓다가 잠든 모습이 "말없이 잠든 초당(草堂) 한 채"로
형상화된 시다. 인용 시에서 형상화되고 있는 어머니는 바로 고향의 집을
상징하는 존재다. 가스통 바슐라르가 "집은 최초의 세계다. 그것은 정녕
하나의 우주다."[69]라고 말했듯이 인간을 최초로 감싸는 집의 형태는 모태
(母胎)다. 바슐라르는 자신의 몸이 사방에 노출되어 있을 때 불안을 느끼
고, 자궁이나 집처럼 자신의 몸을 어떤 공간이 감싸고 있을 때 안전하고
편안함을 느낀다고 했다. 이는 어머니 자궁에 있을 때 무의식적으로 형성
된 이미지라고 한다. 이렇게 볼 때 '어머니=고향의 집'이라는 등식이 성립
된다.

　이런 점에서 시적 화자는 "밤새도록 오동나무 한 그루"를 수놓는 어머니
의 치마폭에 한밤 내내 오동꽃만 쌓이는 정경을 상상하고, 이에 심미적으
로 공감한다. 이 시에서 어머니는 "달도 거문고 소리"를 내는 밤에 한복을
곱게 입고 다소곳이 수를 놓는 전통적인 어머니상으로 그려진다. 이는 유
년의 고향에 존재했던 어머니, 바로 근대화가 되기 이전의 우리 민족의
보편적인 어머니의 모습이다. 결국 그의 시 세계가 추구하는 자연 친화와
생태의식은 현대문명에서 결코 찾을 수 없는 잃어버린 고향, 다시는 돌아
갈 수 없는 모성을 갈망하는 것이다. 즉, 송수권 시에 표출된 고향 마을에

69　가스통 바슐라르(곽광수 역), 2003, 『공간의 시학』, 동문선, 77쪽.

대한 애정은 모성 갈망의 다른 말이 된다.

　다음 시에서 어머니는 여승의 모습으로 변용(變容)되어 나타나기도 한다.

　　　어느 해 봄날이던가, 밖에서는
　　　살구꽃 그림자에 뿌여니 흙바람이 끼고
　　　나는 하루종일 방안에 누워서 고뿔을 앓았다.
　　　문을 열면 도진다 하여 손가락에 침을 발라가며
　　　장지문에 구멍을 뚫어
　　　토방 아래 고깔을 쓴 여승이 서서 염불 외는 것을 내다보았다.
　　　그 고랑이 깊은 음색, 설움에 진 눈동자, 창백한 얼굴
　　　나는 처음 황홀했던 마음을 무어라 표현할 순 없지만
　　　우리 집 처마 끝에 걸린 그 수그린 낮달의 포름한 향내를
　　　아직도 잊을 수가 없다
　　　나는 너무 애지고 막막하여져서 사립을 벗어나
　　　먼발치로 바리때를 든 여승의 뒤를 따라 돌며
　　　동구 밖까지 나섰다
　　　여승은 네거리 큰 갈림길에 이르러서야 처음으로 뒤돌아보고
　　　우는 듯 웃는 듯 얼굴상을 지었다.
　　　(도련님, 소승에겐 너무 과분한 적선입니다. 이젠 바람이 찹사운데 그
　　　만 들어가 보셔얍지요.)
　　　나는 무엇을 잘못하여 들킨 사람처럼 마주 서서 합장을 하고
　　　오던 길을 뒤돌아 뛰어오며 열에 흐들히 젖은 얼굴에
　　　마구 흙바람이 일고 있음을 알았다.
　　　그 뒤로 나는 여승이 우리들 손에 닿지 못하는 먼 절간 속에
　　　산다는 것을 알았으며 이따금 꿈속에선

지금도 머룻잎 이슬을 털며 산길을 내려오는
여승을 만나곤 한다

° 「여승」[70](『꿈꾸는 섬』) 부분

화자는 감기를 앓고 있던 어느 봄날, 탁발 나온 여승의 인기척을 듣고
홀린 듯 그녀의 뒤를 밟게 된다. 동구 밖까지 따라나선 갈림길에서 그녀와
화자의 눈이 마주치게 되고, "처음 황홀했던 마음"을 느낀다. 그런데 이
황홀함은 모성이 결핍된 근원적인 세계를 그리워하여 이를 채우고자 하는
욕망에 다름 아니다.[71] 이런 시각에서 「모시옷 한 벌」을 살펴보면 다음과
같다.

어머니 장롱 속에 두고 가신 모시옷 한 벌/ 삼복더위에 생각나는 모시
옷 한 벌/ 내 작은 몸보다는 치수가 넉넉한 그 마음/(…중략…)/등 구부린
어머니의 핏물이 떠있다/ 아 어머니의 손톱 으깨어진 땀냄새 피냄새/
피모시 훑다 깨진 손톱 울 어머니 손톱

° 「모시옷 한 벌」(『산문에 기대어』) 부분

'여승'의 옷자락에서 표현되는 애잔함과 열 살 때 어머니가 남겨주고
간 '모시옷 한 벌'의 감촉에서 느끼는 정서가 유사하다. 「여승」에서 "그

---

70 고명수는 이 시를 불교적 인식으로 분석했고, 오세영은 '여승'으로 표현된 존재를 절대
    적 모성의 여성으로 인식한다. (고명수, 2005, 「송수권 시에 나타나는 불교 인식」, 홍
    영·정일근 외, 앞의 책, 166~167쪽; 오세영, 2005, 「토속적 세계관과 생명존중의 시」,
    홍영·정일근 외, 앞의 책, 388쪽.)
71 송수권이 4살 때 어머니는 병에 걸려 6년간 투병하다가 10살 때 돌아가셨다.

고랑이 깊은 음색, 설움에 진 눈동자, 창백한 얼굴"은 병색이 완연한 어머니를 형상화한 것이다. 또한 "우는 듯 웃는 듯 얼굴상을 지"어 보이는 여승의 표정은 시인의 기억에 남아 있는 어머니의 투병 시절, 어린 시인을 바라보던 당신의 얼굴, 세상의 모든 간난신고를 겪고 시름에 잠긴 창백한 어머니, 바로 그 얼굴인 것이다. 따라서 여승을 먼 곳에 떨어져서 바라보며 "너무 애지고 막막하여" 느끼는 설움, "처음 황홀했던 마음"은 본능적인 갈망과 모성의 부재에서 오는 슬픔과 같은 것이다. 이렇게 볼 때 어린 화자가 동구 밖까지 여승을 따라나선 것은 모성에 대한 무의식적 끌림이다. 송수권 시에 묘사되는 '여승'은 죽은 어머니가 현성(顯聖)한 존재라 할 수 있다.[72]

이렇듯 어머니를 그리워하는 마음이 여승으로 변주되어 나타났다면, 다음 시에 나오는 '한 소녀'에 대한 욕망은 어머니로부터 탈피된 여성상을 보여준다. 짝사랑하는 '한 소녀'에 이르러서는 더 이상 모성적 변용이 필요 없는 새로운 욕망으로 대체되기 때문이다.

말없이 꿈꾸는 두 개의
섬은 즐거워리.

내 어린 날은 한 소녀가 지나다니던 길목에
그 소녀가 흘러내리던 눈웃음결 때문에

---

72 이 시를 백석의 시집 『사슴』(1936)에 나오는 「여승」과 비교하면 둘 다 서사[narrative]가 압축된 이야기시의 전범이라는 점, 여승이 '파리한 여인'으로 형상화된다는 점에서 공통된다. 차이점은 화자의 정서인데, 백석의 「여승」에서 화자는 측은지심과 동병상련을 느끼는 데 비해 송수권의 「여승」에서 화자는 황홀한 마음, 무의식적 끌림을 보인다.

길섶의 잔풀꽃들도 모두 걸어 나와
길을 밝히더니

그 눈웃음결에 밀리어 나는 끝내 눈병이 올라
콩알만 한 다래끼를 달고 외눈끔적이로도
길바닥의 돌멩이 하나도 차지 않고
잘도 지내왔더니

말없이 꿈꾸는 두 개의
섬은 슬퍼라.
우리 둘이 지나다니던 그 길목
쬐그만 돌 밑에
다래끼에 젖은 눈썹 둘, 빼어 눌러놓고
그 소녀의 발부리에 돌이 채여
그 눈구멍에도 다래끼가 들기를 바랐더니
이승에선 누가 그 몹쓸 돌멩이를
차고 갔는지
눈썹 둘은 비바람에 휘돌려
두 개의 섬으로 앉았으니

말없이 꿈꾸는 저 두 개의
섬은 즐거워라.

°「꿈꾸는 섬」(『꿈꾸는 섬』) 전문

짝사랑에 빠진 소년의 내면이 "말없이 꿈꾸는 두 개의 섬은 슬퍼라/ 즐거워라."라는 대칭적 표현으로 그려진다. 짝사랑하는 소녀의 눈웃음결 때문에 화자는 자신에게 눈병이 들었다고 생각한다. 그래서 다래끼 든 눈썹을 빼서 돌 밑에 눌러둔다. 소녀가 그 돌을 발로 차고 가면 소녀에게 다래끼가 옮겨갈 것으로 생각한다. 이는 소박한 속신(俗信)인데, 짝사랑하는 소녀가 그것을 발로 차면 다래끼뿐만 아니라 화자의 사랑까지 소녀에게 옮겨갈 것이라는 믿음이 바탕에 깔려있다. 세속적인 속신의 경우는 단순하고 소박한 신뢰일 수 있으나, '아침 까치가 울면 반가운 손님이 온다.'와 같이 그 기다림이 절박한 경우에 그 믿음은 한결 짙어진다.[73] 이 시에서 소녀를 애절하게 사랑하는 마음은 화자의 다래끼(사랑)가 소녀에게로 옮겨가기를 바라는 믿음으로 나타난다. 그러나 소녀가 아닌 다른 사람이 "그 몹쓸 돌멩이를 차고" 가버림으로써 화자의 사랑은 결국 실현되지 않는다.[74]

이렇듯 시적 화자의 욕망은 결핍 그 자체이므로, 결국 이 욕망을 채우기 위해서 동경하는 대상들을 끝없이 추구하게 된다. 소녀에게서도 근원적인 여성성을 채우지 못한 시적 화자는 어쩔 수 없이 설화 속 주인공들이나 역사적 인물들을 택하게 되면서 욕망의 굴절을 보인다.

이렇듯 송수권의 시에서 근원적 공간으로 그려지는 고향 마을의 토속적인 정서는 전통적인 민속제의를 통해서 확대된다. 그러므로 특정한 지역의

---

73 속신은 믿음을 함축한 가언명제로 이루어진 언어적 진술체이다. 속신은 "~하면 ~하게 된다."와 같은 언어형식을 취하고 있다. 가설적·가정적인 전제가 앞에 오고 마무리 짓는 결론부가 여기에 따르게 된다. 즉, 종속절의 문장 하나와 주절 하나로 이루어진 언어 표현이 속신이며 주절은 언제나 믿음을 내포하고 있다(이서행, 2008, 『한국민족대백과사전』, 한국학중앙연구원 참조).

74 염창권은 이 시를 막 입사식(入社式)을 치르는 사춘기적 사랑에의 눈뜸으로 분석한다. (염창권, 2005, 「흔적 찾기와 흔적 되살리기」, 홍영·정일근 외, 앞의 책, 209쪽 참조)

고유한 토속신앙은 단순한 속신적인 차원을 넘어서 그 지역의 전통과 풍속을 아우르는 총체성을 지닌 문화라는 의미를 지닌다. 따라서 송수권의 시에 나오는 토속신앙을 분석하면 남도의 기후와 지형, 생태 환경, 음식과 풍습, 문화와 같은 특색을 온전히 파악할 수 있다.

토속신앙은 크게 애니미즘, 토테미즘, 샤머니즘으로 분류된다. 애니미즘은 만물에 영혼이 있다는 믿음을 기반으로 하고, 토테미즘은 동물이나 바위 나무 같은 상징물을 숭배하는 신앙이다. 샤머니즘[75]은 무당을 통해 인간과 신이 만나는 형태인데, 대개 애니미즘과 샤머니즘은 분리되지 않은 채 나타나는 경우가 많다.

샤먼들은 만물에 정령이 있다고 생각하는 애니미즘을 믿는 사람들이다. 그들은 사물에 깃든 정령들로부터 지혜와 행동의 지침을 얻는다.[76] 이 때문에 애니미즘은 시의 소재나 표현으로 자주 쓰였고 여러 시편에서 나타난다.[77]

---

75 옥타비오 파스는 시와 샤머니즘의 유사성을 이야기한다. "시어와 무당의 주문(呪文)은 유사하다. 시인이 시적 화자를 통해 말하는 것과 샤먼이 빙의 상태에서 신의 말을 대신 말하는 것 등에서 시의 언어와 샤머니즘의 언어는 서로 맥락을 같이 한다."(옥타비오 파스(김홍근·김은중 역), 1998, 『활과 리라』, 솔, 67쪽 참조.)

76 "샤먼들은 만물에 정령이 있다고 생각하는 정령신앙[Animism]을 믿는 사람들이다. 그들은 환상 속에서 사물 자체에 깃들인 정령들로부터 지혜와 행동의 지침을 얻는다. 시인들도 사물을 깊이 들여다보고 사물 안에서 감정이입의 깊은 공감에 잠길 때 그는 자신의 내부에 솟구치는 특별한 노래와 표현 이미지를 듣고 본다."(김백겸, 2011, 『시를 읽는 천 개의 스펙트럼』, 북인, 75쪽 참조.)

77 애니미즘은 다음과 같은 시에서 극명하게 나타난다. "우리의 신(神)은 콩꽃 속에 숨어 있고/ 듬뿍 떠놓은 오동나무 잎사귀/ 들밥 속에 있고/ 냉수 사발 맑은 물 속에 숨어 있고/ 형벌처럼 타오르는 황토밭길 잔등에 있다/ 바랭이풀 지심을 매는 어머니 호미 끝에/ 쩌렁쩌렁 울리는 땅/ 얼마나 감격스럽고 눈물 나는 것이냐"(「아그라 마을에 가서」, 『아도』, 35쪽.)

송수권의 등단작인 「산문에 기대어」에서도 이런 양상을 확인할 수 있다. "가을 산 그리메에 빠진 눈썹 두어 낱", 일어서는 "즈믄 밤의 강", 살아오는 "물속에서 튀는 물고기" 등 모든 것은 정령이 부여된 채 살아 움직인다. 그러면서 그것들을 모두 담고 있는 강물은 하나의 생명체로 형상화된 것이다.

음 2월 영등달 바람 불면 집에 가리

초하루 삭망엔 오고
보름 사릿물엔 간다고 했지

부뚜막마다 조왕신이 살고
영등할미 오신 날은
산에서 퍼온 붉은 흙
대가지에 삼색 헝겊을 달아 꽂았지
보름 동안은 숨막히도록 행동거지도
조신하였지

(…중략…)

집집이 수수엿 고아 치성 들면
옥황상제께 올라가 이 세상일 고해바치는데
영등할미 입이 오그라 붙어 고변할 수 없다 했지

음이월 영등달 바람 불면 집에 가리

아궁이마다 새로 불 지피고

떠돌이 지은 죄 씻고

영등할미 두고 간 수수엿 단지 녹으리

° 「빈집. 2」(『남도의 밤 식탁』) 부분

이 시는 사라져가는 토속적 언어들을 시에 전면 배치하여 시적 분위기를
조성하였다. 그리고 단문 형태의 시행과 간명한 연 구성을 통해 독특한
리듬감을 부여하며, '~했지'와 '(하)리'와 같은 종결어미를 반복 사용함으로
써 설화를 듣고 있는 듯한 느낌을 주고 있다. 이 시에서도 "부뚜막마다
조왕신이 살고" 있다는 애니미즘이 나타난다. 영등(靈登)할미는 물할미(물의
신), 산할미(산의 신)와 함께 우리나라 3대 신할미 중 하나로 바람의 신이다.
바람의 신이 전통사회에서 중요한 신이 된 것은 우리의 농경문화에서 바람
으로 상징되는 기후의 역할이 컸기 때문이다. 부엌마다 조왕신을 정성껏
모시고 정화수를 떠다 바치는 민속이 전개된다. 이러한 애니미즘적 사유[78]
를 토대로 민속적 소재를 시 속에 끌어온 것은 산업화 때문에 단절된 민족
고유의 가치와 전통세계, 즉 근원적 삶을 갈망하는 시도로 보인다.

다음 시도 애니미즘의 면모를 보여준다.

아침에 나가보면 호젓한 산길을

혼자서 가고 있었다.

---

78 오세영은 이 시의 애니미즘적 속성을 언급하면서 독특한 리듬과 이미지 중심의 서술에
대해 분석하였다. (오세영, 2005, 「토속적 세계관과 생명존중의 시」, 홍영·정일근 외,
앞의 책, 390~391쪽.)

오빠수떼들의 진한 울음처럼
발 아래 꽃잎들이 짓밟혀 있고
한밤내 저민 향내 오답싹에 조금
묻혀가지고
차마 갈까 차마 갈까 애타는 걸음
조금씩 뒤돌아보듯 가고 있었다.

산길을 벗어나면 아득한 벌판
언뜻언뜻 물미는 구름 속에
꽃사당년같이 얼굴 한 번 가려 흐느끼고

벌판을 나서면 가로지른 강물이
소리 내어 따라오고, 거기서 너는
비로소 독부(毒婦)같은 마음을 지었다
검은 눈썹 밀어놓고 도끼 하나를
물 속에 버리었다.

아침에 나가 보면 암중같이
독한 암중같이 이제는 강을 건너
소맷자락까지 펼치며
훨훨 나는 듯이 가고 있었다

°「달」(『꿈꾸는 섬』) 전문

'달'이 단순한 자연물이 아니라 혼령이 깃든 생명체로 형상화되었다. "차마 갈까 차마 갈까 애타는 걸음"으로 누군가를 그리워하기도 하고, 사랑의 아픔에 "꽃사당년같이 얼굴 한 번 가려 흐느끼"는가 하면, "비로소 독부(毒婦)같은 마음을 지"으면서 누군가를 질투하거나 미워한다. 또 "소맷자락까지 펼치며/ 훨훨 나는 듯이 가"는 초연함을 보여주기도 한다. 시인의 이런 상상은 만물에 정령이 깃들어 있다고 믿는 애니미즘 사상을 바탕으로 하고 있다. 애니미즘은 작고 사소한 것이나 하찮고 쓸모없어 보이는 미물마저도 특별한 존재성을 지닌 영적 대상으로 탈바꿈시킨다. 미물이 영물로 변하는 순간, 그것에는 서사가 입혀지고 곧 신화가 된다. 서정주 시에서 '질마재'에 포함된 모든 것, 민간에 떠도는 이야기나 평범한 마을 사람들의 모습까지 신화가 되었듯이 '달'이 뜬 시간과 공간 전체가 하나의 신앙이 되는 셈이다.

이렇듯 송수권 시의 생명 공간은 "절대적, 초월적인 공간이 아니라 자연성, 자율성을 지닌 공간이다. 초월적인 존재가 생명을 되살리는 것이 아닌 스스로 되살아나는 공간이다."[79] 즉 수직적 계급 질서에 따라 절대적으로 군림하는 이항대립적 세계가 아니라 만물이 수평적인 모습으로 존재하는 자연인 것이다.

이렇듯 생태의식이 드러나는 그의 시를 살펴보면 만물이 조화롭게 상생하는 자연 친화와 애니미즘적 사유가 있음을 확인할 수 있다. 그리고 이 바탕에는 우리 민족의 정체성을 확립하기 위한 샤머니즘적인 세계관이 깔려있다. 이는 그가 전통서정시의 영역을 확장하는 문명에 대한 비판적 시각이 담긴 신국토 생명시를 개척하게 하는 동인이 된다.

---

79 배한봉, 2019, 「고향의 장소성과 공간 연구─이성선, 나태주, 송수권의 첫 시집을 중심으로」, 『비교한국학』 27권, 국제비교한국학회, 207쪽.

(2) 문명 비판과 구원의식

송수권 시에 나타난 문명 비판과 구원의식을 논의하기 위해서는 그가 추구한 전통서정과 서정시의 역사적 맥락부터 이해할 필요가 있다.

서정시[liric poetry]는 리라(lyra)라는 현악기에서 유래한 용어다. 서정시는 본래 악기에 맞추어 부르는 노래 가사를 의미했고, 노래는 가락(운율)이 본질[80]이다. 따라서 서정시는 주로 읽기 위해서 혹은 개인적인 감정을 표현하는 짧은 시를 의미하게 되었다. 여기서 개인적인 감정이란 정서, 상상, 또는 사상까지를 포함하는 말이다.[81]

그러나 형식적으로 고백적이며 자기 표현적 요소가 강한 서정시는, 인간의 삶을 반영하여 현실을 비판하기도 하고, 갈망하는 세계의 양상을 먼저 제시하기도 한다. 그뿐만 아니라 언어와 정서의 아름다움은 상처받은 인간의 영혼을 위무하고 그것을 더 높은 차원으로 고양하는 승화의 기능도 한다.[82]

이러한 역할을 하는 서정시에 대한 개념은 시대적 변천에 따라서 여러 가지 개념으로 논의되었다. 서정시는 크게 두 가지 의미로 사용되었는데, 하나는 그리스의 삼분법에서 상위 장르로서의 서정시이며, 다른 하나는 그 하위 장르로서의 서정시이다.[83] 이와 같은 서구의 서정시 개념은 오랫동

---

80 이는 송수권이 우리 민족의 전통정서를 독특한 가락으로 형상화했다는 점과 깊은 연관
    이 있다. (김준오, 2010, 『시론』 4판, 삼지원, 16쪽 참조.)
81 한국문학평론가협회, 2006, 『문학비평 용어사전』, 국학자료원 참조.
82 이숭원, 1997, 『서정시의 힘과 아름다움』, 새미, 3쪽.
83 고봉준, 2007, 「서정시 이론의 성찰과 모색」, 『한국시학연구』 제20호, 한국시학회, 119
    쪽 참조.

안 유지되어왔는데, 이때의 '시'는 곧 '문학'의 다른 말이기도 하였다.

17세기를 전후로 하여 서정시는 고조된 감정을 짧은 진술을 통해 극적이고도, 암시적으로 함축시킨 일인칭 독백체 형식으로써 서정시의 하위 장르 가운데 하나로 자리 잡게 되었다.[84] 오늘날 우리가 보편적으로 사용되는 '서정시(lyric)'라는 명칭은 1830년대 이후에야 쓰이게 되었다.[85] 이와 같은 '서정시'라는 장르적 명칭은 독일에서 헤겔이 처음으로 사용하였는데, 이는 열띤 감정의 직접적인 표현이라고 서정시를 해명한 "헤르더의 시각과 에른스트 피셔의 논의를 거치게 되면서, 서정시에 대한 정의가 주관성·내면성 이론으로 정립"[86]되었음을 의미한다.

그런데 유의할 점은 헤겔이 서사시-서정시-극시라는 장르적 3분법보다 '시적인 예술 작품', '시적인 표현', '시적인 표상'처럼 질감이나 정조의 차원으로 서정시에 접근하였다는 것이다. 헤겔 이후에 등장한 에밀 슈타이거는 서정시의 근본 개념으로 서정적 자아의 '회감(回感)'을 언급하며, 돌아볼 때 발생하는 주체와 객체 사이의 거리의 소멸, 즉 서정적 융화가 시의 본령이라 해명한다.[87]

이렇듯 근대 이후의 서구문학사에서 '서정'은 주관성과 동일하게 인식되

---

84 오세영, 2001, 「서정시란 무엇인가」, 『시와시학』 여름호, 13쪽.

85 디이터 람핑(장영태 역), 1994, 『서정시 : 이론과 역사』, 문학과지성사. (고봉준, 앞의 글, 118쪽 재인용)

86 고봉준, 2007, 앞의 글, 119~129쪽 참조.

87 슈타이거의 '회감'은 외연적 의미로 시제의 뜻을, 내포적 의미로 자아와 세계의 상호동화라는 의미를 지닌다. 이 회감의 작용으로 서정시는 자아와 세계는 물론 과거, 현재, 미래의 시간과도 융합된다. (에밀 슈타이거(이유영, 오현일 역), 1978, 『시학의 근본 개념』, 삼중당, 18쪽 참조.)

었다. 하지만 역사적 맥락에서 근거하는 '서정'의 주관성은 동양사상에서 배태된 전통적 시론에 의하여 비판의 대상이 되어왔다. '나-너의 상황'이란 환상 구조를 전제한 서구의 개념[88]에 대한 비판적 시각이 있었음에도 불구하고, 서정시의 핵심이 동일성이며, 이 같은 주관성에 근거한 일인칭 화자의 독백체[89]라는 이해는 통용되어왔다. 이런 관점에서 근대 이전의 서정시와 그 이후의 서정시에 대해 에른스트 등은 '서정시'는 근대의 폭력적 현실에 의해 상실된 근원을 복원하고자 하는 욕망이라고 바라보았다. 이때의 근원이란 근대사회 이전에 유지했던 전통이다. 에른스트의 견해에 의하면 서정시는 현대적 삶에 대한 반성과 함께 문명 비판적인 인식을 내포하는 것이다.[90]

전술한 바와 같이 서정시에 대한 여러 가지 견해가 있지만, 동일성의 이론들, 가령 주체와 대상의 서정적 혼융(에밀 슈타이거), 세계의 자아화(조동일), 자아와 세계의 동일성(김준오) 등은 모두 주체와 대상의 관계에서 서정시의 핵심을 찾는다는 점에서 일치한다.[91] 이에 대하여 김준오는 "시 정신

---

88 호체크·파커 엮음(윤호병 역), 2003, 『서정시의 이론과 비평』, 현대미학사, 105쪽.
89 남기혁, 1999, 「서정시의 위상」, 『시와시학』 봄호, 88~92쪽.
90 에른스트 피셔는 서정시의 본질을 "근원으로 돌아가고자 하는 욕망"으로 규정하였다. 여기에서의 '근원'이란 자아와 세계가 분리되지 않고 소외와 고립이 없었던 근대사회 이전의 세계를 의미한다. 여기에서의 '근원'이란 자아와 세계가 분리되지 않고 소외와 고립이 없었던 근대사회 이전의 세계를 의미한다. 이를 극복하고자 하는 시적 기제 가운데 하나이자 분리주의적 세계관에 대항하는 통합적 세계관이 바로 전통서정이다. 이처럼 근대를 극복하고자 하는 시적 기제로서 분리주의적 세계관에 대항하는 통합적 세계관이 바로 전통서정이라 주장한 견해도 있다. (에른스트 피셔(김성기 역), 1984, 『예술이란 무엇인가』 돌베개, 176쪽.)
91 고봉준, 2007, 앞의 글, 121쪽.

은 단적으로 동일성에 있다. 여기에서의 동일성이란 자아와 세계의 일체감이다."[92]라 언급하고, 주체와 대상의 관계에서 서정시의 의미를 해명하였다.

이렇듯 서정시에 대한 견해에는 이견이 따를 수 있지만, 다수의 논의들이 주체와 객체의 상호 동일성의 측면에서 서정시의 핵심을 찾는다는 점은 대동소이하다. 그러나 오늘날의 서정시가 동일한 본질과 정신, 형식 등을 갖고 있다고 이야기할 수는 없을 것이다. 동양 시학의 전통적 관점에 따르자면 서구문화의 영향을 받은 서정시는 세계와 인간의 관계를 잘못 인식함으로써 커다란 한계를 지닌 시에 불과하다.[93]

전술한 바와 같이 서정적 동일성으로 서정을 이해하는 견해는 그 방법이 배태된 헤겔과 하이데거의 철학적 사유 체계와 밀접한 관련이 있다. 하지만 헤겔은 서정시를 특정한 역사적 시기의 관점에서 해명하였기 때문에 독일 낭만주의 시의 서정성을 규정하는 데 그쳤다.

이런 점을 염두에 두고 전통서정을 논의하려면 한국의 서정시가 문학사에서 어떤 길을 모색했는지를 살펴보아야 한다. 송수권의 시가 전통서정시의 계보를 잇고 있다고 할 때 먼저 '전통서정시'라는 용어에 대한 개념 정립과 더불어 근대 전통서정시 양식의 형성과정을 탐색한 이후라야 송수권 시의 특징을 명확히 파악할 수 있기 때문이다.

동양적인 세계인식에 바탕을 둔 전통적인 서정시는 우리 시의 주류적인 흐름을 형성하면서 지속적으로 창작되었다. 그동안 한국의 서정시는 동일

---

92 김준오, 2005, 앞의 글, 27~36쪽.
93 고봉준, 2007, 앞의 글, 132~133쪽.

화의 논리 속에서 시적 대상을 자연에서 찾아왔다. 그리움과 정한(情恨), 자연물과의 동일화 속에서 서정적 일체화를 이룩하고, 세계와 주체의 동일화 속에서 근원적 세계로 귀의하고자 한 것이 한국 현대 전통서정시의 본류였다.[94] 하지만 특정 시기에 '서정'은 현실과의 대결을 회피한 시인들의 나약함에 대한 자기 위로라고 폄하되었다. 우리의 현대 시사를 살펴볼 때 전통서정에서 일탈하려는 시도가 있을 때마다, 또 한편에서는 전통서정으로 회귀하려는 반작용이 일어났다. 그 반복과 회귀의 여정이 현대시의 추동력이었다고 해도 과언이 아닐 것이다.[95]

요컨대 전통서정시는 서구에서 밀려 들어온 자유시 운동에 맞서 1920년대에서부터 1950년대까지 형성된 우리 시사에서 독특하고 중요한 시 양식이다. 전통서정시의 특성은 평이한 시어와 단순한 형식으로 민족적 개성을 표현하려 했으며 현실 인식 면에서 대체로 소극적이거나 도피적이라는 데에 있다. 전통서정시의 기본 양식은 민요조, 사설조, 산수화풍의 순수시 등 세 가지[96]로 나누어 볼 수 있다. 이 셋은 서구 편향의 자유시와 결합하면

---

94 한국현대시의 전통서정 즉, 자연물과 민족 정서의 결합은 김소월에서부터 그 연원을 찾을 수 있다.

95 서정을 배제하려는 정신도, 서정을 극복하고자 하는 시도도, 서정에 바탕을 두고 있었으며 이때마다 시와 비시의 경계가 새롭게 확장되며 시의 영역 또한 확대되었다. (김현자, 2006, 「한국 현대시에 나타난 '서정'의 본질과 의미」, 『한국시학회 학술대회 논문집』, 한국시학회, 7쪽.)

96 민요조 서정시 양식은 1920년대 김억에 의해 시작되고, 김소월에 의해 자유시 형으로 완성되었으며, 김동환, 김영랑, 정지용 등 시인들에 의해 개성적으로 계승되었다. 관념적인 한자어나 외래어를 배격하면서 민중적인 운율에 민중의 정서를 담아내었다. 긴 사설조는 민간 전래의 사설이 최남선에 의해 근대시형으로 시도되었다가 한용운에 이르러 산문형 자유시 양식으로 자리 잡았고, 내간체 사설조는 백석에 의해서 향토 풍물시로 변형, 계승되었다. 산수화풍 순수시는 정지용에 이어 청록파로 이어지는데 박목월

서 우리 현대시 양식의 계기가 되기도 하였다.

1920년대 김억과 김소월로부터 시작된 전통서정시는 1930년대에 가장 현실 도피적인 자세를 취했다. 이는 자연파로 불리는 청록파 3인, 목가적인 시를 주로 쓴 신석정, 김상용 등에서 찾아볼 수 있는데, 서정주에 의해 현실 초월의 시로 변형되어 계승되었다.[97] 우리 현대시사에서 전통서정시는 현실 참여의 결여, 일제에 타협, 조국광복과 한국전쟁 시기의 현실도피 등으로 비판받는 것은 사실이다. 그러나 외래문화가 유입되면서 혼란한 현실의 삶을 전통서정의 결로 위로한 것도 간과할 수는 없다. 전통서정시는 전통시의 형식과 운율, 정신을 계승함으로써 외래의 것에 대한 무조건적 수용이 아닌, 비판적인 수용의 기반을 제공했다.[98]

송수권이 지향하는 전통서정도 현실 참여의 결여와 같은 측면을 제외하고 본질적인 측면에서는 다른 전통서정시인들과 대동소이하다. 전통서정시인들이 자연 친화나 전원적 삶을 노래함으로써 간접적으로 문명 비판적인 시선을 견지했던 것 역시 유사하다.

따라서 송수권의 전통서정시를 근대문명의 폭압적 현실에 의해 상실된 근원 공간을 복원하고자 하는 욕망의 투사로 바라본다면, 그의 시 세계는 자연스레 현대적 삶에 대한 반성과 함께 문명 비판적인 인식을 내포할 수밖에 없다. 그리고 이때의 근원은 산업화 이전에 유지했던 전통을 의미한다. 말하자면 송수권 시 세계가 표방하는 전통서정과 문명 비판은 다음

은 지용의 산수화풍을 민요조로 노래했다. (신진, 2012, 「소위 '전통서정시'의 정체와 기반 양식」, 『석당논총』 53호, 동아대학교 석당학술원, 226~236쪽 참조.)

97 신진, 2012, 위의 글, 237~238쪽.

98 신진, 2012, 위의 글, 238쪽.

과 같은 현실을 배경으로 형성되었다.

근대문명의 편리함은 인간에게 희망의 비전을 보여주었지만, 전통서정시가 중요한 시적 대상으로 삼았던 '자연'은 훼손되고, 아름다운 자연이 지닌 내재적인 가치와 풍경 또한 시각 매체에 의해 추상화되었다. 또한 거대 자본에 의해 인간관계는 물화되는 지경에 이르게 되었다. 즉, 현대화가 심화될수록 인류 역사가 발전하는 것이 아니라 인간의 삶은 오히려 정체성을 잃고 위기에 직면하게 된 것이다. 이러한 맥락에서 그의 시를 살펴보면 현대문명의 폐해에 대한 우려와 함께 현대인의 피폐한 삶을 걱정하는 마음이 담겨있는 점을 확인할 수 있다. 이렇듯 물질문명과 거대 자본이 야기한 환경 파괴 속에서 파편화된 시간을 사는 현대인들에게 송수권의 시는 치유와 구원의 시학을 펼쳤다. 아래 인용 시에서 보듯 그가 노래한 세계는 대부분 이미 잃어버렸거나 왜곡되어버린 삶이다.

먼 데서 날아와 과녁의 중심을 물고 흔드는 화살이여
주변의 감각들은
나의 중심을 허물지 못하고
길들여진 습관적인 말로는
소리와 냄새 맛의 원초적인 감각을 흔들지 못한다

(…중략…)

드림전, 싸전, 잡살전, 다림방, 시계전, 어리전, 진전
마른전, 군치리, 물집, 마전, 말감고……
저 수표교가 있었던 자리, 정월 보름달은

당나귀 울음소릴 사랑하고

소망교회의 한 장로가 꿈꾸었던 무식쟁이의 청계천을
사랑하고
시의 언어가 시장(詩場)이 되고 공약(公約)이 될 수만 있다면
나는 종로바닥을 싹 쓸어버리고
쥐뿔도 고양이뿔도 전통이라면 찾아내어
운종가의 봄을 새로 불러오겠다

(…중략…)

말춤 속에 현대와 근대가 엇박자로 어수룩하게 맞물리는
강남스타일로
종달새와 뻐꾹새의 울음소리를 키우겠다
시 한 줄이 우울증을 치유할 수 있는 프로작 한 알이라도
될 수 있다면

°「봉인(封印)된 말을 찾아서」(『통』) 부분

『통』에서 서시 역할을 하는 이 시는 사라져가는 전통의 경계 너머에서
울려오는 소리를 소환한다. 전통에 대한 그리움[99]은 "쥐뿔도 고양이뿔도
전통이라면 찾아내어/ 운종가의 봄을 새로 불러오겠다"라는 진술을 통해
극명하게 드러난다. 화자가 옛 풍경을 소환하는 이유는 우리에게 정겨움을

---

99 『통』에서 이와 관련된 시편은 「하늘을 나는 자전거」, 「내빌눈」, 「서백당 대추란」, 「째
죽꽃」, 「미황사」, 「감은사지에서」 등이 있다.

주었던 장소와 소리들이 도시화로 사라져 버렸기 때문이다. 채소 씨앗을 팔던 잡살전의 흥정, 수표교를 울리던 당나귀 울음소리, 육류를 공급하던 백정 가게인 다리방에서 와자지껄 들려오던 소리는 지금 들을 수 없는 것들이다. 이처럼 송수권은 현대인이 듣지 못하는 소리를 소환하여 전통을 일깨움으로써 문명 비판적 시선을 견지한다. MB정권이 들어서면서 한글·영어 혼용정책에 의해 국적 불명의 언어들이 난무한 현실을 성토하고, 더 나아가 강남스타일의 말춤 속에서도 "종달새와 뻐꾹새의 울음소리"처럼 봉인된 말과 소리를 찾고자 한다.

이렇게 전통문화에 대한 옹호와 문명을 비판적으로 바라보는 시각은 외국의 낯선 벌판을 달리면서 더욱 심화되어 나타난다.

> 낯선 곳 낯선 풍경을 지치도록 달리다 보면
> 예 살던 징검돌 하나라도 이리도 마음에 맺히는 거
> 물방아는 처릉처릉 하얀 물잎새를 쳐내고
> 달맞이꽃이 환한 밤길은
> 솔솔 어디선가 박가분 냄새가 코를 미었다
> 나는 지금 남부 이탈리아 롬바르디 평원을 달리며
> 이 평원을 다 준다 해도
> 내 편히 쉴 곳이 없음을 안다
> 베르디가 노래한 아침 태양도
> 내 가슴을 적셔 내리진 못한다
> 어디에선가 거대한 성곽에 종이 울리고
> 진군의 나팔 소리 따라
> 천국이 하늘 위에 있다고 일러주지만

아무래도 내 깃들일 수 있는 곳은

이 대평원이 아니라 대숲 마을을 빠져나온 저녁연기들이

낮게 낮게 깔리는 그러한 들판이었다

시냇물이 좔좔 흐르고 몇 개의 징검돌이 놓이고

벌떡벌떡 살아 뜀뛰는 어린 날처럼

물방개라도 만나보고 싶은 곳이다

이틀이나 사흘쯤 낯선 곳 낯선 풍경을 달리다 보면

이리도 흙냄새 그리운 거

징검돌 하나라도 이리 마음속에 떠오르는 거

아아 문둥이 장돌뱅이처럼 내 가슴에 닿아지는 얼굴들

지금쯤 흙담 앞뒤란을 캄캄하게 겨울눈이 내리고

햇빛이 맑은 아침나절은 앞마당

참새 발자국도 깝죽거리겠다

구석진 골목길 왕거무가 집을 짓다 말고

따뜻이 등을 기대이겠다

멀리 보리밭 들판을 청둥오리떼 날아내리고

보리싹 밀싹 파먹느라

또 남녘벌 끝 시끄럽겠다.

°「정든 땅 정든 언덕 위에」(『사구시의 노래』) 전문

화자는 이탈리아 롬바르디 대평원을 차로 달리면서도 고향의 "대숲 마을을 빠져나온 저녁연기들이/ 낮게 낮게 깔리는 그러한 들판"을 잊지 못한다. 서구의 물질문명을 상징하는 "낯선 곳 낯선 풍경"보다는 "시냇물이 좔좔 흐르고 몇 개의 징검돌이" 놓인 고향의 흙냄새를 그리워한다. 징검돌이 놓여 있는 풍경이나 "솔솔 어디선가 박가분 냄새가 코를 미이"는 기억은

현실 공간의 고향이 아니고 유년기의 고향 공간이다. 징검돌은 산업화 이후 보기 힘든 시골 정경이며 '박가분(朴家粉)'은 1920~30년대에 두산 그룹 창립자 박승직이 판매한 우리나라 최초의 화장품이기 때문이다. 이 작품은 송수권의 시가 평생에 걸쳐서 노래하고 싶은 대상이 무엇인지를 분명하게 밝히고 있다. 그것은 산업화되기 이전의 고향 공간을 회복하고자 하는 소망이며, 이러한 의식은 자연스럽게 현대문명에 대한 비판적 인식을 드러내는 것이다.

하이데거는 인간의 현존을 존재로부터 일탈한 고향 상실에서 찾았고, 게르하르트나 노발리스는 인간을 집 또는 영원한 고향으로 가는 존재로 보았다.[100] 이처럼 고향은 구체적 경험의 기반이면서 정신적 토대가 되는 공간이므로, 강력한 문학적 자양으로 많은 시에서 다양하게 변주되어 나타난다. 마찬가지로 송수권 시에서도 고향은 부활하는 생명력의 장소로 기능한다. 고향은 자신이 태어나 자란 공간이므로 높은 친밀성을 지닌다.

이렇듯 그의 시에는 온전했던 과거의 삶(유년의 체험)에 대한 진한 애정과 그리움이 나타난다.[101] 송수권의 시는 한국 전통서정시의 흐름에 있으면서도 자신만의 개성을 추구했다. 그러나 그의 시는 회고적 정서를 바탕으로 하면서도 애상이나 감상에 빠지지 않고 슬픔을 객관화함으로써 합일과 조화의 세계를 향해 나아간다.

그의 시가 회복하고자 하는 고향 공간의 실체는 어떤 모습이며, 그것을 마주했을 때 어떤 정서를 느끼게 되는지는 다음과 같은 작품에서 알 수

---

100 이원규, 2004, 「한국시의 고향의식 연구 - 1930~1940년대 시를 중심으로」, 성균관대학교 박사학위논문, 3쪽.

101 신덕룡, 2005, 「꿈꾸기 혹은 그리움의 시학」, 홍영·정일근 외, 앞의 책, 184쪽.

있다.

> 백련사 동백 숲길을 걸어 보신 적이 있나요
> 동박새 울음이 유난히 슬픈 봄날이었지요
> 모감지째 생꽃으로 뚝뚝 지는 동백꽃을
> 쓸어모아 보신 적이 있나요
> 노오란 꽃 수술이 달린 그 빨간 주머니꽃 말예요
> 저의 돌잔치 때 할머니가 만들어주셨다는
> 어쩌면 그 복주머니들 같았지요
> 저는 그 복주머니 꽃 주워서 귀에 대고
> 흔들어 보았어요
> 찰랑찰랑 한반도 남녘끝 맑은 물소리 들렸지요
> 발기에 툭툭 채인 동백꽃송이 쓸어모아
> 꽃목걸이를 만들어 목에 꿰어 보았지요
> 동백전의 찰랑거리는 소리가 났어요
> 동백전은 궁중에서 썼던 돈이라 민초들은 모르지요
> 그러나 웬일인지 그 무지렁이들 울음소리 들려왔어요
> 백련사 동백 숲길을 걸어 보신 적 있나요
> 처음엔 동박새가 부리로 쪼아 그러는 줄 알았지요
> 저는 그 소롯길 걷고 나서야 알았어요
> 동박새 울음이 유난히 슬픈 봄날이었지요

°「백련사 동백꽃·2」(『언 땅에 조선 매화 한 그루 심고』) 전문

'모감지'는 '모가지'의 전라도 방언이다. "모감지째 생꽃으로 뚝뚝 지는 동백꽃"이라는 시각과 "동박새 울음"이라는 청각이 함께 어우러진 토속적

시·공간, 백련사 동백 숲길이 바로 화자가 회복하기를 바라는 전통서정의 공간이다. 화자가 백련사 동백꽃을 보며 "돌잔치 때 할머니가 만들어주셨다는" 복주머니를 연상하며 귀에 대고 흔들어 보거나, "꽃목걸이를 만들어 목에 꿰어 보"는 행위는 시적 대상에 생명력을 부여하는 행위이다. "뚝뚝", "찰랑찰랑"과 같은 음성상징어의 사용, 정적인 시각을 청각으로 전이하여 역동적으로 전개하는 이미지들은 송수권의 시를 과거지향이나 복고적 서정에서 벗어나게 한다. 화자가 원하는 바는 과거로 돌아가고 싶다는 무조건적인 동경이 아니다. 현재의 삶에서 복원할 수 없는 소중한 것들을 시 속에서 형상화하려는 욕망이다.

"동박새 울음이 유난히 슬픈 봄날이었지요"가 수미상관의 구조로 2행과 마지막 행에 반복되어 나타나는 것에 주목할 필요가 있다. 이는 애상적 정서가 아니라 조화로운 삶에 대한 정서적 감동이며, 우리가 진정 회복해야 할 소중한 가치를 오늘날의 삶 속에 현재화하겠다는 의지이다. 그래서 화자의 손에 닿는 순간 백련사 동백꽃은 복주머니로, 꽃목걸이로 변하고, 화자는 이 꽃에서 "한반도 남녘끝 맑은 물소리"는 물론 "동백전의 찰랑거리는 소리"까지 듣는 것이다.

> 내 사랑하던 쫑이 죽었다
> 어초장 언덕바지 감나무 밑에 묻어주었다
>
> 이듬해 봄 감나무 잎새들 푸르러
> 컹컹 짖었다
>
> °「인연」(『언 땅에 조선 매화 한 그루 심고』) 전문

단시가 많지 않은 송수권의 시에서 짧은 시[102] 중 하나가 「인연」이다. 사랑하던 "쫑"이라는 개가 묻힌 감나무 밑에서 이듬해 봄에 돋아난 푸르른 감나무 잎새들은 쫑의 환생이며 다시 화자와 인연을 맺는 시적 대상물이다. 그의 전통서정은 불교적 사유와 함께 이 작품에서 형상화된 생명사상을 거쳐 문명 비판적인 생태시의 면모를 보인다.

산업화가 진행되면서 의미 있는 사회질서로 여겨졌던 전통적인 삶의 방식은 외면당한 채 자본주의의 냉정한 생존원칙이 강조되는 시대로 변해버렸다. 내면적 가치보다 외면적 가치를 중요시하는 물신주의적 사고방식은 과거와의 단절을 가져왔다. 이런 측면에서 송수권의 문명 비판적 시선은 산업화, 도시화 이전의 시·공간을 꿈꾸는 전통서정의 추구와 궤를 함께한다. 이는 우리 시대를 살아가는 모든 생명체에 대한 외경심을 바탕으로 한다.

밝은 웃음과 얼굴들이 실린 1번 국도의
셔틀버스 불빛 창 안이 환하다
서울에서 신의주로 가는 야간열차 경적이 봉봉거리자
강 언덕이 잠시 떠올랐다 다시 어둠에 묻힌다
공단도 도시도 없는 철조망 접경지역
오래 못 듣던 큰 짐승들이 울고 있다.

숲 위로 은하수가 하얗게 걸치자

---

102 2행으로 된 단시로 「빨치산」("날아가는 새가 되지 않으려고/ 밤마다 가슴에 돌을 얹고 잠들었다")이 있고, 1행으로 된 단시로 「매」("매는 하늘을 날아도 그 발톱은 땅에 찍힌다")가 있다.

물속에 처박은 형광찌가 끌리더니
잉어 한 마리가 은하수 가에 휩떠 샛별처럼 요동친다
반딧불이 환상적으로 날고 있는 여름밤
튼튼한 수계(水系)가 다시 정적을 묶으며 전설(傳說)처럼 휘어진다

°「수계(水系)를 따라─10년 후의 여름·임진강에서」
(『바람에 지는 아픈 꽃잎처럼』) 전문

　　화자는 "공단도 도시도 없는 철조망 접경지역", 즉 휴전선 임진강 일대
를 탐사했던 경험을 형상화한다. '수계(水系)'는 지표의 물이 점차로 모여서
같은 물줄기를 이루는 계통으로 하천이나 강을 말하는 것이니 여기서는
임진강을 의미한다. "오래 못 듣던 큰 짐승들이 울고 있"는 불모지의 땅에
"서울에서 신의주로 가는 야간열차 경적이 봉봉거리"는 것은 이 시의 부제
에서 알 수 있듯이 10년 후의 여름, 임진강을 상상하기 때문이다. 10년
후에는 남북이 화해하고 통일이 되어 이곳, 임진강 부근에서 "밝은 웃음과
얼굴들이 실린 1번 국도의/ 셔틀버스 불빛 창 안이 환"하기를 화자는 기대
하고 있다. '큰 짐승의 울음소리', '은하수', '잉어', '반딧불'은 문명 이전의
생태 환경이며, '형광찌'는 현대문명을 상징한다. 다음은 그러한 문명 비판
이 국토를 향한 애정과 통일에의 열망으로 확산되는 시편이다.

하단(下端) 갈대숲에 와서 늘 가슴 울먹였다
바다 쪽에서 밀리는 잔잔한 노을 속에 내 두 뺨은
복숭아처럼 익어갔고
철새들의 날갯짓이 가슴 가득 무너져 내렸다
고등학교 시절 한 여류 시인이 되겠다던 소녀와

첫사랑을 속삭였고
여름날 갈숲을 헤쳐 물새알의 따뜻한 온기에 입맞췄다
바다새의 파란 울음소리와 모래밭의 모래 무덤 속에서
아나벨리의 죽음을 꿈꾸었다
재첩 국물에 주막집 술이 밤새도록 익어갔던 곳
철근을 박은 거대한 한 왕국이 오래전에 이곳에 들어섰다
비오디 361 피피엠 갈밭의 긴 수로가 끊기고
사상공단에서 흘러나온 음식 찌꺼기에 갈매기 떼 몰려와
쓰레기 무덤을 뒤졌다
높이 날으는 갈매기가 아니라 저 비정한 삶의 갈매기-
독극물에 치었는지 어제는 재갈매기 떼로 죽었다
인부 둘이 나와 아직도 희망이 있다는 듯이
모래 무덤을 파고 시체들을 안장했다
그러나 갈매기 무덤의 전설은 오래가지 않으리라
소년은 자라 한 시인이 되어 늙었고 그 시인은
갈매기 무덤 곁에서
저 바다 위 폭풍을 예언하고 있지 않느냐
너는 그 예언의 목소리 쉬이 들으리라
「시속 2백 마일로 북상하는 폭풍, 지난밤의 해일은 너무 컸어」 사람들
은 말하리라
　사상공단 하나를 모래 속에 묻고 모래밭 위로 떠오른 보기 흉한 뿔들
　저것은 인간의 굴뚝이지 결코 갈매기 무덤의 전설은 아니었어.

　　　　　°「뿔-사상공단에 가서」(『바람에 지는 아픈 꽃잎처럼』) 전문

도시의 대규모 공업단지는 경제 성장을 상징하는 장소로 인식된다. 하지

만 그 이면을 들여다보면 자연 파괴와 환경오염 때문에 황폐화되어버린 부정적 공간이기도 하다. 사상공단은 부산 사하구 하단동에 있는 거대한 공업단지이다. 1행부터 10행까지는 사상공단이 들어서기 전의 안락한 자연 공간을 형상화하였다. 그곳의 하단에는 "갈대숲"과 "철새들의 날갯짓", "바닷새의 파란 울음소리"와 "모래밭", "재첩 국물에 주막집 술"이 있었다. 즉, 이 시의 초반부에 그려지는 하단은 모래밭과 갈대숲이 아름다운 바닷가, 철새의 낙원이었다.

그러나 "철근을 박은 거대한 한 왕국"이 이곳에 들어섰음을 제시하는 11행부터 시적 분위기는 극명하게 대조된다. 생명을 잉태하고 키워내던 꿈의 장소는 폐수와 음식물 쓰레기, 매연 등으로 인해 거대한 쓰레기 단지로 변해버린다. "비오디 361 피피엠"은 구체적인 수치를 제시하여 사상공단이 방출한 폐수의 수질 오염 상태가 심각함을 시사해준다. 오염된 '폐수'는 새들에겐 '독극물'이니 물고기에 묻은 폐수를 먹은 '재갈매기'가 '떼'로 죽는다.

이 시를 11행을 기준으로 초반부(공단이 들어서기 전)와 후반부(공단이 들어선 후)로 나누어 동사를 살펴보자. 초반부에 쓰인 주요 동사는 '울먹이다', '익어가다', '속삭이다', '입 맞추다', '꿈꾸다' 등으로 오래전 하단이 꿈과 희망, 사랑으로 가득 찬 공간이었음을 암시한다. 후반부에 쓰인 주요 동사, '끊기다', '죽었다', '(무덤을) 파다', '(시체를) 안장하다'에서 알 수 있듯이 하단이 죽음, 훼손, 파괴의 공간으로 변해버렸음을 느끼게 해준다.

그래서 화자는 사상공단의 큰 굴뚝을 "보기 흉한 뿔"로 보고 있다. 사람들의 꿈을 키워주던 자연은 이제 거대한 뿔처럼 흉측하게 솟아 있다. "저것은 인간의 굴뚝이지 결코 갈매기 무덤의 전설은 아니"라는 진술은 현대문명에 대한 비판적 인식을 적시한 언명(言明)이다. 거대한 자본의 논리에 예속당한 화자의 실존적 비탄과 자괴감을 보여주는 마무리인 것이다. 개인의 삶을 거머쥔 채 모든 것을 물질적인 척도에 맞추려는 자본주의적 논리가 자연과 인간의 꿈을 잠식하고 있는 현장을 화자는 예리한 시선으로 잡아내고 있다.

2. 공동체적 한과 역사의식

송수권 시의 가장 큰 특징 중의 하나가 한의 표출 양상이다. 그의 시에 투영된 한의 특성을 살펴보려면, 먼저 한에 대한 정의부터 짚고 넘어갈 필요가 있다.

한을 한 마디로 규정하기는 쉽지 않으나 대체로 동일화되거나 또는 해결될 수 없는 감정을 뜻한다. 한국 현대시사에서 한에 대한 논의가 시작된 것은 김동리의 평론「청산(靑山)과의 거리」에서부터이다. 이 글에서 김동리는 정한(情恨)을 "영원히 메꾸어질 수 없는 그리움의 감정"이라 규정하였는데, 이것이 한에 관한 연구의 시발점이 되었다.

천이두[103]는 '한이 맺혔다'와 '한을 풀었다'를 예로 들어 맺힌 건 나쁜

---

103 천이두는 부정적인 측면으로 원(怨), 원(冤), 탄(嘆), 비애(悲哀)를, 긍정적인 측면으로 정(情), 원(願), 긍정과 부정의 복합체, 멋의 표상을 예로 들어 한의 양면성을 규정하고, 다음과 같이 한을 분류한다. (1) 정한론 (情恨論) : 정이 많아서 한이 많음. 다정다한(多情多恨) (2) 원한론(願恨論) : 소원, 즉 기원적 요소로 진취적이고 미래지향적 한 (3) 원한론(怨恨論) : 흔히 말하는 깊고 짙은 원한 (4) 민중적 한론(民衆的 恨論) : 억압당한 민중의 한. 에너지로 분출되어 사회개혁 의지로 나아감. (천이두, 1989, 「한국적 한의 일원적 구조와 그 가치 생성의 기능에 관한 고찰」, 『한국언어문학』 27, 261~292쪽 참조.)

것이고, 풀면 좋은 것이라는 이원 대립적 고정관념으로는 한의 본질을 해명할 수 없다고 말한다. 그는 한의 부정적인 요소에서 긍정적인 요소로 가는 과정 즉, 한의 '삭임'에 관심을 둔다.[104] '한'은 주체가 원하는 바가 철저히 좌절되거나 단절되었을 때 지니게 되는 감정이다. 대부분의 슬픔은 시간이 가면 해소된다. 그러나 오랜 시간이 흘러도 해소되지 않는, 사무치는 슬픔이 '한'이다. 일반적으로 우리 민족에게 한은 '풀 수 없는 맺힘의 감정'[105]으로 인식된다.

따라서 한은 근본적으로 완벽하게 해소될 수 없는 감정이므로 어떻게 삭이는가 하는 것이 중요한 문제로 귀결된다. 이러한 한을 맺고 삭이는 과정에 따라 한에 대한 시인의 인식이 드러난다. 다음과 같은 천이두의 한에 대한 정의는 송수권 시에 투영된 한의 속성을 잘 말해주고 있다. "한의 속성적 조건으로서 적극적 측면보다는 소극적 측면을, 진취적 측면보다는 퇴영적 측면을, 미래로 향한 측면보다는 과거로 향한 측면을 가지고 있는 것이 사실이다. 좌절에서 연유되는 설움을 설움 그 자체로서 극복하는 곳에 한의 미학이 성립되거니와, 따라서 거기에는 일종의 역설이 깔려 있다."[106]

---

104 한은 풀기에 앞서서 잘 삭이지 않으면 안 된다. 잘 삭인 한을 푸는 것은 신명이 될 수도 있고 가치 지향성을 지닐 수도 있다. 그러나 잘 삭여지지 않은 한을 푸는 것은 또 다른 한을 유발하는 결과가 된다. (천이두, 1993, 「한의 구조에 대하여」, 『한국현대문학이론연구』 3집, 현대문학이론학회, 7쪽.)
105 오세영, 2000, 『김소월, 삶과 문학』, 서울대학교 출판부, 78쪽 참조.
106 천이두, 1989, 앞의 책, 262쪽.

(1) 한의 생성과 표출

개인적인 측면으로 볼 때, 송수권 시에서 표출되는 한은 어머니의 죽음과 군대 제대 후 갑작스럽게 자살한 동생의 죽음에 연유한다. 이 회복될 수 없는 트라우마 때문에 송수권은 시를 쓰게 된다.[107] 그에게 유년은 어머니 몸에서 끊임없이 흘러나오던 고름의 냄새를 통해 기억되는 것이었다. 송수권은 "정화되고 구원받고 싶었던 유년의 콤플렉스에 대한 보상행위로서 원고지를 끄적거리게 되었다"라고 고백한다.[108]

송수권 시에서 한의 생성 과정의 첫 단계인 '한 맺힘'은 1차적 사회화의 산물이라 볼 수 있다.[109] 사회화 과정의 1차 주체는 부모와 자식들 사이에서 형성된다. 출생하고 성장하는 과정에서 여러 가지 가정에서 겪는 고난(어머니의 헌신적 고통, 불우한 환경, 가난, 무학, 출생의 한이나 신분의 불평등 등)이 한으로 쌓인다. 이런 관점에서 송수권의 등단작을 살펴보면 다음과 같다.

---

107 1966년 봄, 군에서 전역한 송수권의 동생이 어머니 무덤이 보이는 언덕 밑에서 자살한 사건이 발생한다. 시인이 3살 때 모친이 일종의 종양인 '주마담(走馬痰)'이란 병을 얻어 낳은 동생은 고질적 어질병 환자였다. 중학교 때부터 시작된 병 때문에 동생은 고등학교 입학을 포기해야만 했다. (신덕룡, 2000, 「꿈꾸기, 혹은 그리움의 시학」, 『우리 시대의 시인 읽기』, 시와사람사, 197쪽 참조).

108 조연정, 2005, 「송수권 시론에서 한의 의미」, 『한국문화』 35, 169쪽.

109 욕망은 환유이다. 대상은 신기루처럼 잡는 순간 저만큼 물러난다. 대상은 욕망을 완전히 충족시킬 수 없기에 인간은 새로운 대상을 향해 나아간다. 주체는 대상에게 욕망을 느끼고 그 대상이 자신의 결핍을 완전히 채워줄 것으로 믿는다. 대상을 실재라고 믿고 다가서는 과정이 상상계, 그 대상을 얻는 순간이 상징계이다. 대상은 실재처럼 보이지만 허구에 불과하다. 대상은 욕망을 완전히 충족시킬 수 없기에 여전히 욕망이 남아 그다음 대상을 찾아 나서는 게 실재계다. (자크 라캉/권택영 엮음, 2014, 『욕망이론』, 문예출판사, 19~20쪽 참조.)

누이야
가을산 그리메에 빠진 눈썹 두어 낱을
지금도 살아서 보는가
정정(淨淨)한 눈물 돌로 눌러 죽이고
그 눈물 끝을 따라가면
즈믄 밤의 강이 일어서던 것을
그 강물 깊이깊이 가라앉은 고뇌의 말씀들
돌로 살아서 반짝여 오던 것을
더러는 물속에서 튀는 물고기같이
살아오던 것을
그리고 산다화(山茶花) 한 가지 꺾어 스스럼없이
건네이던 것을

누이야 지금도 살아서 보는가
가을산 그리메에 빠져 떠돌던, 그 눈썹 두어 낱을 기러기가
강물에 부리고 가는 것을
내 한 잔은 마시고 한 잔은 비워두고
더러는 잎새에 살아서 튀는 물방울같이
그렇게 만나는 것을

누이야 아는가
가을산 그리메에 빠져 떠돌던
눈썹 두어 낱이
지금 이 못물 속에 비쳐옴을

°「산문에 기대어」¹¹⁰(『산문에 기대어』) 전문

죽은 누이는 시적 화자에게 부재하는 존재이므로 결핍의 대상이다. 따라서 죽은 누이가 마치 눈앞에 있는 것처럼 '누이야'라고 호명하면서 말을 건네고 술 따르는 행위는 결핍된 욕망을 채우기 위해 대상에 다가가는 과정이다. 누이의 실체라고 믿고 있는 '눈썹 두어 낱'은 누이가 이승에서 못다 풀고 간 한의 표상으로 기능한다. 그러나 이 '눈썹'은 실재처럼 보이지만 강물에 빠진 가을산 그림자라는 허상일 뿐이므로 시적 화자는 결핍을 채우려는 욕망을 충족할 수 없다. 그래서 누이가 재생하는 공간이라고 믿는 '못물'에서 누이의 실체를 찾고자 한다. 화자는 '못물' 속에서 누이의 재생으로 생각되는 "살아서 반짝이는 돌", "물속에서 튀는 물고기", "살아서 튀는 물방울"을 찾아 나선다.

그러나 못물에 비친 그림자가 실체가 아니듯이 못물 속에서 살아서 튀는 자연물들도 누이의 실체는 아니다. 실재처럼 보이는 것들도 막상 베일을 걷었을 때는 허상에 불과하다. 대상이 허상이기에 결핍된 욕망은 여전히 남는다. 이 해소되지 않은 욕망의 결핍은 억압된 무의식으로 남아 한으로 쌓이게 된다.

이런 관점에서 화자의 욕망은 송수권의 시에서 기표로 작동한다. 또한

---

110 염창권은 눈썹을 이 시의 지배소로 보고 시 내용을 제의적 행위로 분석한다. 이희중은 산문을 속(俗)과 비속(非俗), 과거와 현재, 실재와 환상의 경계로 본다. 정호웅은 물과 불의 역동적 상상력으로 분석한다. 고명수는 제망매가와 연관 지어 불교적 다짐으로 인식한다. 이사라는 기호론적으로 독해하였고, 이대규는 찬기파랑가와의 텍스트 상호성에 주목했다. (염창권, 2005, 「흔적 찾기와 흔적 되살리기」, 홍영·정일근 외, 앞의 책, 220쪽 참조; 이희중, 2005, 「서정적 연상과 시의 아름다움」, 홍영·정일근 외, 앞의 책, 275~276쪽; 고명수, 2005, 「송수권 시에 나타나는 불교 인식」, 홍영·정일근 외, 앞의 책, 162~163쪽; 이사라, 2005, 「송수권 시의 기호론적 독해」, 앞의 책, 84~101쪽; 이대규, 2005, 「문학교육과 텍스트 상호성」, 홍영·정일근 외, 앞의 책, 103~127쪽.)

완벽한 기의를 갖지 못하고 끝없이 의미를 지연시키는 텅 빈 연쇄고리이다.[111] 그러므로 욕망의 대상은 끝없이 변주하게 된다. 즉, 동경하는 대상이 허상이기에 욕망은 남고, 그 욕망이 있는 한 인간은 살아간다. 해소되지 않은 욕망들은 억압된 무의식으로 남아 송수권의 시에 한으로 나타난다. 따라서 송수권 시에 나타나는 한의 맺힘도 우리의 전통적인 정서의 특성을 가진 것은 사실이다. 하지만 그 한을 푸는 과정에서 일종의 역설이 있다고 말한 천이두의 설명에서 알 수 있듯이 퇴영적인 정서를 지닌 김소월 등의 한과 송수권의 시는 한을 푸는 방식에 서로 다른 양상을 보인다. 바로 이와 같은 특징이 송수권 시의 중요한 획을 긋는다.

이러한 시각에서 송수권의 시에서 한을 푸는 방식과 연계하여 「산문에 기대어」를 분석해 보면, 이 시가 송수권 시 전체를 아우르는 서시라고 본 김선태[112]의 지적은 주목할 만하다. 해한(解恨)의 의미로 볼 때 "누이야 아는가"라든지 "누이야 지금도 살아서 보는가"와 같은 호격(呼格)은 굿을 할 때 불러내는 초혼장(招魂葬)을 떠올리게 한다. 화자인 '내'가 죽은 누이의 혼을 불러들여 그 넋을 위로하며 대화를 나누는 형식이라는 점에서 진혼가 혹은 진혼곡이 된다. 이렇게 볼 때 '「산문에 기대어」는 재생 또는 환생의

---

111 자크 라캉(권택영 엮음), 2014, 『욕망이론』, 앞의 책, 12~21쪽 참조.
112 김소월의 초혼이나 다른 시인들의 그것처럼 슬픔이 사무치거나 무겁고 음울하지 않다. 시 속에 동원된 이미지들이 생생하게 살아서 움직이기 때문이다. 슬픔을 표상하는 '눈물'을 돌로 눌러 죽임으로써 즈믄 강으로 일어서며 고뇌의 말씀들은 고뇌 자체로 끝나는 것이 아니라 돌로 살아서 반짝이며 물고기 같이 살아서 뛴다. 이는 슬픔의 끝에서야 비로소 기쁨을, 절망의 끝에서야 비로소 희망을 이야기하는 역설의 원리와 상통한다. 또 판소리에서 한(恨)이 한으로만 사무치는 것이 아니라 그것을 초극함으로써 득음의 경지에 이르는 것과 같다. 이것은 맺고 풀림의 관계이며, 이러한 경지에서 나오는 소리가 '수리성'이다(김선태, 2009, 「송수권 시의 가락 연구」, 앞의 책, 73~74쪽).

시학[113]임을 유추할 수 있다.

한은 살아가면서 좌절, 상실, 결핍에서 쌓인 부정적 감정이 눈덩이처럼 더 크게 뭉쳐지는데, 이러한 맥락에서 송수권의 한은 고향 상실, 모성과의 단절, 그 자체가 한인 것이다. 하지만 이렇게 맺힌 설움을 설움 그 자체로서 인정하고, 극복하는 점에서 송수권 시에 나타난 한의 역설적인 미학이 성립된다. 그러므로 송수권의 초기 시에 나타난 개인적인 한은 재생의식을 통해서 극복되며, 점차 민중적·민족적인 차원으로 확장되어 나간다. "한국적 한에 있어서 맺힘과 풂, 다시 말하면 어두운 면(맺힘)과 밝은 면(맺힘)은 한의 다층적·다면적 속성일 뿐 아니라 일원적·연속적인 관계로 대응하고 있다. 한국적 한은 말하자면 어두운 면에서 끊임없이 밝은 면으로 질적 변화를 이룩해가는 것"[114]이다. 김훈은 다음과 같이 송수권의 시가 내면화 된 한에 역동성을 부여하고 있다고 지적한다.

　　송수권의 시에 나타나는 한은 〈가시리〉의 한과도 다르고 〈청산별곡〉 의 한과도 다르다. 그가 구사하는 토속어와 그가 살아가는 삶이 남도의 토착 정서에 뿌리박혀 있고, 그의 시가 한국 정통 서정시의 어법을 따르 고 있기는 하지만 그의 시 속에 드러나는 한은, 가령 서편제 남도 판소리 나 육자배기가 드러내는 한과도 다르다. 박재삼이 정통 서정시로서 한의 내면화에 성공할 때 송수권은 내면화된 한에 외향적 역동성을 부여하는

113 　"정정(淨淨)한 눈물 돌로 눌러 죽이고/ 그 눈물 끝을 따라가면/ 즈믄 밤의 강이 일어서 던 것을/ 그 강물 깊이깊이 가라앉은 고뇌의 말씀들/ 돌로 살아서 반짝여 오던 것을"에 서 첫 번째 돌은 원한 관계로 맺힘의 한이고, 두 번째 돌은 풀림의 한 끝에 저 가슴 밑바닥에서 솟아오르는 환생 이미지이다. (배한봉, 앞의 글, 347쪽).

114 　천이두, 1989, 앞의 책, 93쪽.

데 성공한다.[115]

전통서정시인들의 시와 변별되는 송수권의 시가 보여주는 한의 양상은
다음 시에서 극명하게 나타난다.

연산군 때라던가 파발말을 놓는 역(驛)이 생겼대서
내 고향 속성(俗姓)은 역둘리
보성만을 굽어보며 우뚝 솟은 매봉 꼭대기
봉수대(烽燧臺)가 허물어진 그 골짜기에는 우리 웃대 선친(先親) 한 분
잠들어 계시다
한양이라 시구문 밖 소문난 망나니로 씽씽 칼바람을
내며 가셨다 하니
그 무덤 속엔 당대에서도 잘 들던 칼 몇 자루
녹슬어 있지 않았을까.

어느 해 한식날이던가 성묘 길에서 아버님은
나를 인도하시고, 그 무덤을 비껴가며
족보에도 없는 무덤이니라 힘주어 말씀하시었으니
창망히 저무는 수평선을 바라보시던 뜻은…….

노상 그것이 한이 되지 않으셨을까
산밭뙈기 다 팔아 내 학비를 대어 주시던 아버지
글 쓰는 일을 진사(進士) 벼슬쯤으로 생각하지 않았을까
그러나 나중에 내 시 쓰는 일이 개똥보다

---

115   김훈, 앞의 글, 129쪽.

품계가 낮아 약에도 못 쓴다는 사실을 알았을 때
망나니 새끼보다 못한 새끼라고 욕을 퍼부으며
우시던 아버지

또 어느 날은 술에 취하시어 네 선친께서는
모가지를 훌리고 다니시다가 칼에 힘이 빠지면
칼잡이의 긍지도 버리고 도모지(塗貌紙)[116]를 씌우기도 했느니라
방바닥을 치며 우시던 아버지
천주학장(天主教徒)이 목을 칠 때
굴비 두름 엮듯 한 두름씩 두 두름씩 엮어 달고
도모지로 얼굴을 씌워 물을 뿌리면 벽돌이 마르듯
잘 마르더라는, 더러는 외통수를 보는 놈도 있어
뒷구멍으로 금은 팔찌를 대어 오는 녀석들에겐
고양이 울음소리를 증표로도 삼았더라는
때로는 그 선친(先親)을 부러워하시면서까지…….

그러지 않았을까 이 볼펜이 칼이 될 수만 있다면
이 원고지 한 장이 도모지만 될 수 있다면
우리 선친 소문난 칼 솜씨 칠월 장마에
풋모과 떨구듯
나도 한평생 뎅겅뎅겅 모가지나 훌리며
살다 가지 않았을까.

°「자서전」 전문, 『산문에 기대어』, 13~15쪽

---

116 도모지 : 대원군 시절에 망나니들이 천주교도들의 목을 칠 때 칼질이 고되니까 얼굴에
    참종이를 씌워 물을 뿌려 숨통이 막히도록 하여 죽게 하였는데, 그때 사용하였던 종이.

인용 시는 한의 생성 과정과 삭이는 양상, 그리고 화자가 그것을 수용하는 과정에서 한의 역설적 미학을 잘 보여주는 작품이다. 보성만을 굽어보며 우뚝 솟은 매봉 꼭대기에는 아버지가 애써 눈길을 피하고 싶은 "족보에도 없는 무덤"이 있다. 그것은 "한양이라 시구문 밖 소문난 망나니로 씽씽 칼바람을/ 내며 가셨"던 망나니 조상의 묘이기 때문이다. 대원군 시절에 천주교도들의 목을 치던 아버지의 아버지, 가난하고 무식해서 눈길을 피하며 무시하고 싶은 선친이지만, "산밭뙈기 다 팔아 내 학비를 대어 주시던 아버지"가 자신을 위해 살아왔음을 인식한다. "때로는 그 선친(先親)을 부러워하"기도 한 아버지는 화자가 시 쓰는 일이 별 볼 일 없다는 걸 알았을 때, "망나니 새끼보다 못한 새끼"라고 욕을 퍼붓기도 한다. 이 언사는 자신이 부끄러워하면서 닮지 않아야겠다고 다짐한 인물을 자신도 모르는 사이 은연중에 닮아가는 심리적 동일화의 기제가 작용하였음을 보여준다. 이는 화자에게도 전이되어 "나도 한평생 뎅겅뎅겅 모가지나 흘리며/ 살다 가지 않았을까."를 통해 조상-선친-화자가 동일시된다. 이러한 양상은 '칼'이 '펜'으로, '도모지'가 '원고지'로 치환되는 후반부에 잘 나타난다.

송수권의 시에서 아버지를 대변하는 부성성은 전체 시 세계를 통해서 한두 작품에 국한되어 있다. 「자서전」은 송수권 시의 특징 중 하나인 남성 화자의 실체와 그의 시에 나타난 한의 속성이 잘 드러난 작품이다. 이 시에 등장하는 남성 화자 즉, '망나니'는 「강」에서 '숫돌에다 칼 가는 놈'으로 변이[117]되어 나타나기도 한다.

---

117 이 겨울에는/ 저무는 들녘에 혼자 서서/ 단호한 믿음 하나로 이마를 번뜩이며/ 숫돌에다 칼을 가는 놈이 있다 -「강」 부분, 『꿈꾸는 섬』, 143쪽.

이에 대해 김준오는 박재삼에게 없는 민중적 힘의 분출을 지적하면서 "송수권의 시는 과거 지향적인 시가 아니라 역사 속으로 전진하는 특이한 전통서정시"[118]임을 강조하였다.

이런 측면에서 송수권의 시가 보여주는 한의 정서는 다른 전통서정시인들의 그것과 분명히 다른 특성을 보인다. 송수권은 자신의 시를 김소월, 김영랑, 박재삼의 시와 의식적으로 구분하고자 하였다. 김소월 류의 시에 나타나는 애상적인 여성화자의 목소리를 통해 표출되는 퇴영적인 한의 정서가 역사의식의 부재에서 기인한다고 보고, 송수권은 이를 극복할 방안으로 역사 인식을 강조했다.

(2) 한의 극복방안으로서의 역사의식

전술한 바와 같이 송수권 시의 특징 중 하나는 역동적인 한의 표출 양상이다. 그는 민중적 힘의 분출을 통해서 사적인 한을 공동체적 의지로 승화시켰다. 이를 위해 민중의 삶과 한의 정서를 연계하여 퇴영적인 한을 극복하고자 하였다. 즉, 한을 '맺힘'에 두지 않고, 적극적인 민중 의지나 역사 인식을 통해 한을 '풂'으로 진화하면서 역동적 힘과 의미를 더욱 증폭해 나가는 것이다.[119] 이러한 시인의 역사의식이 잘 드러난 시가 「겨울 강화

---

118 김준오, 앞의 글, 38쪽 참조.
119 **배한봉** : 선생님의 시는 토속적 정서와 한(恨)의 극복, 다시 말하면 전통시의 나약한 한을 역동적, 생산적 힘으로 밀어올려 나약한 정서를 극복하는 데 있다고들 하는데, 그 힘은 어디서 나오는 것이라 생각하시는지요?
　　송수권 : 향가는 건강하고 고려가요는 울음 천지로 나약합니다. 이것이 소월, 영랑, 박재삼에 이르기까지 이어진 것 같아요. 대개는 역사 의지가 빈약해 보입니다. 이에 대한 반성으로 나는 첫째로 역사 의지를 도입했고, 둘째는 민족 고유의 선풍에서 온 불교정

행」이다.

　　동지(冬至) 가까운 날을
　　머리 푼 상주(喪主)처럼 강화성벽(江華城壁)을 오르는 마음
　　북(北)에서 달려온 예성강(禮成江) 칼바람이
　　내 더운 가슴 한번 만져보고
　　오고타이 살례탑 용골대가 퍼지르는
　　몽고(蒙古) 말로 몽고(蒙古) 말로
　　이별 너무 길어라 헤매임 너무 오래어라
　　두름 엮듯 엮어간 고려공녀(高麗貢女)들의
　　울음 우네

　　때 없이 놀란 왕의 칼자루
　　목 잘린 손돌(孫乭) 녀석의 억울한 피도 보이는 날씨.
　　썰물로 지는 바다
　　한강물도 임진강물도 스스럼없이 만나
　　손을 잡고 돌아가네
　　뒤늦게 온 예성강 강물이 두음법칙
　　구개음화의 된 발음으로 손뼉을 쳐
　　갈피를 못 잡는
　　아 나의 쓸쓸한 겨울 강화(江華)

　　　　　°「겨울 강화행(江華行)」(『산문에 기대어』) 전반부

신을 타는 것이지요. 셋째는 향토 언어의 생래적 가락에 천착합니다. (송수권·배한봉,
2002, 「거침없는 가락의 힘, 그 곡즉전의 삶」, 『여승』 대담, 모아드림, 229쪽.)

강화도는 고려 시대에 몽골의 침략에 맞서서 무려 39년이나 항전했던 곳이다. 몽골군이 물에서의 전투경험이 없었다는 점을 감안하면, 물살이 빠른 강화도는 천혜의 요새나 다름없었다. 그러나 지배계층이 개경에 있는 궁궐을 축소해서 강화도에 고려의 새 궁궐을 짓고 안전하게 지낼 동안, 무방비 상태로 고려 본토에 남은 백성들은 살육과 약탈의 만행에 고스란히 노출되었다. 따라서 "이별 너무 길어라 헤매임 너무 오래어라/ 두름 엮듯 엮어간 고려공녀(高麗貢女)들의/ 울음 우네"에서 고려 공녀들의 울음은 사적인 한이 아니라 민족적 차원의 것이다. 이 시에 나오는 손돌(孫乭)은 고려 왕이 강화도로 피난할 때 왕을 죽이려는 것으로 의심받아 억울하게 죽은 뱃사공이다. 이렇게 시인이 "머리 푼 상주(喪主)처럼" 강화성벽을 오르면서 떠올리는 인물은 이름 없이 희생당한 민중들, 끌려간 공녀들이나 뱃사공 같은 하층민들이다.

시인은 이 비통한 역사를 그려냄으로써 무엇을 이야기하고자 한 것일까? "한강물도 임진강물도 스스럼없이 만나/ 손을 잡고 돌아가네/ 뒤늦게 온 예성강 강물이"에서 알 수 있듯이 한강과 임진강, 예성강물이 함께 섞이는 곳이 강화도다. 그리고 이 강화도는 북한 땅을 가장 가까이에서 볼 수 있는 곳이기도 하다. 말하자면 이 작품은 겨울 강화도에서 우리 민족의 역사적인 한을 떠올리며, 그와 같은 과거의 한을 남북분단이라는 '현재의 한'으로 다시 그려내고 있는 것이다.

이처럼 민족의 현실을 바라보고, 다시 현재화하는 자리에서 송수권의 강력한 역사의식이 자리한다. 이에 대하여 박석천은 송수권의 시가 과거의 역사적 현장이 현재의 문제의식과 연계되어 새롭게 그려지면서, 현실의 분단 고착을 깨는 극복 의지로 나아가고 있는 단면을 잘 보여준다고 조망

하였다.[120]

무엇이냐, 아직도
우리들의 가슴속에 고여 뜨거운 핏줄을 밝히는 것은
양반 귀족들의 품에서 놀아난 상감백자가 아니라
맑은 물속에서 배를 뒤집는 잉어들의 무아경이 아니라
어느 천민의 손에서 흘러온 민짜로 된 사기등잔 하나

나는 십장생의 무늬가 아니라도 좋아라
육간(六間) 대청마루에 뜨는 불빛이 아니어도 좋아라

눈감으면 한밤 내 은하수가 꼬리를 치며 흘러가고
풀섶에선가 가늘게 가늘게 은종(銀鐘)이 울려 퍼지는 벌판
저 강 건너 주막집에 뜨는 불빛 주먹 같은 불빛 하나
눈보라 속에 갇혀서 남한산성으로도 뛰고
장화로도 뛰고 의주로도 뛰는
어둑한 산하

무엇이냐, 호적(胡敵)들이 꽹과리 속에서
무너져오는 저 불빛은
짚신감발에 대패랭이를 쓴 놈들이 죽창을 들고
무에라 떠들며 오는 소리
운봉새재 아흔아홉 굽이에도 실리고

---

120 박석천, 「송수권 시에 나타난 한의 극복 의지로서의 역동성」, 앞의 책, 494쪽.

무엇이냐
소리도 없이 밤하늘에 잠든 기(旗)처럼
우리들의 가슴속에 고여 뜨거운 핏줄을 밝히는 것은
이 상놈의 피는.

° 「등잔(燈盞)」(『산문에 기대어』) 전문

3번 반복되어 진술되는 "무엇이냐"와 "~하는 ~은"이라는 도치법의 통사 구조를 취한 것은 독자에게 더 강한 메시지로 전달하려는 의도로 읽힌다. 이 시에서 '등잔'은 "어느 천민의 손에서 흘러온 민짜로 된 사기등잔 하나"에서 알 수 있듯이 면면이 계승되어 온 "상놈의 피"를 상징한다. 이는 대내적인 한의 요인[121]으로 작용한다. 또한 "남한산성으로도 뛰고/ 장화로도 뛰고 의주로도 뛰는"과 "호적(胡敵)들이 꽹과리"에서 알 수 있듯 병자호란과 같은 잦은 외세의 침략으로 인한 백성들의 한이 대외적인 요인으로 제시된다. 외적의 침입에 죽창을 들고 분연히 일어선 사람들은 양반들이 아니라 "짚신감발에 대패랭이를 쓴" 평민, 혹은 상놈들이었다.

이러한 연유로 "우리들의 가슴속에 고여 뜨거운 핏줄을 밝히는 것"은 '상감백자'로 상징된 양반들의 유유자적이 아니라 상놈들의 한과 주체적

---

121 한의 발생 원인은 사회적인 것과 개인적인 것으로 나눌 수 있다. 사회적인 것은 다시 대내적인 것으로 구분할 수 있는데, 대내적인 원인은 반상(班常), 남녀, 적서차별 등 불평등한 사회 제도에 기인한다. 대외적인 것은 잦은 외세의 침략으로 백성들이 겪어야 했던 전란의 폐해에서 비롯된다. 전란을 겪은 사람들의 육체적 피해와 경제적 손실 등이 한을 발생시켰다고 볼 수 있다. 개인적인 원인으로는 인식 주체가 소중한 대상을 뜻하지 않게 잃었을 때의 상실감이나, 자존심 때문에 그를 보낸 뒤에 갖는 후회와 자책감 등을 들 수 있다. (오용기, 2000, 「서정주 시와 한」, 『국어문학』 35, 국어문학회, 329쪽.)

힘이 들어있는 "민짜로 된 사기등잔"이라고 진술된다. 역사라는 등잔의 불을 환하게 밝히는 기름은 바로 "이 상놈의 피", 즉 민중들의 역동적 한이 타오른 것이라고 인식하는 것이다.

그의 시가 전통서정을 견지한 이유도 우리 민족과 민중에 대한 애정과 역사의식에서 기인한다. 김준오는 "그의 글 속에는 관념이나 허황한 구호와 같은 사랑은 없다. 그 점에서 송수권은 전통시인이자 민족 시인이고 민중시인"[122]이라고 상찬한다. 이와 같은 역사의식은 제3시집 『아도』에서부터 본격화된다. 이 시집의 전반부는 불행했던 역사적 사건인 광주의 이야기이며, 후반부는 조국의 분단 고착화에 대한 극복 의지가 수용되어 있다.[123]

아도란 무엇이냐
질그릇이다.
인사동 골짜기의 고물상 같은 데 가서 만나보면
입은 커다랗게 찢겨져 있고 두 귀는 둥글게
구멍이 패여 있는
입이 있어도 벙어리고 귀가 있어도 귀머거리인
못생긴 우리네의 질그릇이다.
유언비어를 날조하거나
겁쟁이 지식인들의 입을 누르는
그것은 시어머니가 며느리에게 은밀히 건네는

---

122 김준오, 앞의 글, 37쪽.
123 박석천, 앞의 글, 494쪽.

유가풍의 금서(禁書)와 같은
질그릇이다.

사화가 극심했던 시절엔 서울의 아도 상(商)은
짭짤한 재미를 보았고
외세가 판을 치던 시대엔
주먹만 한 아도를 사들고 관직에서 떨려난 선비들은
줄을 이어 낙향했다
우리들의 입에 재갈 물리고 귀에 자물쇠 채우는
이 희한한 물건은
이태조가 서울의 땅기운을 끄기 위해
간신배 정도전을 시켜 고안해 낸 물건이었다
또한 수상기가 오른 입의 뻣세디뻣센 집 문간엔
아도 일백 개를 사서 쌓아두기도 했다

신라 때 복두장이는
하루아침 임금의 귀가 당나귀 귀로 변해 버린 것을 보고
우리 임금의 귀는 당나귀 귀
우리 임금의 귀는 당나귀 귀
도림사 대 숲가에 가서 외치다
아무도 듣는 이 없어 복장이 터져 죽었다지만

나는 오늘 이 도시의 어디선가
목을 조르며 도둑고양이처럼 오는 최루탄 가스에
재채기 콧물 눈물범벅이 되면서
잎 핀 오월의 가로수 밑에 비틀거리면서 비틀거리면서

그 시대에서 한 발짝도 더 깨어나지 못한
또 하나의 아도가 되어가는 내 모습을 본다
아도 아도 아도 아도 아아아아 아도
이 땅의 시인이여 만세

° 「아도(啞陶)」(『아도』) 전문

　자문자답으로 시작하는 1연에서 화자는 진술과 묘사를 적절하게 섞어서
아도의 실체를 형상화한다. 아도는 "입이 있어도 벙어리고 귀가 있어도
귀머거리인/ 못생긴 우리네의 질그릇"이다. 이 아도를 통해 1980년대의
정치적인 현실을 풍자하고 있다.[124] 신군부의 서슬 퍼런 독재에 할 말을
못 하고 귀마저 막고 지내던 민중들을 암시하는 것이다. 아도는 그 자체가
민중의 상징이다. 또한, "유언비어를 날조하거나/ 겁쟁이 지식인들의 입을
누르"기 위한 질그릇의 용도일 때는 민중들을 억압하는 실체로서의 상징
도 된다. 2연과 3연에서 아도의 역사적 의미가 상정된다. 3연의 "신라 때
복두장이"처럼 진실을 폭로하고 싶은 욕망은 4연의 "목을 조르며 도둑고양
이처럼 오는 최루탄 가스"에 좌절되고, 화자는 그 욕망을 속으로 삼킬 뿐이
다. 암울한 시대 상황에서 "또 하나의 아도가 되어가는 내 모습"을 제시하
고 결미에서 "아도 아도 아도 아도"를 4번이나 반복하고, "아아아아 아도"
라고 탄식하는 것은 화자 자신에 대한 비판적 성찰임과 동시에 광주 민주
화 운동의 실체와 의의를 끌어내기 위한 의도적 장치로 기능한다.

124　염창권은 「아도」에서 5월 광주 현실에서 겁쟁이 지식인이 된 주체들을 언급한다. (염창
　　권, 「흔적 찾기와 흔적 되살리기」, 앞의 책, 206~207쪽 참조.)

따라서 시대정신이 표출된 그의 시편에서는 현실의 부조리함에 대응하려는 강한 의지가 표출되고 있다. 그의 시에 나타나는 민중은 주체적인 정신을 보여준다는 점에서 우리의 역사가 민중들을 주체로 만들어가는 역사임을 암시해준다.[125] 이렇듯 사적이고 개인적 한을 역사의식을 통해 민중적 저항으로 육화하여 능동적으로 극복하는 작업 말고도, 민족 정서와 연결하기 위하여 송수권의 시는 전통적인 풍류 정신을 끌어온다. 가령 "단군으로부터 내려오는 한국인의 원형 정신인 풍류가 미적으로 승화된 것이 바로 한"[126]이라는 것이다.

이러한 우리 민족 원형 정신의 상징으로 정화수를 빼놓을 수 없다.

까치야 한국의 산까치야
해맑은 목청 구슬리며
자작나무 위에서 까작거려 쌓는
배가 희연 우리 산까치야

네가 울면 귀빠진 장독대
울 어매 떠 놓은 정화수
또 하늘은 몇 번이나 새파랗게
얼어 터지겠네
은하수 하얀 강물은 몇 번이나

---

125 '민중'은 모든 피지배계층이 아니라 자기 자신이 역사를 이끌고 가는 하나의 주체라고 자각할 수 있을 때 붙일 수 있는 이름이다. 민중으로서의 의식, 즉 역사의식과 주체의식이 있어야 하기 때문이다. 각성한 다수의 피지배계층이 민중이다. (채광석, 1987, 「설 자리, 갈 길 ─ 시를 위한 한 제언」, 『민족 문학의 흐름』, 한마당, 16~17쪽.)

126 조연정, 앞의 글, 173쪽.

새로 서겠네
남북 강산 막힌 설움
저편 강 언덕 견우는 소 먹이고
직녀는 강 건너 또 베를 짜겠네

까치야 한국의 산까치야
배가 희연 우리 산까치야
네 울음 산메아리 여울지면
근친 온 딸년 보듯
장롱 속 내 편지 몇 번이나 꺼내 놓고
울 엄니 또 까치노을 보고 울겠네

까치야 까치야 한국의 산까치야
칠월 칠석날은 캄캄한 은하수 가에 날아올라
그 냇물 노둣물 다리 놓고 오느라
네 머리 허옇게 벗겨져 내린
우리 산까치야

멀지 않아 첫눈 오고
고향집 담장머리 파 놓은
네 시린 발자국 보고
울 엄니 또 눈물 글썽이겠네
정화숫물 새로 얼어터지겠네

° 「까치노을」(『우리들의 땅』) 전문

이 작품은 우리 민족에게 친근한 '까치'를 '정화수'로 연결하여 모성성이 짙게 배어나게 형상화한 작품이다. "귀빠진 장독대/ 울 어매 떠 놓은 정화수"는 농촌사회를 근간으로 살아온 한국인의 정서적 근원, 즉 남도적 정한을 떠올리게 한다. 고향을 떠난 시적 화자는 "울 엄니 또 눈물 글썽이겠네"처럼 모성을 그리워한다. 칠월칠석 이별은 어머니와 자식의 관계로 변용되어 나타나고, "남북 강산 막힌 설움/ 저편 강 언덕 견우는 소 먹이고/ 직녀는 강 건너 또 베를 짜겠네"에서 알 수 있듯이 남북분단의 한으로 확장된다. 까치가 "해맑은 목청 구슬리며/ 자작나무 위에서 까작거려 쌓는" 고향 마을에서 정화수를 떠놓고, 두 손 모아 비는 어머니는 한국인의 원형 정신 속에 존재하는 어머니의 모습이다. 이러한 원형 정신을 통해 남북통일의 당위성이 자연스럽게 투영되었다.

한편, 송수권 시의 역사의식은 그의 후기에 이르러 역사적 사실과 시인의 상상력이 결합한 장대한 서사시 형태로 나타난다. 바로 민족의 미래를 꿈꾸다가 이념 대립의 희생양이 된 빨치산의 역사를 다룬 『달궁 아리랑』(2010)과 『빨치산』(2012)이다. 이형권은 「달궁아리랑」에 대해 "한국시가 잃어버렸던 가열찬 역사성, 혹은 오롯한 문학성의 귀환을 의미한다."[127]고 평가한다. 아래 인용 시는 송수권 시에 나타난 서정성과 현실성(역사성)의 적절한 조화가 돋보이는 작품이다.

　내 시는 눈 내리는 지리산에 바쳐진다
　아흔아홉 골짜기 눈 내리는

127　「장편서사시 <달궁 아리랑>의 연재를 시작하며」, 『달궁 아리랑』, 종려나무, 2010, 12쪽.

해방특구 그 민주마을
통비마을
그 불타버린 마을들에
바쳐진다

네가 버리고 떠난 마을
그 산자락 따라 돌며
줄초상에 줄제사
한날한시에 통곡이 일어났던 밤
그 밤 열두 시에 바쳐진다

너의 창 끝에 너의 총구
혹은, 혹은,
불을 뿜던 빨치산의 마을들
그 외공리를 지나 구례 산동모스크바 지나
너희들 그 흔적 없는 범죄 위에
내 시는 쓰여진다

일찍이 삼한 적 하늘 밑
울바자 튼 집자리
노고단 너머 첫동네
못다 핀 사랑 이야기
그 달궁 마을에 눈 내린다

잔돌평의 봄을 부르는
14연대-한 나팔수가 버리고 간

그 아지트 속 나팔 주둥이에도
빨랭이 빨치산 붉은 녹물이 들어서
눈 내린다

그 무쇠솥 뚜껑 위에

산마루 태성 성(成)돌을 베고 누운
잠든 얼굴 위에

지리산에 눈 내린다.

。「서시」[128](『달궁 아리랑』) 전문

주지하다시피 빨치산에 대한 문학적 형상화는 이병주의 『지리산』, 조정
래의 『태백산맥』 등 소설과 이태의 체험수기인 『남부군』, 오봉옥의 서사시
『검은 산 붉은 피』를 통해 일정한 성과를 거두었다. 앞선 소설과 체험수기
를 영화화한 「태백산백」(임권택), 「남부군」(정지영)이 있지만, 빨치산의 서사
를 장편서사시의 형식을 빌려 전격적으로 창작한 사례는 송수권의 시집이

---

128 이 작품은 제12시집 『달궁 아리랑』(2010)에 「서시」라는 제목으로 실렸는데(6~7쪽), 제
14시집 『빨치산』(2012)에 「지리산에 눈 내린다」라는 제목으로 바뀌어 실렸다. (14~16
쪽) 시의 내용도 3연까지는 같지만, 4연 이후부터 개작되었다. 여기서는 『달궁 아리랑』
에 실린 원본을 대상으로 삼는다. 시집 『빨치산』에 실린 작품의 4연 이후 내용은 다음
과 같다. "일찍이 삼한 적 하늘 밑/ 울바자 튼 집자리/ 노고단 너머 첫동네/ 못다 핀
사랑 이야기/ 그 달궁 마을에 눈 내린다/ 빨랭이 빨치산 붉은 녹물이 들어서/ 눈 내린다
// 그 무쇠솥 뚜껑 위에// 산마루 태성 성(成)돌을 베고 누운/ 잠든 얼굴 위에// 지리산
에 눈 내린다."

처음이라는 데 그 의미가 깊다.

"내 시는 눈 내리는 지리산에 바쳐진다"로 시작되는 이 작품은 "해방특구 그 민주마을/ 통비마을/ 그 불타버린 마을들"로 군경에 의해 진압된 빨치산 마을에 시선이 모아진다. 화자는 "줄초상에 줄제사/ 한날한시에 통곡이 일어났던 밤"을 떠올리고, 이 기억은 "외공리를 지나 구례 산동 모스크바"로 이어진다. '외공리'는 거창 양민 학살사건의 현장 마을이다. '달궁'은 전북 남원군 산내면 뱀사골에 있는 마을로 여순사건 주모자였던 빨치산 14연대의 김지회, 홍순석, 김지희의 애인 조경순 등이 사살되거나 붙잡혔던 마을이다. 이곳 '달궁'은 삼한 때부터 이어져 온 마을로서 가장 오랜 전통성을 지닌 곳이기도 하다.

이 시의 모티프가 된 빨치산은 다음의 세 가지 중 하나 때문에 생을 마감한다. 총을 맞아 죽거나, 동사하거나, 굶어 죽는 것이다. 진압군의 눈을 피해 빨치산이 얼어 죽거나 굶어 죽었던 시기는 대부분 겨울이었으니 "지리산에 눈 내린다"라는 언사(言辭)는 그들의 삶에 대한 연민과 죽음에 대한 진혼곡이다.

이렇듯 빨치산의 시화를 통해서 끈끈하게 응어리진 한과 민족의 비극을 부활 의지를 통해 역동적으로 표출했다는 데에 송수권 시의 변별성이 있다. 또한, 한의 승화 방식에 있어서 시적 대상은 개인적 이별뿐만 아니라 역사적 사건과 연계된 민중의식, 민족의 통일에 대한 의지를 통해 확장되었다.

따라서 송수권 시에 표출된 한은 과거 지향적이거나 퇴행적이고 사적인 한이 아니라 역사의식을 포괄하는 공동체적이며 역동적 한으로 승화된다. 이와 같은 역사적 사실에 대한 문학적 형상화는 좌절과 고통의 시간, 슬픔과 한을 표현하는 것에서 나아가 그것이 과거의 것이 아닌, 현재의 사건으로 이어져 오고 있음을 기억하는 방식이기도 하다. 송수권의 시편에서 역사적 소재들은 '기억'과 '재현'이라는 방식으로 끊임없이 현재화되고 있다. 그러므로 그의 전통서정시는 민족의 분단을 이야기하고 있다는 점에서 치열한 현실 인식과 현재성을 지닌다.

이렇듯 송수권의 시는 전통 서정 시인들의 시처럼 한을 근원으로 삼았지만 여기서 한발 더 나아가고 있다. 기존 전통시의 퇴영적인 분위기에서 탈피하고, 한으로부터 솟는 역동적인 힘[129]을 통해서 강렬한 역사의식을 표출하였기 때문이다. 이상에서 살펴본 주제의식이 형상화되는 방식을 다음 장에서 고찰하려 한다.

2장_ 송수권 시의 문학적 구현 양상

1. 어법과 가락의 특징

시인은 저마다 소우주(小宇宙)를 지닌 존재이며, 특정 시어의 사용을 통해 자신의 세계관을 시에 투영한다고 할 수 있다. 시인이 선택한 시어[130]는 그것 자체로는 시적 기능을 담당할 수는 없지만, 그 시어가 다른

---

129 송수권은 어느 좌담회 석상에서 다음과 같은 생각을 피력한 바 있다. "아무리 민족 정서가 충만한 시라 하더라도 한(恨) 그 자체만을 노래 부르기는 싫어요. 한의 밑바닥에서 솟는 힘을 육화해 보고 싶어요."(김용직, 「한국적 정서와 힘」, 시집 『산문에 기대어』 해설, 문학의전당, 1980, 146쪽).

130 시어는 일상어를 끌어다 쓰는 것이지만, 일상어와 비교했을 때 대체로 다음과 같은

시어와 결합하는 구문론적 차원에서 의미가 발생하므로, 시어의 선택은 시인의 주관적 의식 세계가 어떠한지를 보여주는 징표이다. 따라서 '시어'를 분석할 때 시인의 내밀한 체험이 반영될 수밖에 없다. 시어의 선택이나 활용이 의식지향의 결과라는 점을 상기할 때, 시어가 시인의 내면과 세계관을 이해하는 중요한 기능을 하기 때문이다.

대체로 특정한 시인의 시에서 반복적으로 나타나는 핵심 시어[131]는 시 텍스트의 의미구조와 관계된다. 유사한 시어의 반복은 시인의 세계인식 방법을 보여주는 변별적 자료이다. 따라서 여기에서는 그의 시에서 자주 표출되는 독특한 언어가 어떤 방식으로 예술성을 고취하는지 살펴보려 한다.

(1) 토속어와 대화체의 활용

송수권은 토속어를 발굴하여 시어로 적극적으로 활용한 시인이다. 그는 "시에서 표준어는 언어의 폭력이며 정서를 억압하는 개념적이고 논리적인 언어"[132]라고 말하면서 토속어인 전라도 말이 그의 시의 표준어임을 밝히고 있다. 송수권 시 세계에 나타난 고유어, 토속어의 유연한 사용은 언어 사용에 대한 그의 시적 인식을 잘 보여준다. 인간다운 삶을 구현하는 징표들을 토속적 언어에 스며들게 함으로써 작품의 내면과 외양이 유기적인

특성을 보인다. 1) 주로 정서 표현을 목적으로 함 2) 비유적, 상징적 의미를 지닌 말이 많이 쓰임 3) 생략이 많고 함축적으로 표현함 4) 운율을 느낄 수 있고 주관적임.

131　어휘 자체가 지닌 형성적 의미보다 '핵심 시어'를 통해 환기되는 이미지나 정서 등이 전체 시적 맥락 속에서 어떤 기능과 효과를 발생하는지가 중요하다. (강민규, 2014, 「시 읽기에서 해석어휘의 활용에 관한 연구」, 『문학교육학』 43, 한국문학교육학회, 92쪽 참조).

132　송수권, 앞의 책, 568~569쪽.

통일을 이루게[133]한 것이다. 그는 특히 사어가 되어버린 우리말이나 잘 쓰이지 않는 사투리를 시어로 활용함으로써 모국어의 표현 영역을 확대했다. 이렇게 송수권 시에 활용되는 지역 방언은 남도의 토속적인 정서와 어우러질 때 감동의 파장을 만든다.

인용 시를 통해 시상을 전개하는 방식을 파악해보면 다음과 같다.

오매 시방
저 새끼가 누당가
내 새끼 아녀?
왜 그랬을까.

외할머니 눈에 눈물 글썽 고이는 거
이십 리 까막길을
산바람 강바람
잰바람 휘젓니라
얼매나 추었냐?
왜 그랬을까.

외할머니 눈에 눈물 글썽 고이는 거

이게 누당가 내 새끼,
어서 오니라 부숨박으로
홑창도 까맣게 절은 미영 이불 감싸주며

133 염창권, 앞의 논문, 203쪽.

몇 번이나 내 궁댕이 다대던 손.
왜 그랬을까.

외할머니 눈에 눈물 글썽 고이는 거

따순 짐 나는 한동자 퍼오며
아가, 아가, 체하련 숭늉부터 마셔라
해술풋 새참 때도 다 지났건는디
얼마나 배고팠냐?
흡빡 묵어라, 흡빡.
왜 그랬을까

외할머니 눈에 눈물 글썽 고이는 거.

°「깡통 식혜를 들며」(『수저통에 비치는 저녁노을』) 전문

　시적 화자는 근대문명의 상징인 '깡통 식혜'를 통해서 어린 시절 외할머니의 따스한 인정을 떠올린다. "오매 시방/ 저 새끼가 누당가/ 내 새끼 아녀?"와 같은 지역 방언은 손주에 대한 할머니의 따스한 정이 더욱 살갑게 느껴지도록 한다. "얼매나 추웠냐?", "이게 누당가 내 새끼,/ 어서 오니라 부슴박으로", "흡빡 묵어라, 흡빡."처럼 방언이 주는 정감은 표준말로는 표현하기 어려운 "외할머니 눈에 눈물 글썽 고이는" 애틋하고 아릿한 속정인 것이다.

　'까막길'은 까마득한 길, '부슴박'은 '방 아랫목', '미영'은 '무명', '다대던'은 '다독거리던', '한동자'는 '때가 지나 새로 짓는 밥', '흡빡'은 '많이'의

전라도 사투리이다.

이렇듯 송수권의 시는 화석화되어가는 남도 사투리에 생명력을 부여하여 꿈틀거리게 함으로써 유년시절에 체험한 애틋한 정을 실감 나게 표출하는 데에 성공하고 있다. 이에 대하여 진순애는 송수권의 시에 나타난 수십 개의 남도 토속어를 예로 들면서 "송수권에게 전라도 사투리는 그 지방 사람들의 순결한 생활과 전통적 가치 및 삶의 애환을 드러내는 상징적 기능을 한다"[134]고 언급한다. 이러한 남도 사투리 즉, 향토어의 활용은 송수권의 시 전편을 관통하는 특징 중 하나이며, 그의 작품 세계에서 유독 자주 발견할 수 있는 카테고리이다.

다음은 민중의 끈질긴 생명력과 힘을 풀 이름을 통해서 드러내는 시편이다.

> 봄날에 날풀들 돋아오니 눈물난다.
> 쇠뜨기풀 진드기풀 말똥가리풀 여우각시풀들
> 이 나라에 참으로 풀들의 이름은 많다.
> 쑥부쟁이 엉겅퀴 달개비 개망초 냉이 족두리꽃
> 몰곳이 앉은뱅이 도둑놈각시풀들
> 조선총독부 식물도감을 펼치니
> 구황식(救荒食)의 풀들만도 백오십여 가지다
> 쌀 일천만 섬을 긁어가도 끄떡없는 민족이라고
> 그것이 고려인의 기질이라고
> 나마무라 이시이가 서문에서 점잖게 게따짝을 끌고 나온다
>
> °「우리나라 풀 이름 외기」(『꿈꾸는 섬』) 전문

---

134 진순애, 2005, 「남도의 비가, 그 순결의 언어」, 홍영·정일근 외, 앞의 책, 296~297쪽.

우리 토속어에는 풀 이름이 많다. 하찮고 보잘것없어 보이는 풀 하나하나에 우리 겨레의 정서가 깃들어 있기 때문이다. 이에 화자는 그 토박이 풀의 이름을 다정하게 불러낸다. 그렇게 함으로써 가난하게 살던 민중의 삶을 재인식하게 된다. 즉, 토박이 풀 이름이 그토록 많은 이유를 "조선총독부 식물도감을 펼치니/ 구황식(救荒食)의 풀들만도 백오십여 가지다"처럼 착취의 역사에서 발견한다. 흉년이 들어 굶주릴 때 먹는 구황식으로 백오십 여 가지 풀들을 조사하고 "쌀 일천만 섬을 긁어가도 끄떡없는 민족"이라고 식민지 수탈을 자기 합리화하는 일제를 비판한다. 그러므로 "봄날에 날풀들 돋아오니 눈물난다."라는 첫 행은 구황식물로 연명해야 했던 우리 민족의 고통스러운 역사에 대한 성찰[135]이다.

이렇듯 토속어에 대한 한없는 애정을 노래한 이 작품을 심미적인 시로 인식한 고형진의 언급[136]은 주목할 만하다. "그리메", "즈믄 밤"(「山門에 기대어」), "애지고 막막하여서"(「여승」), "은장도 날을 갈아 눈물 띄운 달하"(「춘향이 생각」), "개미가 쏠쏠하다"(「그늘」) 등에서도 토박이말을 다스리고 되살려 쓰는 송수권의 노력을 확인할 수 있다. 송수권의 시에서 발견되는 토속어

---

135 고형진은 이 시에서 어떠한 학대와 억압에도 굴하지 않는 우리 민중의 끈질긴 생명력과 힘을 언급한다. (고형진, 2005, 앞의 책, 143쪽.)

136 토박이말에 대한 한없는 애정, 면면히 이어져 내려온 겨레의 깊은 정서에 대한 섬세한 표출, 소리 이미지에 대한 은밀한 감각으로 요약되는 송수권 시는 본질적으로 현실 인식적인 시이기보다는 심미적인 시이다. 시사적으로 보면 그의 시는 전통적인 서정시의 맥락에 놓여 있다. 그의 서정 세계는 유미주의와 감상주의를 넘어선 곳에 위치한다. (…중략…) 심미적 서정을 바탕으로 하되, 슬프고 아름다운 감정의 범람에 빠지지 않고 밝고 낙관적 시선으로 세계를 포착하며, 세계 안에 깃든 긍정적 가치를 성찰하고 있는 그의 시적 태도의 절정에서 우리는 그의 시에 깃들어 있는 '정신의 높이'를 만나게 된다. (고형진, 2005, 앞의 책, 144쪽.)

들은 대개 민중의 삶과 유기적으로 연결되어 의미망을 구축한다.

예컨대 다음 시처럼 문득 떠오르는 토속어 하나가 시 한 편을 낳는 발상이 되기도 하고, 서로 이질적인 주어와 동사를 결합하여 우리말의 표현 영역을 확장하기도 한다.

저 산마을 산수유꽃도 지라고 해라
저 아랫뜸 강마을 매화꽃도 지라고 해라
살구꽃도 복사꽃도 앵두꽃도 지라고 해라
하구쪽 배밭의 배꽃들도 다 지라고 해라
강물 따라가다 이런 꽃들 만나기로소니
하나도 서러울 리 없는 봄날
정작 이 봄은
뺨 부비고 싶은 것이 따로 있는 때문
저 양지쪽 감나무밭
감잎 움에 햇살 들이치는 것
이 봄에는 정작 믿는 것이 있는 때문
연초록 움들처럼 차오르면서,
햇빛에도 부끄러우면서
지금 내 사랑도
이렇게 가슴 두근거리며 크는 것 아니랴
감잎 움에 햇살 들치며 숨 가쁘게 숨 가쁘게
그와 같이 뺨 부비는 것,
소근거리는 것,
내 사랑 저만큼의 기쁨은 되지 않으랴

°「내 사랑은」(『파천무』) 전문

산마을의 수유, 아랫뜸의 매화, 하구쪽의 배꽃과 살구·복사·앵두꽃이 다 져도 하나 서러울 리 없는 이유는 이 봄에 "뺨 부비고 싶은 것"은 따로 있기 때문이다. 그것은 바로 "감잎 움에 햇살 들치"는 것, "숨 가쁘게 숨 가쁘게/ 그와 같이 뺨을 부비는 것,/ 소근거리는 것"으로 은유한 화자의 사랑이다.

'아랫뜸', '뺨 부비고 싶은', '양지쪽', '감잎 움', '연초록 움들'과 같은 토속어 중에서 "햇살 들이치는 것"과 같은 새로운 표현에 주목할 필요가 있다. '들이치다'라는 동사는 주어로 비나 바람, 눈발 같은 역동적 명사를 거느린다. 즉 '(비가/ 바람이/ 눈발이) 들이치다'와 같은 형태가 일반적인데, 정태적인 햇살이 들이치는(들치는) 것으로 표현함으로써 모국어가 지닌 풍요로운 정서를 표현했다.

이러한 측면에서 다음 인터뷰를 살펴보면, 송수권 시에 나타난 토속어 지향성과 그 이유를 추정할 수 있다.

배한봉 : 선생님의 시집들을 다시 한번 찬찬히 읽어나가면서 남도 토속
　　　　어의 창고 같다는 생각이 참 많이 들었습니다.

송수권 : 고려대 출판부에서 펴낸 『한국 현대시어 사전』을 보면 미당,
　　　　고은 다음으로 내가 있어요. 좋은 토속어 하나는 시 한 편과
　　　　맞먹는 종자 받기가 되거든요. 『파천무』에 실린 시 「내 사랑은」
　　　　을 쓸 때도 '들치다'란 말이 너무 좋아 써진 작품이에요. '빗방울
　　　　이 들치다'란 문장만 축적되어 있었는데, '감잎 움에 햇살이 내
　　　　린' 모습을 보니 '햇살이 들치다'라는 문장이 떠오르더군요. 새
　　　　로운 정서를 문서화하면서 낯설게 하기도 되구요. 영랑에게서

'하냥', '오메', '제운' 등 말가락을 **빼면** 얼마나 심심하겠어요.
(…중략…) 토속어를 잘 쓰면 겨레말의 숨결을 살리고 가락에
그늘을 치지요.[137]

이상에서 살펴본 바와 같이 송수권 시에서 지역 방언의 사용은 표준어로
전달하기 어려운 애틋한 정감의 깊이를 효율적으로 표현하기 위한 시적
전략[138]으로 기능한다. 그뿐만 아니라 남도 사투리를 적극적으로 활용하고
변환·적용함으로써 우리말의 표현을 확장하여 풍요롭게 한다. 나아가서
그 지역 언어에 깃든 우리 민족의 정신, 그 깊은 정서까지 섬세하게 표현하
고 있다.

그런데 송수권의 시는 토속어로 재현하는 우리 고유의 정서나 자연 공간
에 대한 독자의 공감대를 확산하기 위하여 대화체가 활용되는 경우가 많
다. "시는 일반적으로 서정시의 현대적 변용이고, 그 형상화에 있어서 1인
칭 자기 고백체에 의존한다."[139] 즉 전형적인 시는 일인칭 화자가 대상을
묘사해 보여주는 문학 양식이다. 그것은 소설이 인칭 이야기체로 되어 있
고 드라마가 인칭 대화체로 되어 있는 것과는 구분되는 사실이다. 이러한

---

137 송수권·배한봉, 2002, 「거침없는 가락의 힘, 그 곡즉전의 삶」, 『여승』 대담, 모아드림,
      248쪽.

138 토속어의 정감은 다음 시에서도 확인된다. "같은 접속어로만 가지고 말하더라도/ '하더
      라도'가 아니라 '허더라도'/ '그런데'가 아니라 '그런디'로/ '그리하였는데'가 아니라
      '그리하얏는디'로/ 전라도 말 가락에만 있는 판소리 표준어/ 그 세류청청(細柳淸淸)
      휘늘어진 말씨로 빚은 서정시"(「우리 서정시 또는 김치맛」, 『바람에 지는 아픈 꽃잎처
      럼』, 43쪽).

139 오세영, 2001, 「색계(色界)와 무색계(無色界)를 넘어서」, 『80소년 떠돌이의 시』, 시와시
      학사, 107~108쪽 참조.

논의에 견주어본다면 서술적 이야기체, 대화체를 다수 도입하고 있는 그의 시는 전형적인 시의 틀에서는 벗어나 있다.

다음의 인용시는 대화체의 일종인 '말을 건네는 방식'을 통해 시상이 전개된다.

> 고향이 고향인 줄도 모르면서
> 긴 장대 휘둘러 까치밥 따는
> <u>서울 조카 아이들이여</u>
> 그 까치밥 따지 말라
> 남도의 빈 겨울 하늘만 남으면
> 우리 마음 얼마나 허전할까   A
> 살아온 이 세상 어느 물굽이
> 소용돌이치고 휩쓸려 배 주릴 때도
> 공중을 오가는 날짐승에게 길을 내어주는
> 그것은 따뜻한 등불이었으니
> <u>철없는 조카 아이들이여</u>
> 그 까치밥 따지 말라
> 사랑방 말쿠지에 짚신 몇 죽 걸어놓고
> 할아버지는 무덤 속을 걸어가시지 않았느냐   B
> 그 짚신 더러는 외로운 길손의 길보시가 되고
> 한밤중 동네 개 컹컹 짖어 그 짚신 짊어지고
> 아버지는 다시 새벽 두만강 국경을 넘기도 하였느니

<u>아이들아,</u> 수많은 기다림의 세월
그러니 서러워하지도 말아라
눈 속에 익은 까치밥 몇 개가   C
겨울 하늘에 떠서
아직도 너희들이 가야 할 머나먼 길
이렇게 등 따숩게 비춰주고 있지 않으냐.

° 「까치밥」(『별밤지기』) 전문, 밑줄=필자

'서울 조카 아이들'이라는 구체적인 인물을 청자로 제시하고 상대방에게 말을 건네는 방식으로 깨달음을 주는 시이다. 대화의 대상을 부름(서울 조카 아이들이여)-당부(그 까치밥 따지 말라)-설의적 표현을 통한 설득(얼마나 허전할까)-보조적 진술(살아온 이 세상~따뜻한 등불이었으니)과 같은 구조를 반복(A-C)하면서 시상을 확장한다. A-C는 통사 구조를 반복함으로써 주제를 강조하고 까치밥의 의미와 가치를 설명하는 설득적 어조를 취하고 있다.

시적 화자의 '~아/ ~하지 말라'라는 명령 즉, 부정문 형식의 반복을 통해서 다른 사람을 위한 배려를 이야기하고, 이 같은 반복을 통해 운율을 형성하고, 주제의식을 강조하는 전략이다. 세상살이를 '물굽이'로, 까치밥을 '등불'로 은유함으로써 표현의 구체성을 확보하였다. 화자는 고향이 고향인 줄도 모르고 까치밥을 따는 '서울 조카 아이들'에게 까치밥을 함부로 따지 말라고 한다. 이때 '까치밥'과 '고향'은 등가적 의미를 지닌다. 반복적으로 사용된 '~말라'라는 금지의 명령은 화자의 단호하고 분명한 태도를 드러내는 데에 효과적이다. 이러한 '단정적 어조'의 명령형은 화자의 강한 확신과 의지를 방증한다.

화자는 아이들이 까치밥을 따 버리면 '빈 겨울 하늘'만 남게 될 것이라고 걱정한다. 까치밥이 삭막한 세상을 허전하지 않게 하는 의미를 지닌 것임을 알 수 있다. "짚신"은 까치밥과 유사한 의미로 홀로 외롭게 길을 걸어가야 하는 나그네들에게 든든한 길 보시가 되어 준다. 그리고 여기에서 주목해야 할 점은 C에서 "아이들아"는 '조카 아이들'뿐만 아니라 '날짐승'까지를 총칭하는 중의적 표현으로 확대된다는 것이다.

이 시의 구조를 표로 확인하면 다음과 같다.

[표 1] 송수권 시, 「까치밥」의 언술 구조 분석

부 름	당 부	설의적 표현을 통한 설득	보조적 진술
"서울 조카 아이들이여"	"그 까치밥 따지 말라"	"남도의 빈 겨울 하늘만 남으면/ 우리 마음 얼마나 허전할까,"	"살아온 이 세상~ 따뜻한 등불이었으니"
"철없는 조카 아이들이여"	"그 까치밥 따지 말라"	"사랑방 말쿠지에 짚신 몇 죽 걸어놓고/할아버지는 무덤 속을 걸어가시지 않았느냐"	"사랑방 말쿠지에~ 새벽 두만강 국경을 넘기도 하였느니"
"아이들아"	"수많은 기다림의 세월 그러니/서러워하지도 말아라"	"아직도 너희들이 가야 할 머나먼 길/이렇게 등 따뜻게 비춰주고 있지 않으냐."	"눈 속에 익은 까치밥 몇 개가~등 따숩게 비춰주고 있지 않으냐."

송수권의 시에서 가장 많이 발견되는 대화의 상대는 등단작에서부터 나타나는 '누이'다. 다음 몇 편의 시를 살펴보자.

(가)

누이야 아는가

이 봄 한낮을 너는 살아서 듣는가

안방문을 치닫고 안방문을 치닫고

옛날은 수단 치마폭에 꽃수실모냥 흘러간

뻐꾹새 울음을

시방 저 실실한 물결 속에 자물리는

한 산맥들을 보는가

　　　　　　°「속 산문에 기대어」(『산문에 기대어』) 부분

(나)

누이야, 동트는 우리 새벽 강물

너는 따라가 보았는가

수런수런 큰기침하며 강가에 나와

우리 산들 얼굴 씻는 것 →ⓐ

어떤 산은 한 모금 물 마시고 쿠렁쿠렁

양치질하는 것 →ⓑ

어떤 산은 밤새도록 발을 절고 내려와 발바닥 티눈을 핥는 것 →ⓒ

누이야, 너는 그런 동트는 새벽 강물

따라가 보았는가

　　　　　　°「아침 강-하동 포구에서」(『여승』) 부분

(다)

누이야 너는 그렇게 생각되지 않는가

오월의 저 밝은 산색들이 청자를 만들고 백자를 만들고

저 나직한 능선들이 그 항아리의 부드러운 선들을 만들었다고는
생각되지 않는가
그렇다면 누이야 너 또한 사랑하지 않을 것인가

° 「5월의 사랑」(『꿈꾸는 섬』) 부분. 밑줄과 부호=필자

세 편 시 모두 통사적인 골격은 동일하다. 그것은 바로 ① 대화의 상대방을 부르고(누이야)-② 공감이나 동조를 구하는 물음(~는가)-③ 물음의 대상을 열거(~을)의 방식이다. 송수권의 시는 ②처럼 수사적 의문문이 자주 나타난다. 수사적 의문 형식은 청자가 명시적으로 존재한다는 점에서 대화적 성격을 띠게 된다. 그리고 '~한다'처럼 직설적이고 단정적인 평서형의 진술과는 달리 독자(청자)의 상상력이 개입될 여지를 제공한다. 의문형 종결어미는 내용상으로는 강조의 효과를 노린 설의법이지만, 청자의 동의를 구하는 태도의 표현이기 때문이다.

위 시편들은 대화의 상대방을 호명하고 질문한 후에 그 질문내용을 병렬하면서 보완하는 구조이다. 이때 목적어가 문장 뒤로 도치되는 형식은 앞에 위치한 타동사의 인지 여부에 대한 물음을 강조하기 위한 의도적 장치이다. 그리고 "동트는 새벽 강물"은 ⓐ, ⓑ, ⓒ와 같은 정경을 하나씩 청자에게 묘사함으로써 언급되지 않는 부분을 상상하게 한다. 즉 독자(청자)는 화자가 틈새로 남겨둔 부분들의 빈틈을 확산된 상상력을 동원해 메꿈으로써 텍스트를 완성하게 된다. 함축적인 여운을 남겨둠으로써 청자의 개입을 극대화하는 시적 기법이라 할 것이다. 또한, 이 구조는 우리말의 어순과 다르게 시행을 배치함으로써 독자에게 발화가 주는 긴장감을 느끼게 한다.

독 가득 파란 물 출렁인다
조가비를 태워 가는 체에 잿물 받아 풀고
허리 물리도록 아무리 독을 휘저어도
쪽을 문 거품은 기별이 없다
처음은 흰색, 다음은 청색, 다음은 자주색
헛제사밥 같은 시간을 지나고서야
진짜 쪽을 문 꽃거품이 뜬다는데
아무리 기둘려도 쪽을 문 꽃거품은 기척도 없다.
(…중략…)

한숨 돌리고 잊었다 생각난 듯이 또 젓는다
한나절 넘어 자는 듯 졸다 깨어 하품하고 보니
그 틈 사이 먼 산 위로
쪽물 든 하늘이 먼저 와 앉았다

애인이여, 저 하늘 한 자락 불러다
나 길 뜨는 날,
저 쪽물 받아 족두리꽃 화관 쓰고 올래
놋쇠 요령소리도 구슬피 정든 땅 밟으며
쪽물 든 만장 한 폭도 펄럭이며 올래
내 먼저 숨지면 그 숨 받아 쪽비녀 새로 미리 꽂고
무덤 속 그 하늘까진 머리 풀고 올래
꽃거품 입에 물고 애인이여

　　　　　　　　　° 「쪽을 뜨며」(『수저통에 비치는 저녁노을』) 부분

청자를 '애인'으로 설정하여 대화체로 전개되는 이 시는 전통적인 자연염료를 사용해서 염색하는 과정을 기본 구조로 한다. 쪽빛으로 물들이기 위해서 헛제사 같은 시간이 필요함을 깨닫게 하는데, 청자가 '애인'인 이유는 사랑에도 그러한 인내가 필요함을 암시하는 것이다. 기다림의 시간을 견뎌내야만 쪽물 든 하늘을 만나게 되고, 그 쪽물을 받아 족두리꽃 화관을 애인에게 씌울 수 있다. 이 시는 오늘날 인스턴트식 사랑을 추구하는 우리에게 큰 울림을 준다. 물질문명의 홍수 속에서 살아가는 현대인은 오랜 기다림이나 사랑의 성숙을 위한 인내를 모른다. 이런 점에서 이 작품은 토속적인 삶의 정서로 민족 본연의 맑은 정서를 일깨워주는 것으로 읽힌다.

이상에서 살펴본 바와 같이 송수권 시에서 토속어는 그 지역 사람들의 생활과 전통, 삶의 애환을 드러내는 상징적 기능을 한다. 언중들이 사용하는 일상어에 의해 발화한 시적 담론은 그 시대의 문화와 삶의 리얼리티를 담는 데 최대의 기능을 한다 하겠다. 이런 의미에서 토속어의 사용은 사라져가는 풍속이나 언어를 우리 눈앞에 되살려서 보여주는 가장 적절한 시도라는 점에 그 가치가 있다.

또한 우리 고유의 정서나 자연 공간을 토속어로 형상화할 때 독자의 상상력을 개입시키고 공감대를 확산하기 위하여 대화체를 활용하는 경우가 많음을 확인하였다. 대화의 상대방을 호명한 후(~야) 공감이나 동조를 구하는 물음(~하는가) 뒤에 목적어를 병렬하는 구조는 청자가 화자의 정서에 동화되기를 유도하는 것이다. 청자에게 발화가 주는 긴장감을 느끼게 하고 함축적인 여운을 남겨둠으로써 청자의 개입을 극대화하는 시적 기법이다. 수사적 의문문(~하는가)은 청자를 텍스트 안으로 끌어들이는 전략적 방법을 취함으로써 설득력을 얻게 된다.

한편 송수권의 시가 남도 정서와 토속어를 버리고 남도가 아닌, 모든 국토의 맛과 멋을 써야 보편성을 획득할 수 있다며, 더 큰 행보를 주장한 김강태의 반론[140]을 눈여겨볼 필요가 있다.

실제로 송수권의 후기 시집 중 민족 대통합을 기치로 내건 대서사시집인 『달궁 아리랑』, 『빨치산』, 『흑룡만리』에서는 물론이고 일상생활의 소회를 형상화한 『허공에 거적을 펴다』에서도 토속어는 전혀 발견되지 않는다. 시인의 고향인 전남 고흥을 노래한 『사구시의 노래』는 푸짐한 남도 사투리의 성찬이 될 수도 있었는데, 이 시집에서 토속어로 전개한 시는 「내 고향 말투」[141]가 유일하다. 부분적으로 남도 사투리가 활용된 시도 「진굴젓」한 편뿐이다.[142] 이 두 시의 주제를 살리는 데 토속어가 기여하고 있으므로, 필요불가결한 요소라 판단해 사투리를 활용한 것으로 추정된다. 이를 제외하면 시집 전편에 토속어의 활용은 전무하다고 해도 무리가 없을 것 같다. 말하자면 후기 시 세계의 화두는 '남도'에서 '모든 국토'로, 지역에서 그것을 넘어선 민족통합으로 바뀌었다는 추론이 가능하다. 자신의 고향마저도

---

140 "내 사랑 '남도'를 떠난 세계의 어느 곳, 중심에 서 있는 송수권을 나는 그린다. 그 중추인 남도정신을 버려라. 그래야 새로운 남도정신과 만난다. (…중략…) 이젠 대구, 부산, 강원도의 맛과 멋을 쓰시라. 그리고 통일이 되면 피양 쪽과 압록, 두만 쪽도 정탐한 뒤, 잠시 우리의 만주벌 한인사(韓人史)도 추적하고 나서 새 미래사의 기치를 들어주시기 바란다."(김강태, 2005, 「남도정신과 뻘의 정신」, 홍영·정일근 외, 앞의 책, 653쪽).

141 "고흥 말은 영락없는 판소리 가락을 닮았다// 여그, 아지매 술 한 뱅만 더 주더라고 잉/ 아지매 보니께 워매 반갑는거 잉/ 말끝마다 그러제라 잉 하믄, 더부살이로 따라다니는 o(이응) 받침/ 나 혼자 언제 그랬다요, 그래 쌈시롱/ 말끝마다 더 붙는 요,라는 첨사"(「내 고향 말투」 1연 『사구시의 노래』, 44쪽).

142 "근께 말이여 호자 먹기엔 아깝네 잉/ 개다리 막치소반에서 오고갔던 정겨운 말/ 금매 마시, 이 짭조름한 맛을 누가 안당가/ 퓨전식탁에 맞도록 누군가 입맛을 개량했다는/ 옥강의 진굴젓"(「진굴젓」 3연, 『사구시의 노래』, 76쪽).

객관적인 시선으로 바라보고자 한 시인의 의도가 감지되기 때문이다.

그런데 토속어의 활용을 자제한 그의 후기 시편 중에서도 남도 음식과 관련된 시가 많이 실린 『틈』에서만큼은 사투리를 풍부하게 구사하였다. 이는 남도의 식탁은 사투리를 구사해야 그 현장감과 감칠맛이 느껴진다는 생각에서 기인한 것으로 보인다.

전술한 바대로, 송수권만큼 토속어를 시에 적극적으로 활용한 시인도 드물 것이다. 그의 시는 남도에서 체득한 사투리와 사전에서 잠자는 언어들을 시어로 끌어들여 모국어의 아름다움과 표현의 영역을 한껏 드높였다. 토속어를 시적 표현 언어로 구사하면서 울림과 여운이 깃든 시적 감각으로 서정의 세계를 형상화한 송수권은 전통서정시의 흐름을 새롭게 이어나간 소중한 시인으로 기록될 것이다.[143]

(2) 시어의 반복을 통한 리듬감의 성취

조동일은 "자유시는 율동이나 율격을 가지지 않은 시가 아니고, 작품마다 독자적인 율격이나 율동을 가진 시라고 정의되어야 한다."[144]고 지적하면서 내재율을 분석 대상으로 삼았다.

자유시에서 유사한 시어의 반복은 시에서 리듬을 획득하는 가장 기본적인 기법이며 시인의 세계인식 방법을 구현하는 변별적 자료이다. 시어 선택이 시인의 주관적 의식 세계의 반영이라는 점을 상기해보면, 시어는 전체 시의

---

143 고형진, 1996, 앞의 글, 141쪽.
144 조동일은 김소월, 한용운, 김영랑, 이상화, 이육사의 시를 예로 제시하면서 현대시가 전통적인 율격을 계승하고 있음을 논증하였다. (조동일, 1984, 「현대시에 나타난 전통적 율격의 계승」, 김대행 편, 『운율』, 문학과지성사, 151쪽.)

맥락을 형성하는 데 매우 중요한 요소이다. 특히, 특정 시어의 반복은 시인의 의식적 지향점이 어디를 향하고 있는지 알게 하는 단서다. 이를 적절하게 밝혀가는 과정에서 독자는 시인의 시 세계에 근접할 수 있게 된다. 특수한 시어가 시의 전체적 맥락과 분위기, 그리고 리듬을 형성함과 동시에 시의 주된 정서를 드러내는 표지가 되기 때문이다. 그래서 반복적으로 나타나는 시어는 시 텍스트의 리듬과 의미구조를 관통하는 핵심이라고 할 수 있다.

장터 마당에 눈이 내린다.
먹뱅이 남사당패 어디 갔나
남사당은 내 고향
내 몸은 아프다
소리 소리치며 눈이 내린다
설설 끓는 동지팥죽
저녁 한 끼 시장한 노을 위에
식어가는 가마솥 뚜껑 위에
안성(安城) 세지 목화송이 같은 흰 눈이 내린다
비나리패 고운 날라리 가락 속에
눈물범벅이 진 네 일굴
곰뱅이 텄다 곰뱅이 텄다
70년대를 한 판 걸죽하게 놀아보자던
네 서러운 음성 위에
동녹이 슬어가는 유기전 놋그릇들 위에
눈이 내린다
어스레기 황혼을 부르는 말뚝 위에.

　　　　°「안성(安城) 장터-홍재 시인에게」(『꿈꾸는 섬』) 전문

인용 시는 송수권이 1980년대 초 어느 겨울, 안성 농고에 세워진 임홍재의 시비에 참배하러 갔다 오면서 안성장터 마당에서 쓴 작품이라고 밝힌 바 있다.[145] 임홍재 시인의 고향에서 팥죽을 먹으며 화자는 사라진 지 오래된 안성 먹뱅이 남사당패를 떠올린다. 공연을 기획하는 곰뱅쇠가 "곰뱅이 텄다 곰뱅이 텄다"라고 외치면, 마을에서 풍악이 울리고 남사당놀이가 시작된다. 이 작품에서 리듬과 의미의 상관성을 분석하기 위해 골격을 추려보면 아래와 같다.

[표 2] 송수권 시, 「안성장터」의 리듬과 의미구조 분석

A에 **눈이 내린다.**

> 먹뱅이 남사당패 어디 갔나
> 남사당은 내 고향
> 내 몸은 아프다

a하며 **눈이 내린다**
~한 ○○ 위에
~하는 ○○ 위에
~같은 (흰) **눈이 내린다**
(~한 ○○ 속에)

> 눈물범벅이 진 네 얼굴
> 곰뱅이 텄다 곰뱅이 텄다

~자던 ○○ 위에
~하는 ○○ 위에 **눈이 내린다**
~하는 ○○ 위에

---

145 송수권과 임홍재(1942~1979)는 서라벌예술대학 동문으로 같은 해(1975) 등단하여 주고받은 편지가 200여 통에 이를 정도로 절친한 사이였다. (송수권, 2005, 「극기와 내면의 풍경」, 홍영·정일근 외, 앞의 책, 583쪽).

'(흰) 눈이 내린다'라는 주어+서술어 형태의 절이 4번 반복되어 진술된다. 그런데 이 절은 5개의 '~한(하는) ○○ 위에'라는 구문을 거느린다. 또 각각 1개씩의 'A에 눈이 내린다'와 'a하며 눈이 내린다'라는 반복과 삽입을 통한 변주를 보여준다.

　이런 경우에 독자는 'A에'와 'a하며'의 의미구조에 주목하게 되는데, 이 둘의 의미를 연결하면 "장터 마당에 소리 소리치며 눈이 내린다"라는 핵심적인 의미구조를 도출할 수 있다. 5개의 '~한(하는) ○○ 위에'는 이 의미론적 맥락의 지배 하에서 반복되는데, 중반부의 '(~한 ○○ 속에)'를 경계로 전반부는 화자가 현재 처한 시·공간("저녁 한 끼 시장한 노을 위에", "식어가는 가마솥 뚜껑 위에")이며, 후반부는 이미 사라졌거나("네 서러운 음성 위에") 사라져가고 있는("동녹이 슬어가는 유기전 놋그릇들 위에", "어스레기 황혼을 부르는 말뚝 위에") 시·공간이다.

　먼저 경계가 되는 '(~한 ○○ 속에)', 즉 "비나리패 고운 날라리 가락 속에"를 주목하게 되는데, 이 대목에서 독자는 '임홍재 시인=안성 남사당패'임을 인지하게 된다. 그래서 사각형 부분의 남사당패에 대한 진술은 "내 몸은 아프다"나 "눈물범벅이 진 네 얼굴"과 같이 감정이입으로 처리되어 있다. "내린다, 식어가는, 동녹이 슬어가는, 노을, 황혼"과 같은 하강적 이미지들은 과거를 회상하면서 그리움의 정서를 환기한다. 여기에서 주목할 점은, 유일하게 상승적 이미지로 제시된 "설설 끓는 동지팥죽"을 화자가 삼키는 대목이다. 이렇게 살아남아 기억하는 자의 서러움을 제시함으로써 독자를 비극적인 정서의 자장으로 끌어들인다. 반복 구문에 따른 의미론적 특성과 화자의 정서를 정리하면 다음과 같다.

[표 3] 송수권 시, 「안성장터」에 나타난 반복과 시적 의미의 상관관계

반복 구문	의미론적 특성	화자의 정서
눈이 내린다.	눈 내리는 모습과 상태 외부의 개방성	과거의 환기
~한(하는) ○○ 위에	전반부 : 화자가 처한 시·공간 후반부 : 이미 사라진 시·공간 내부의 폐쇄성	그리움의 고조

다음 시에서는 전체적인 리듬의 질서가 제어하는 주제의식과 그에 수용된 주술적 리듬을 확인할 수 있다.

이 질퍽한 뻘내음 누가 아나요
아카시아 맑은 향이 아니라 밤꽃 흐드러진
페로몬 냄새 그보다는 문클한
이 질퍽한 뻘내음 누가 아나요

아카시아 맑은 향이야
열 몇 살 가슴 두근거리던 때 이야기지만
들찔레 소복이 피어지던 그 언덕에서
나는 비로소 살냄새를 피우기 시작했어요

여자도 낙지발처럼 앵기는 여자가 좋고
그대가 어쩌고 쿡쿡 찌르는 여자가 좋고
하여튼 뻘물이 튀지 않는 꽹과리 장고 소리보단
땅을 메다 치는 징 소리가 좋아요

하늘로는 가지 마……
하늘로는 가지 마……
캄캄하게 저물면 뒤늦게 오는 땅 울음
그 징 소리가 좋아요

저물다가 저물다가 하늘로는 못 가고
저승까진 죽어 갔다가
밤길에 쏘내기 맞고 찾아드는 계집처럼
새벽을 알리며 뒤늦게 오는 소리가 좋아요

° 「뻘물」(『수저통에 비치는 저녁노을』) 전문

인용 시는 반복을 통한 리듬이 전체적인 질서 속에 통합됨으로써 '뻘내음'이라는 원초적 냄새를 "밤꽃 흐드러진/페로몬 냄새"와 "살 냄새"라는 관능적 냄새로 자연스럽게 치환한다.

이 작품을 의미구조를 분석해보면 다음과 같이 나누어져 있다(진한 글씨= 필자).

[표 4] 송수권 시, 「뻘물」의 반복에 따른 의미구조 분석

> **Ⅰ 1 이 질퍽한 뻘내음 누가 아나요**
> 2 아카시아 맑은 향이 아니라 밤꽃 흐드러진
>   페로몬 냄새 그보다는 문클한
> **1' 이 질퍽한 뻘내음 누가 아나요**

Ⅱ 1 아카시아 맑은 향이야
　　　　 열 몇 살 가슴 두근거리던 때 이야기지만
　　　 2 들찔레 소복이 피어지던 그 언덕에서
　　　　 나는 비로소 살냄새를 피우기 시작했어요

　Ⅲ 1 여자도 낙지발처럼 앵기는 **여자가 좋고**
　　　 1 그대가 어쩌고 쿡쿡 찌르는 **여자가 좋고**
　　　 2 하여튼 뻘물이 튀지 않는 꽹과리 장고 소리보단
　　　　 땅을 메다 치는 **징 소리가 좋아요**

　Ⅳ 1 하늘로는 가지 마……
　　　 1' 하늘로는 가지 마……
　　　 2 캄캄하게 저물면 뒤늦게 오는 땅 울음
　　　　 그 **징 소리가 좋아요**

　Ⅴ 1 저물다가 저물다가 하늘로는 못 가고
　　　　 저승까진 죽어 갔다가
　　　　 밤길에 쏘내기 맞고 찾아드는 계집처럼
　　　 2 새벽을 알리며 뒤늦게 오는 **소리가 좋아요**

　　이 작품은 크게 Ⅰ부터 Ⅴ까지 5개의 의미구조로 나눌 수 있다. "이 질퍽
한 뻘내음 누가 아나요"가 2번 반복되고, "~하는 여자가 좋고"와 "(징) 소리
가 좋아요"가 3번 반복된다. 밑줄 그은 "아카시아 맑은 향"이 2번 진술되었
으며, Ⅳ에서도 "하늘로는 가지 마……"가 연속해서 반복되고 있다. 먼저
"아카시아 맑은 향"은 질퍽한 뻘내음과 대조되는 것으로 뻘내음의 속성을
강화하는 차원의 반복이다. 다음에서 뻘내음은 암꽃이나 암벌이 수컷을
부를 때 내뿜는 냄새인 '페로몬'과 '살냄새'로 표현되었다. 그리고 Ⅲ의 1과
1'에서 "낙지발처럼 앵기는/ (옆구리를) 쿡쿡 찌르는→여자"로 형상화되면
서 뻘물이 튀는 삶에 대한 갈망을 보여준다.

Ⅲ에서는 "꽹과리 장고 소리 ↔ 징 소리"라는 두 소리의 대립이 나타난다. "땅을 메다 치는" 징소리가 하강적 이미지이므로, 이와 대립각을 보여주는 "꽹과리 장고 소리"는 하늘로 퍼졌다가 사라지는 소리로 추정된다. 이렇게 볼 때 Ⅳ의 1과 1'에서 반복되는 "하늘로는 가지 마……"는 꽹과리나 장고 소리로 사라지기를 거부하는 간절한 희구(希求)를 드러내는 것으로 읽을 수 있다. 이 작품에서 다른 반복은 행과 행을 건너뛰어 반복되거나 통사구조의 반복으로 실현되는 반면, 이 대목만은 동일 문장이 연속 반복되어 나타난다. 이런 면에서 이 부분의 반복적 진술은 주술적 리듬[146]을 형성한다. 화자의 강렬한 희구가 반복을 통해서 일종의 주문처럼 작용하므로 의미의 강조 여부와 관계없이 자기 암시, 또는 반복적 염원이 표출되는 것이다.

뻘냄새를 형상화하기 위해 제시한 주요 의미 자질은 Ⅲ~Ⅴ에 나오는 '징 소리'이다. '징 소리'의 속성을 파악하기 위해 Ⅲ~Ⅴ의 리듬 구조를 다시 주목할 필요가 있다.

---

146 황동규는 시에서 반복효과를 강조와 주술로 보았는데, "1) 강조는 논리로 전할 수 없는 정서와 감정을 표출한다. 2) 주술은 논리를 초월하여 인생의 깊이를 드러내는 효과를 획득한다"라고 하였다(황동규, 1976, 「詩의 소리」, 『사랑의 뿌리』, 문학과지성사, 211쪽 참조).

[표 5] 송수권 시, 「뻘물」의 반복에 따른 주요 의미 자질 분석

III

~하는

징 소리가 좋아요

IV

~하는

(그) 징 소리가 좋아요

V

1 저물다가 저물다가 하늘로는 못 가고
  저승까진 죽어 갔다가
  밤길에 쏘내기 맞고 찾아드는 계집처럼
2 새벽을 알리며 뒤늦게 오는

소리가 좋아요

[표 5]를 볼 때 V의 네모 속의 부분에서 1~2까지 4행은 리듬의 양상으로
보나 의미 단위로 보나 '징'이라는 단어와 교환가치를 지닌다. 즉 징소리는
"저물다가 저물다가 하늘로는 못 가는 (소리)", "저승까진 죽어 갔다가 (돌
아온 소리)", "밤길에 쏘내기 맞고 찾아드는 계집 (같은 소리)", "새벽을
알리며 뒤늦게 오는 (소리)"로 변이되는 것이다. 이러한 반복은 살아 있는
것들의 악착같은 생명력뿐만 아니라 이승과 저승을 다 품은 듯한 뻘내음을
효과적으로 형상화하는 데 크게 기여한다.

송수권의 시에서 시어를 반복하는 경우는 자주 눈에 띈다. 같은 시어를

반복함으로써 가락을 얻게 되지만, 역으로 생각하면 단순하고 평범한 율격으로 인식되기도 한다. 이런 점을 보완하기 위해 송수권은 단순 반복이 아니라 시어의 의미를 확장하고 시어 자체를 변형·반복한다. 이렇게 세밀한 전략적 기법에 주목하면서 다음 작품들을 살펴보자.

(가)
나는 밤하늘 반짝이는 별
아니지
어둠을 먹고 사는 벌레
어둠을 먹고 어둠의 똥
어둠의 알을 까는 벌레
징그러운 털을 달고
어둠의 빛
어둠의 혼을 낳는 벌레
나의 빛은 얼마나 위대한가
어둠을 발려선 몇 필의 베를 짜는가

°「개똥벌레와 시인」(『꿈꾸는 섬』) 전반부

(나)
간밤에 고개 너머
평지 나물 꽃밭이 새로 일어섰더라
어쩔거나
산 너머 산 너머 꽃불이 타는 진달래 꽃밭이
새로 일어섰더라
어쩔거나

둘레춤을 추다 꼬리춤을 추다 날개춤을 추다
어디로 갈거나 어디서부터 시작할거나
저 꽃밭들의 눈홀림을 <u>어떡할거나</u>

<u>서운찮게 서운찮게 서운찮게</u>
다만 <u>서운찮게</u>라고 떠들면서
파발말 놓듯이 꽃들의 음성을 전신(傳信)하면서
소문 앞에서 요것들의 웃고 떠드는 요 모양을
보고 있으면
이리도 내 가슴 뿌듯해진다.
이리도 사는 일이 즐거워진다.

。「꿀벌」(『꿈꾸는 섬』) 전문. 밑줄과 강조=필자

　(가)에서는 10행의 비교적 짧은 내용 중 '어둠'이라는 시어가 총 6번 나
온다. 또 '어둠을'이라는 목적어가 3번, '어둠의'라는 관형어가 3번에 걸쳐
사용되었다. '어둠을'이라는 목적어는 '먹고'와 '발려선'이라는 동사와 호응
하며 '어둠의'라는 관형어는 '알', '빛', '혼'이라는 명사를 수식한다. 이러한
반복은, 어둠을 먹고 사는 징그러운 벌레일 뿐이지만 어둠 속에 알과 빛과
혼을 낳는 위대한 존재, 즉 시인의 가치에 대한 의미를 강화하는 데에 기여
한다.
　(나)는 1연에서 '~너머'라는 시어가 3번, '어쩔거나'라는 시어가 '어떡할
거나'로 3번 반복·변형되었다. 또 '~춤을 추다'라는 통사 구조의 반복으로
자연스럽게 리듬감이 부여된다. 그리고 2연의 1~2행에서는 '서운찮게'라는
시어가 4번이나 반복되며, '이리도 ~이 ~해진다'라는 통사 구조를 반복하면

서 시상을 마무리하였다. '어쩔거나'와 '서운찮게'라는 시어의 반복은, 시적
상황에 따라 화자의 감정이 고조됨을 보여준다. 그리고 끝부분에서 통사
구조의 반복은 리듬감뿐만 아니라 시적 의미를 깊게 하면서 주제의 형성에
도 도움을 준다. 이와 같은 통사 구조의 반복은 병렬 현상을 보이며 이미지
를 강화하는 효과도 있다.

> 아버지 입은 대구 입 만하고
> 어머니 입은 대구 입 만하고
> 아이들 입은 대구 입 만하고
>
> 눈 온 대구는 천 냥
> 고니는 구백 냥

○「봄날, 영산포구에서·4」(『퉁』) 부분

인용 시처럼 서사적 이야기가 개입됨으로써, 구심적 리듬은 장면이나
서사 단위에 따라서 변주되기도 한다. '대구'라는 시어와 통사 구조의 반복
이 서사와 긴밀하게 연결될 때, 이 반복은 소리표지의 역할이 아닌, 가족들
의 모습을 인상 깊게 형상화하는 내적 구성 요소로 기능한다. 물론 이 리듬
은 시적 의미에 긴밀히 참여한다기보다는 유희적인 속도감을 만들어내는
역할을 한다.

이상과 같이 시어의 반복이 시상의 전개에 따라 리듬감을 부여하고 화자
의 심리와 시의 분위기를 고조하는 역할을 한다는 것을 확인하였다.

다음으로, 송수권 시에서 운율을 이루는 기본 단위인 음보가 어떤 양상

을 보이는지 파악할 필요가 있다. 이는 정형시에서 도출된 음보 개념은 자유시를 논의하는 유의미한 준거가 되기 어렵다는 것을 전제로 한다. 왜냐하면, 율격을 음보(마디) 개념으로만 설명하면 자유시를 정형성의 틀 안에서 논의하는 결과가 되기 때문이다.[147] 따라서 많은 음절을 가진 마디는 빠른 호흡을, 적은 음절을 가진 마디는 느린 호흡을 감당하므로 단순히 글자 수로만 마디를 잴 수 없다.[148]

도라지/ 도라지/
심심산천에/ 백도라지//
풋보리밥/ 한 술/ 된장국/ 말아먹고//
지름댕기/ 팔랑팔랑//
올해/ 네 나이/ 몇 살이더냐//

도래샘도/ 띠앗집도/ 다 버리고//
눈 오는 날/ 주재소/ 앞마당/ 전남 반으로//
너는/ 열여섯/ 정신대/ 머릿수건을 쓰고//
고목나무/ 뒤에 붙어/ 참매미처럼/ 희게 울더니//
(…중략…)
어려선/ 막내 고모/ 같던 종(鐘)꽃//

---

147 권혁웅은 백석, 정진규, 서정주의 시를 예로 들면서 현대시 운율의 전제로 다음 세 가지 층위를 제시하였다. (1) 동일한 가치를 지닌 음운의 반복 (2) 등량화된 음절로 이루어진 마디의 반복 (3) 동일한 구문의 반복(권혁웅, 2008, 「한국 현대시의 운율 연구」, 『어문논집』 제57집, 민족어문학회, 237~257쪽)
148 권혁웅, 2008, 위의 글, 239쪽.

도라지/ 너를 보면/
삼한(三韓)적/ 맑은 하늘//
이슬/ 내리는 소리/
호궁(胡弓) 소리.//

°「도라지꽃-조선삐」(『꿈꾸는 섬』) 부분. 사선=필자

1연의 "도라지/ 도라지/", "심심산천에/ 백도라지//"와 "풋보리밥/ 한
술/ 된장국/ 말아먹고//"는 등량화된 음절로 이루어진 마디의 반복이다.
따라서 1행은 느린 호흡을, 3연은 빠른 호흡을 지니는데, 이 호흡은 시적
주체의 어조와 태도에 따라 변화된다. 예컨대 2연에서 일제 강점기 정신대
를 떠올리는 부분에서는 호흡이 가빠지고, 3연에서 "삼한(三韓)적/ 맑은 하
늘// 이슬/ 내리는 소리"를 떠올리는 대목에서는 호흡이 느려짐을 알 수
있다.

1연의 "도라지/ 도라지/ 심심산천에/ 백도라지"는 우리 전통시가의 기
본 율격인 a-a-b-a 구조를 따른다. 이는 고려가요 「청산별곡」의 "살어리
살어리랏다 청산에 살어리랏다"나 민요인 「달타령」의 "달아 달아 밝은 달
아"와 같은 운율구조다. 정적인 모습의 도라지꽃을 보면서 고요하고 적막
한 정적 음향("이슬 내리는 소리")과 강하고 날카로운 음향("호궁(胡弓) 소리")을
동시에 떠올린다. 이 도라지꽃에서 "막내 고모 같던 종(鐘)꽃"이 연상되기
도 하고 "열여섯 정신대 머릿수건을" 쓴 비극적 역사가 떠오르기도 하기
때문이다.

이 시에서 우리는 민요에 대한 김소월의 시적 수용이 송수권의 시에서
어떻게 계승되는지를 확인할 수 있다. 그의 시 속 민요적 가락은 소월에게

서 배운 가락의 수용이다.

민요의 율격에는 2음보·3음보·4음보가 있고, 음보 수를 필요에 따라서 줄이거나 늘이는 변형도 있다.[149] 김소월의 시가 3음보로 변화감을 주는 가락 위주의 율격[150]이었듯이 전통적인 율격은 항상 고정된 것이 아니라 시적 효과나 상황, 화자의 처지나 정서에 따라 변형된다. 이 시의 2연과 4연(/표시 부분)을 보면 각각 3음보, 4음보, 4음보, 4음보, 3음보의 호흡 단위로 끊어 읽을 수 있다. 3음보나 4음보를 기본 골격으로 하고 있지만, 이러한 음보에 연연하지 않고 자유스럽게 행을 늘이거나 나눔으로써 그만의 독특한 가락을 만든다. 이는 4음보 또는 2음보 연속체로 호흡을 유지하고 있는 마지막 연에서도 확인된다. 이처럼 송수권의 시는 민요의 가락을 변형·발전시키면서 그 전통성을 계승하고 있다.

(3) 가락의 변용을 통한 전통율 재창조

우리 시가의 전통적 율격은 음보 면에서 민요의 3음보, 또는 시조의 4음보를, 음수율의 측면에서는 3·4조 혹은 4·4조를 바탕으로 한다. 하지만 한 행을 이루는 음절의 수는 고정적이 아니고 가변적이기 때문에 음수율은 의미가 없다, 따라서 우리 시의 가락은 음보율을 바탕으로 하는 것이 여러 모로 바람직하다.[151]

그런데 가락은 그 지역의 문화나 환경과 밀접한 관련이 있다. 남도는

---

149 이 중 4음보는 시조나 가사에서도 주로 쓰이는 음보이므로 민요적 율격이라고 하면 일반적으로 3음보를 말한다.

150 조동일, 1982,『한국 시가의 전통과 율격』, 한길사, 99쪽.

151 김준오, 2010,『시론』제4판, 삼지원, 137~146쪽 참조.

고유의 자연환경 속에서 남도만의 언어와 가락을 공유해왔다. 예컨대 신재효는 남도의 고창에서 판소리를 집대성했고, 고창에서 태어난 미당이 이 가락을 그의 시에 담아냈다. 미당의 판소리 가락을 이은 시인이 송수권이다. 남도의 가락에서 영랑이 민요 가락을 시에 대입했다면, 미당과 송수권은 판소리와 육자배기 가락을 시에 대입했다. 그중 송수권은 생득적으로 몸에 익은 남도의 가락을 한과 흥에 도입하여 시 세계를 한층 밀도 있게 확장·심화한다.

판소리는 음악과 문학이 만나는 민중문학이다. 송수권은 전통적인 소리와 가락의 하나로 판소리 가락이 휘늘어지는 전라도 말에 애착했다.

아/ 동헌마루를/ 우지끈 부수고/ 알상투를 끌어내어// 수염을 꼬시르고/ 깨를 벗긴 채/ 불기를 쳐/ 삼문(三門) 밖으로 내쫓았더니// 그래도/ 양반 때는 알았던지/ 옴팍진/ 씨암탉처럼// 두 손으로/ 쇠불알을/ 끄슥드랑깨.// 활텃거리에서/ 작것/ 죽창 끝에/ 안 걸렸드랑가,// 뚝 소리 내고/ 떨어졌당깨./ 옴마,/ 그란디// 한 여편네가/ 엎어지드니만/옴마, 이작것,/ 이작것,// 우리 딸니미/ 잡아먹은/ 갓끈 달린/ 이 작것// 하드니만/ 치마폭에다 싸들고/ 줄행랑을/ 쳤드랑깨.// 혀는 뽑혀도/ 말은/ 바로 허지만 말이여.// 내가 그 달딴 녀석/ 아닌가 말이여,/ 알긋써,/ 이러더니란다.

°「줄포마을 사람들」(『산문에 기대어』) 부분. 사선=필자

인용 시의 이 대목은 "동학혁명에서 민중들이 고부 관아의 조병갑 사또 (군수)를 거리로 내쫓는 장면인데, 판소리 중 아니리 가락 혹은 휘모리 가락을 사용"[152]하였다. 음보를 한 걸음 걸을 동안 읽을 수 있는 규칙성으로

볼 때 한 음보는 3~4음절이 적당하고 5~6음절이 되면 호흡이 가빠진다. 그러나 판소리에서 가장 빠른 장단인 휘모리 가락에서는 "삼문(三門) 밖으로 내쫓았더니", "치마폭에다 싸들고"까지 하나의 호흡 단위이므로 각각 한 음보로 수용할 수 있다.

이렇게 볼 때 이 작품은 4음보의 판소리 가락에 해학과 풍자를 담고 있다. 또한 '꼬시르고', '깨를 벗긴 채', '끄슥드랑깨', '이 작것', '안 걸렸드랑가', '옴마, 그란디', '줄행랑을 쳤드랑깨', '알궂써'와 같은 전라도 사투리가 여유와 능청의 말맛을 보여준다. 이것이 바로 송수권 스스로 말했던 전라도 말의 구수한 맛과 은근한 멋이다.

이처럼 송수권의 시는 고정된 율격보다 신명 나는 가락과 원초적 의식을 드러내는 장치로써 소리와 가락을 활용한다. 그는 "독창적인 가락을 만들어내기보다 '소리' 자체에 관심"[153]을 두기 때문이다. 이런 점에서 송수권은 판소리가 시의 음악성에 기여할 뿐만 아니라 향토성과 민중의 정서를 잘 표현할 수 있으므로 청각적 이미지를 활용한 것이다.[154] 말하자면, "서정주와 김수영에 의해서 그 지평이 확장된 시의 인식을 송수권이 자신만의 감각적인 기법으로 계승한 것"[155]에 주목할 필요가 있다.

152　송수권, 2007, 『소리, 가락을 품다』, 열음사, 122쪽.
153　고형진, 1996, 「토박이말로 빚은 겨레의 소리와 정신」, 『서정시학』, 6월호, 112쪽.
154　박윤우는 송수권 시에 발현되는 역사의식이 전통사회의 공동체적 문화와 민중의 감성에 맞물려 있음을 주목한다. (박윤우, 2003, 「민족적 삶의 곡진한 가락 혹은 서정 언어의 육화에 이르는 길」, 『시와시학』, 가을호. 277쪽).
155　오세영, 앞의 글, 182쪽 참조.

자전거/ 짐받이에서/ 술통들이/ 뛰고 있다//

풀 비린내가/ 바퀴살을/ 돌린다//

바퀴살이/ 술을 튀긴다//

자갈들이/ 한 치씩 뛰어/ 술통을/ 넘는다//

술통을 넘어/ 풀밭에/ 떨어진다//

시골길이/ 술을 마신다/ 비틀거린다//

저 주막집까지/ 뛰는/ 술통들의/ 즐거움//

주모가/ 나와 섰다/ 술통들이/ 뛰어내린다//

길이/ 치마 속으로/ 들어가/ 죽는다//

°「시골길 또는 술통」(『산문에 기대어』) 전문. 사선=필자

실제 시의 분행과 달리 편의상 의미 단위로 나누어 끊어서 읽어본 것이다. 이를 통해 이 작품은 대체로 3음보나 4음보를 유지하고 있음을 알 수 있다. 1, 4, 7, 8, 9행은 4음보를, 2, 5, 6행은 3음보를 반복·변형하고, 3행은 단순한 반복을 피하기 위해 2음보로 변형을 꾀한다. 비교적 짧은 시에 5번의 '술통(들)'이라는 명사와 14개의 동사가 사용되었다. 이 동사들을 의미상 나누면 "뛰다(뛰고 있다, 뛰어, 뛰는, 뛰어내린다), 넘다(넘는다, 넘어), 돌린다, 튀긴다, 떨어진다, 마신다, 비틀거린다, 뛰어내린다, 들어가 죽는다"와 같은 역동적 시어들을 사용함으로써 비포장도로인 시골길에 경쾌한 가락을 부여한다. 이 작품에서 정적인 동사는 '(주모가) 나와 섰다'뿐이다. 이는 "길이 치마 속으로 들어가 죽는다"라는 결구를 보았을 때, 울퉁불퉁하고 비틀거리는 시골길이 주막집에 이르러 완만한 곡선으로 끝나는 지점임을 의미한다.

'시골길'과 '술통', '술'과 '자전거 바퀴살', '풀', '자갈', '주모' 등이 한통속으로 얼크러지고, 한바탕 신명 나는 가락을 형성한다는 측면에서 남도 농악대의 농무를 연상되는 작품이다.

이렇듯 송수권 시의 가락은 남도의 토착 방언을 비롯한 판소리, 민요, 농악, 무가, 춤, 육자배기를 비롯한 잡가 등 남도 가락을 차용한다. 송수권이 남도의 모든 가락을 독창적인 가락으로 재구성했다는 점에서 전라도 선배 시인인 김영랑이나 서정주 시의 남도풍을 뛰어넘는 것이라 할 수 있다.[156]

(가)
어허 달구/ 어허 달구/ 목달구/ 쇠달구야//
아그데단실/ 연자 버리고/ 달도 밝다//
이 성주를/ 지을 적에/ 서른세 명의/ 대목들//
금도끼로/ 찍어내고/ 은도끼로/ 다듬어서//
인의예지/ 주초 놓고/ 효제충신/ 기둥 삼아//
육십 팔괘/ 삼백팔십/ 사괘를 놓아//
오십토로/ 바닥 닦고/ 선천성으로/ 삿갓 쓰니//
장하도다/ 이 집 주인/
만세영락/하리로다.//

　° 「새야 새야 파랑새야-1부」(동학서사시집 『새야 새야 파랑새야』) 부분

156　김선태, 「송수권 시의 가락 연구」, 『현대문학 이론연구』, 현대문학이론학회, 2009, 85쪽.

(나)

어흐야 어흐야 어흐야 어흐야

네 어찌해 나왔느냐

어흐야 어흐야 어흐야 어흐야

솔잎 댓잎 푸르기로

어흐야 어흐야 어흐야 어흐야

춘삼월 여겼더니

어흐야 어흐야 어흐야 어흐야

백설이 펄펄 날 속였네

어흐야 어흐야 어흐야 어흐야

°「새야 새야 파랑새야」(『새야 새야 파랑새야』) 부분

(다)

목이 떠서 높이 높이 내어 걸린 바우 얼굴

강물 위에 두둥실

달이 떴네

둘하 노피곰 도드샤

머리곰 비취오시라

어긔야 어강됴리

저 달은 치마폭에 싸서

아으 다롱디리

애장을 쓸까 독장을 쓸까

석삼 년 초분을 만들까

진장 마른장 갤 날 없는

살풀이 열두 고를 풀까
달래는 강가를 떠돌며
한밤내 춤을 추었네

° 「달노래」(『아도』) 부분

(가)는 「달구소리」를 접목하여 시상을 전개한다. 집터를 다질 때 무거운
돌을 밧줄로 묶어 여러 사람이 이 밧줄을 들었다 놓으면서 땅을 다지는
것을 달구질이라고 하는데, 이때 부르는 소리가 노동요 「달구소리」다. 이
런 소리는 여러 종이 있으나 「달구소리」가 전국적으로 가장 널리 불린다.
「달구소리」는 땅을 다질 때도 부르나, 그 중심은 봉분을 지으면서 부르는
노래로 노동요의 기능을 겸한다.[157] 「달구소리」에서 주로 구성하는 사설은
집터나 묏자리가 유명한 산의 정기를 받은 명당이므로 후손들이 복을 받을
것이라는 내용으로 꾸며지는 경우가 많다. 즉 (가)에서 보듯이 「달구소리」
는 "장하도다/ 이 집 주인/ 만세영락하리로다."처럼 명당의 확인과 발복에
관한 내용이 중심을 이룬다.

(나)는 민요의 선창과 후창 방식으로 전개된다. 그런데 민요는 한 사람이
매기면(선창)- 나머지 사람들이 받는(후렴) 형식이 많다. 하지만 (나)에서는
후렴구인 "어흐야 어흐야 어흐야 어흐야"가 선창되고 그 뒤를 받아 매기는
내용이 전개된다는 점에서 민요 가락의 변용을 보여준다.

후렴은 집단 노동을 바탕으로 형성된 민요에서 빼놓을 수 없는 중요한
형식 요소이다. 후렴은 두 가지 기능을 한다. 첫째는, 노동과 노동 사이의

---

157 김혜정, 2005, 『여성 민요의 음악적 존재 양상과 전승원리』, 민속원, 38쪽.

휴식기에 부르면서 몸과 마음을 풀면서 노동의 성취를 노래하고 집단의 흥취를 돋우는 휴식 기능이다. 둘째는, 노동 과정에서 일의 성격에 맞는 집단 동작의 박자를 맞추고 일의 힘듦을 이겨나가기 위해 흥을 돋우는 조율 기능이다.[158] 이 두 기능 가운데 상대적으로 중요한 것은 조율 기능, 즉 음악적 성격과 기능이다. 후렴은 의미를 지닌 어휘가 아니라 인간 내면의 정서에서 자연스럽게 터져 나오는 것이므로 위에서 보는 바와 같이 '어허', '어흐야'라든지 '에헤야'와 같이 널리 보편화된 감탄사나 어휘를 언어로 사용한다.

(다)는 "돌하 노피곰 도드샤/ 머리곰 비취오시라/ 어긔야 어강됴리"로 시작되는 고려가요 중 백제 노래 「정읍사」를 차용하였다. 주지하는 바와 같이 「정읍사」는 남편의 무사 귀가를 기원하면서 부른 노래다. (다)의 「달 노래」에서도 동학농민운동에 참여한 농민인 남편 '바우'를 애타게 걱정하는 '달래'가 나온다. 그래서 "강물에 비친 달"에서도 남편인 '바우' 얼굴을 떠올리며 그리워하는 것이다.

> 피마자 마른 울대
> 마당귀에 띄워 놓고
> 가랫불을 피워
> 불을 넘자
>
> <u>하나 넘고</u>
> <u>둘 넘고</u>

---

158 정동화, 1981, 『한국민요의 사적(史的) 연구』, 일조각, 49~50쪽.

지나온 길 돌아다보면

우리 너무 춥게
살아왔구나.

셋 넘고
넷 넘고
가랫밥 퍼내듯 나이를 떠내면
우리는 너무 괄시받고
살아왔구나.

다섯 넘고
여섯 넘고
원한으로 똘똘 뭉쳐진 가래톳
핏물이 녹도록
뜨거운 불을 넘자.

°「보름제-우리들의 잊혀진 고향」(『산문에 기대어』) 부분. 밑줄=필자

인용 시는 민요의 숫자요(數字謠) 형식을 계승하였다. 숫자요는 전통 민요
에서 흔히 볼 수 있는 것으로 수의 증가에 맞춰서 가사를 얹어 부르는
형식이다. 아이들의 놀이이자 노래로 전승되어온 숫자요는 사회 비판적인
'참요'의 성격을 강하게 보여주었다.[159] 참요로서의 숫자요는 송수권의 시

---

159 "일인이 일인이여/ 의씨집에 일인이 온다/ 삼각산 좋은 풍류/ 사시장천 질기더니/
　　오군문이 혁패되고/ 육조가 간데없다/ 칠산 바다 높이 뜬 배/ 팔장사를 어이하리"

에서 고향을 묘사하는 노래로 변용되어 나타난다. 이때의 고향은 "괄시받고", "너무 춥게 살아"온 우리네 삶, 그래서 근대화에 밀려 기억에서도 소외되는 고향이다. '피마자', '마른 울대', '마당귀', '가랫불', '가랫밥', '가래톳' 등은 사라져가는 고향의 풍습을 소환하는 소재들이기 때문이다.

다음의 (가)~(다)는 송수권의 시에서 흔하게 볼 수 있는 문답형식의 시편이다.

(가)

<u>그늘이란 말 아세요</u>
맺고 풀리는 첩첩 열두 소리 마당
한(恨)의 때깔을 벗고 나면
그늘을 친다고 하네요.
<u>개미란 말 아세요</u>
좋은 일 궂은 일 모래알로 다 씻기고
오늘은 남도 잔치 마당 모두들 소반상을 둘러앉아
맛을 즐기며
개미가 쏠쏠하다고들 하네요.
<u>순채란 말 아세요</u>
물 속에 띠를 늘이고 사는 환상의 풀
모세관의 피를 맑게 거르는……
<u>솔찮이란 말 아세요</u>
마음 외로운 날 들로 산으로 바자니며

-장흥지방 민요는 구한말 지배층의 무능과 일제의 침략을 "이씨집", "삼각산", "육조" 등 어휘를 이용하여 풍자하고 있다(임동권, 『한국 민요집 3』, 집문당, 1975, 757쪽).

나물 바구니에 솔찮이 쌓이던 나숭개 봄나물들……
그러고도 쑥국과 냉이 진달래 보릿닢 홍어앳국……
벌천이란 말 아세요
시집온 지 사흘 벌써부터 기러기 고기를 먹고 왔는지
깜박깜박 그릇을 깨기만 하는 이웃집 새댁……
사는 재미도 오밀조밀 맛도 아기자기
산 굽굽, 말 굽굽 휘어지는 남도 칠백 리
다 우리 쏨쏨이 넉넉한 품새에서
그늘을 치고 온 말들이에요.

　　　　　　　°「그늘」(『수저통에 비치는 저녁노을』) 전문. 밑줄=필자

(나)
동백의 눈 푸른 눈을 아시는지요
동백의 연푸른 열매를 보신 적은 있나요
그 민대가리 동자승의 푸르스름한 정수리 같은……

　　　　　°「백련사 동백꽃. 1」(『언 땅에 조선 매화 한 그루 심고』) 부분. 밑줄=필자

(다)
물결에 결면
물 때 낀 노(櫓)도 희게 빛나는 걸까

황혼녘 그 시간이면 늘
낚싯배 한 척이 강가에 와 닿는다

　　　　　°「어초장記」(『언 땅에 조선 매화 한 그루 심고』) 부분. 밑줄=필자

문답형식은 민요적 속성으로 '문답요(問答謠)'로 분류할 수 있을 정도로 민요 전반에 두루 나타난다.[160] 민요의 문답형식은 후렴과 마찬가지로 집단 노동에서부터 형성된 요소이다. 민요의 특성인 집단성이 묻고 답하는 형식에 스며든 것으로 볼 수 있다. 이 문답형식은 송수권 시의 내적 구조로 이행될 때 (가)처럼 시적 대상화에 대한 기능을 수행하거나, (나)와 (다)처럼 정서적 호소를 위한 진술 방식으로 변이된다.

먼저 (가)의 밑줄 부분을 보면 "○○이란 말 아셔요."로 질문하여 주의를 환기하고 바로 그 어휘의 의미나 그 어휘로부터 연상되는 이미지들로 답변하면서 시상을 전개한다. 이런 전개는 각각 '그늘', '개미', '순채', '솔찮이', '벌천'이라는 어휘를 시적 대상화하는 데 기여한다.

이러한 자문자답의 형식은 여러 시집에서 두루 확인된다.[161] 등단작인 「산문(山門)에 기대어」에서도 "누이야~ 보는가(아는가)"로 각각의 연마다 누이를 상대로 말 건네기 방식을 통해 시상이 전개되었다. 그런데 죽은 누이가 대화의 대상이 아니라는 점에서 내용상 자문자답이 될 수밖에 없고 형식상 독자의 주의를 환기하는 기능을 수행한다.

(나)와 (다)는 민요의 문답형식이 정서적 호소를 위한 진술 방식으로 변이되는 양상이다. (나)에서 "동백꽃의 푸른 눈", 즉 "연푸른 열매"는 "민대

---

160 "형님 온다 형님 온다 분고개로 형님 온다/ 형님 마중 누가 갈까 형님 동생 내가 가지/ 형님 형님 사촌 형님 시집살이 어뎁데까?/ 이애 이애 그 말 마라 시집살이 개집살이" (「시집살이 노래」 전반부)
"석산에 남방초야/ 네 멋하러 네 나왔나/ 우리 조선 과수 많아/ 심희푸리 내가 왔소"(삼천포 지방 민요)

161 "아도란 무엇이냐/ 질그릇이다"(「아도(啞陶)」), "접대란 말 아셔요. 주인이 손님을 깍지게 접어 모시는 것을 말하지요."(「돌머리 물빛-안동 백비탕」) 등에서도 확인된다.

가리 동자승의 푸르스름한 정수리"로 이미지화하면서 시인의 정서에 주목하게 만드는 효과를 보여준다. (다)에서도 "물결에 결면/ 물 때 낀 노(櫓)도 희게 빛나는 걸까"라는 진술로 시를 시작하면서 '황혼녘이면 늘 강가에 와 닿는 낚싯배 한 척'을 이미지화하면서 시인의 내면세계로 독자를 이끌고 있다.

이상에서 살펴본 바와 같이 송수권은 우리의 전통적인 가락을 계승하면서도 그것을 창조적으로 변용함으로써 재창조하였다. 그의 시에서 가락의 변용을 통해 전통율을 재창조하는 양상을 살펴보기 위해 다음 시를 인용해본다.

> 울어도 기질적으로 우는
> 남도 꾀꼴새
> 울어도 나라 안에선
> 제일 곱게 운다는
> 강진골 꾀꼴새   A
>
> 한 소리판처럼
> 자지러질 테면
> 사지러지라지
>
> 모란이 이우는 어느 봄날
> 영랑(永郎)의 생가(生家) 뒤뜰을
> 돌아나오다   B
> 가야금 산조로 듣는
> 꾀꼴새
> 저 꾀꼴새 울음

울어도 기질적으로 우는
남도 꾀꼴새
울어도 나라 안에선
제일 곱게 운다는
강진골 꾀꼴새   A

한 소리판처럼
자지러질 테면
자지러지라지

° 「남도 꾀꼴새」(『꿈꾸는 섬』) 전문

민요의 율격에서 A-A-B-A 구조는 반복형식을 통해 강조와 구체화의 전
개과정을 보여준다. 예컨대 '새야 새야 파랑새야'를 보면 다음과 같이 도식
화할 수 있다.

[표 6] 민요 「새야 새야 파랑새야」의 반복구조 분석

	A	A	B	A
〈민요〉	새야	새야	파랑	새야
				——→ 구체화
	진술	강조	구체화	강조(점층적 강조)

이러한 A-A-B-A 구조의 양상은 송수권의 「남도 꾀꼴새」에서 A-B-A 구
조로 변용되어 나타난다.[162] 1연~2연의 A는 "울어도 기질적으로 우는(울어도

나라 안에선/제일 곱게 운다는)/ 강진골 꾀꼴새(남도 꾀꼴새)"에 대해 진술한다. B에서는 이 꾀꼴새 울음을 "모란이 이우는 어느 봄날/ 영랑(永郎)의 생가(生家) 뒤뜰"에서 가야금 산조로 듣는 울음으로 구체화하고, 4연~5연의 A에서는 앞의 내용을 그대로 반복함으로써 점층적 강조의 효과와 함께 시상을 마무리하였다. 이를 도식화하면 다음과 같다.

[표 7] 송수권 시, 「남도 꾀꼴새」의 반복구조 분석

A	B	A
〈남도꾀꼴새〉 강진골 꾀꼴새	영랑생가 가야금 산조	강진골 꾀꼴새

————————————————————→ 구체화

| 진술 | 구체화 | 강조(점층적 강조) |

(4) 설화의 차용과 이야기시 기법

설화는 이야기란 점에서 서사문학이다. 서사적인 설화를 시에 수용하기 위해서 전경화, 율격화, 동일화를 주로 활용한다.[163] 설화에는 필연적으로

---

162 민요의 A-A-B-A 구조는 '새야·새야·파랑·새야'처럼 의미구조 단위, '달아 달아 밝은 달아'처럼 끊어 읽기 단위, '형님 온다 형님 온다 분고개로- 형님 온다'처럼 음보 단위, '나는 왕이로소이다·나는 왕이로소이다·어머님의 가장 어여쁜 아들/ 나는 왕이로소이다'처럼 문장 단위로 확장되어 나타난다. 이 글에서는 민요의 A-A-B-A 구조가 송수권 시에서는 보다 더 확장되어 연 단위 측면에서 A-B-A 구조로 창조적인 변용을 보였음을 규명하고자 분절하였음을 밝혀 둔다.

163 오정국, 2002, 『한국 현대시의 설화 수용 양상 연구』, 중앙대학교 박사학위논문, 14~18쪽 참조.

인물이 등장하고 인물들 간에 벌어지는 사건은 설화 수용의 중요한 모티프가 된다. 그러나 긴 이야기 전체를 모두 중요한 요소로 다룰 수는 없으므로 시인의 직관과 감성에 따라 덜 중요한 요소를 버린다. 즉, '전경화(前景化)'란 중요한 요소를 '전경(前景)에 배치'하고 나머지를 버리는 것이다. 시에서 은유는 전경화의 방법이다. 그리고 운율감 있는 언어로 압축·요약하기 위해 '율격화'가 필요하다. 또한 시인은 시간과 공간을 넘어서 '설화 속의 인물'과 교감한다. 이때 시 속에 등장한 설화 속 인물은 시인 자신이기도 하다. 즉 시인은 설화적 인물이 된다('동일화').

오세영의 언급처럼 송수권의 시는 대체로 재래민담이나 신화, 전설 등 설화 세계를 지향하고 있다.[164] 이는 전통적인 것을 소중하게 인식한 그에게 극히 자연스러운 일이다. 춘향, 견우와 직녀 등 설화, 혹은 배경설화가 담긴 고전 등을 차용한 사례가 적지 않다.[165] 송수권이 설화를 창작 모티프로 삼은 것은 스승인 서정주의 영향을 받은 것으로 추정된다. 서정주는 『화사집』에서 시작하여 『신라초』, 『동천』, 『질마재 신화』, 『산시』에 이르기까지 시종일관 신화·전설·민담 등 숱한 설화를 수용하였다. 이에 '석남(石南)꽃'에 얽힌 동일한 설화를 두 시인이 각각 어떻게 형상화했는지를 살펴보는 것은, 송수권의 이야기시에 나타난 변별성을 밝히기 위한 선행작업이 될 것이다.

---

164 이는 그의 시 대부분이 서술(narrative), 즉 이야기나 준 이야기체로 되어 있으며, 그렇지 않을 경우는 부분적으로 이야기적인 요소의 개입으로 써진 것을 지적한 말이다. (오세영, 「토속적 세계관과 생명 존중의 시」, 앞의 책, 385쪽.)

165 「통박」은 「흥부전」을, 「뜨거운 감자」는 고려가요 「쌍화점」을 소재로 하였다. 민담이나 신화를 변용한 작품으로는 「꼬부랑 할미 옛이야기」, 「전설」, 「유화부인」, 「땅벌」, 「우리들의 사랑 노래」, 「구룡못 연꽃밭」 등을 들 수 있다.

다음 시의 배경설화는 『대동운옥』에 수록된 슬픈 사랑 이야기이다. 석남꽃에 대한 설화가 송수권 시인의 산문집에 창작배경과 함께 실려 있다.[166]

(가)
머리에 석남꽃을 꽂고
네가 죽으면
머리에 석남꽃을 꽂고
나도 죽어서
나 죽는 바람에
네가 놀래 깨어나면
너 깨는 서슬에
나도 깨어나서
한 서른 해만 더 살아 볼거나
죽어서도 살아서
머리에 석남꽃을 꽂고
서른 해만 더 한번 살아 볼거나

° 서정주, 「머리에 석남꽃 꽂고」 전문

---

166 최항(字는 석남)이라는 사내가 부모의 금족령으로 애첩을 만나지 못한 지가 오래되었는데, 하룻밤엔 최항이 애첩의 꿈에 나타나 머리에 꽂은 석남꽃을 나누어 주고 갔다. 애첩은 하도 꿈이 이상하여 최항의 집에 갔더니 최항은 벌써 죽은 지가 8일이었다. 부모도 이상히 여겨 관뚜껑을 열어 보니 최항의 몸은 온통 이슬에 젖어 있고 머리에는 석남꽃 가지가 꽂혀 있었다. 이 모티프를 빌어 써본 것이 곧 「석남꽃 꺾어」이다. 더구나 그것이 첫사랑일 때 '그 소녀는 나의 가슴에 영원히 시들지 않는 한 송이 석남꽃' 같은 것이 아닐까. (송수권, 1998, 『쪽빛 세상』, 토우, 56쪽.)
그 뒷이야기를 보완하면 다음과 같다. 여자는 최항이 죽은 걸 알고 울다가 너무 기가 막혀 금시 숨이 넘어가게 되었다. 그랬더니 그 기막혀 숨넘어가려는 바람에 최항은 깜짝 놀라 되살아났다. 그래서 서른 해인가를 같이 살다가 늙어 죽었다.

(나)

무슨 죄 있기에 오가다
네 사는 집 불빛 창에 젖어
발이 멈출 때 있었나니
바람에 지는 아픈 꽃잎에도
네 모습 어릴 때 있었나니

늦은 밤 젖은 행주를 칠 때
찬그릇 마주칠 때 그 불빛 속
스푼들 딸그락거릴 때
딸그락거릴 때
행여 돌아서서 너도 몰래
눈물 글썽인 적 있었을까
우리 꽃 중에 제일 좋은 꽃은
이승이나 저승 안 가는 데 없이
겁도 없이 넘나들며 피는 그 언덕들
석남꽃이라는데……

나도 죽으면 겁도 없이 겁도 없이
그 언덕들 석남꽃 꺾어들고
밤이슬 풀 비린내 옷자락 적시어가며
네 집에 들리라.

　　　　　　　° 송수권, 「석남꽃 꺾어」(『별밤지기』) 전문

두 시가 동일한 설화 텍스트를 수용한 점, 발표 연도 및 시작 노트 등을 참고했을 때 (나)의 시는 (가) 시의 전통을 계승하였다고 할 수 있다. 두 시 모두 앞에서 언급한 '율격화'와 '전경화'의 원리를 적용하여 중요한 요소만을 배치하여 운율감 있게 형상화하였다. 주제 역시 (가)에서 "죽어서도 살아서/ 머리에 석남꽃을 꽂고/ 서른 해만 더 한번 살아 볼거나", (나)에서 "우리 꽃 중에 제일 좋은 꽃은/ 이승이나 저승 안 가는 데 없이/ 겁도 없이 넘나들며 피는 그 언덕들/ 석남꽃이라는데……"에서 알 수 있듯이 '이승과 저승을 초월한 사랑'이라는 공통점이 확인된다.

그러나 (가)의 화자는 "네가 죽으면/ 머리에 석남꽃을 꽂고/ 나도 죽어서/ 나 죽는 바람에/ 네가 놀래 깨어나면/ 너 깨는 서슬에/ 나도 깨어나서"에서 알 수 있듯이 최항의 연인이므로 여성적 목소리다. 그런가 하면 (나)의 화자는 마지막 연 "나도 죽으면 겁도 없이 겁도 없이/ 그 언덕들 석남꽃 꺾어들고/ 밤이슬 풀 비린내 옷자락 적시어가며/ 네 집에 들리라."에서 짐작되는 바와 같이 최항이며 남성적 목소리로 전개된다.

그런데 두 작품은 설화 수용의 자세에서 변별점을 드러낸다. (가)에서 시인은 시간과 공간을 뛰어넘어 설화 속 주인공이 되어(동일화) 온전하게 설화 속 여인이 되어 말을 건네고 시적 대상과의 정서를 일체화한다. 그러나 (나)는 설화 텍스트에 없는 1연과 2연을 창조적으로 삽입함으로써 현대적인 변용을 시도하였다. 또한 2연에 나오는 화자는 시간을 뛰어넘어 현재화된 화자이다.

장덕순은 설화 수용 3단계를 1) 시어의 수용단계, 2) 단순한 고전적인 서정풍, 3) 현실 비판적인 것으로 나누었다.[167] 이에 따르면 두 편의 시는

---

167 제1단계는 오직 시어를 고전적인 것에서 구하는 단계이다. 이 단계는 시 전체가 고도의

현실 비판적인 양상을 띤다. 즉, 죽음을 초월한 과거의 설화를 통해서 현대인의 인스턴트식 사랑의 방식에 대해 간접적으로 비판하고 있다.

송수권은 시를 창작할 때, 정지용, 김영랑, 서정주, 박재삼을 의식[168]했다. 이를 상기해볼 때, 같은 춘향 설화로 김영랑의 「춘향」, 서정주 「춘향의 말」 연작시, 박재삼의 「춘향」 연작시를 송수권의 「춘향이 생각」과 비교해서 검토할 필요가 있다. 주지하다시피 '춘향' 모티프는 구전된 여러 근원설화(열녀설화, 암행어사 설화, 신원설화 등)에서 시작하여 판소리(춘향가)의 과정을 거쳐 비로소 소설(춘향전)의 형태로 문자화되었다. 설화적 서사물이 적층되는 과정에서 당대 사람들의 체험이 투영되고 독자의 요구에 따라서 여러 주제의식이 드러나기도 한다.

  큰 칼 쓰고 옥에 든 춘향이는/ 제 마음이 그리도 독했든가 놀래었다/
  성문이 부서져도 이 악물고/ 사또를 노려보던 교만한 눈/ 그 옛날 성학사

상징화를 이루지는 못하고 다만 어휘에서 풍기는 고전적 이미지만을 차용한다. 제2단계는 고전적인 서정을 통해 고전적 회고와 감상에 젖는 시이다. 시대정신은 찾을 수는 없고 현대 문제의 해결 혹은 연결과도 연관 지을 수 없다. 제3단계는 현실 비판적인 것이다. 이 단계는 현실의 억압과 부조리, 사회의 구조적 모순 등을 비판하면서 새로운 안식처를 찾는다. 그 안식의 장소가 바로 고전 세계, 혹은 설화 세계다. 이 단계의 작품은 다시 둘로 나뉜다. 하나는 현실의 고난과 부조리에 완전히 절망하고 체념하는 것으로 과거나 현재나 비극적 운명에서 벗어날 수는 없다. 다른 하나는 현실의 억압을 피해 미화(美化)된 과거를 찾는 방식이다. 이러한 작품에서 과거는 현실의 고통을 위무해주는 이상향이 된다. (장덕순, 2001, 『한국 설화 문학 연구』, 서울대학교 출판부, 360~363쪽).

168 "지금까지도 시 공부를 하고 작품을 쓸 때는 정지용의 이미지, 서정주의 능청맞은 가락, 그리고 김영랑의 리듬, 박재삼의 순수성을 조화롭게 아우르는 방법을 모색하고 있다. 이분들의 장점 중에서도 '남도 토속어와 판소리 가락'은 내 시의 골격을 이루는 요체가 된다."(송수권, 2010, 「작가의 말」, 『달궁 아리랑』, 종려나무, 229쪽).

박팽년이/ 오불지짐에도 태연하였음을 알았었니라/ 오! 일편단심// 원통
코 독한 마음 잠과 꿈을 이뤘으랴/ 옥방 첫날밤은 길고도 무서워라/ 서름
이 사무치고 지쳐 쓰러지면/ 남강의 외론 혼은 불리어 나왔느니/ 논개!
어린 춘향을 꼭 안아/ 밤새워 마음과 살을 어루만지다/ 오! 일편단심

° 김영랑, 「춘향」 1, 2연

김영랑의 「춘향」은 나약한 여성의 모습이 아닌, 변사또의 모진 고문에도
정절을 지키는 강한 여성이다. 춘향을 사육신인 성삼문, 박팽년의 절개와
비교하고 임진왜란 때 진주 남강의 의기 논개를 소환하여 신념을 위해
죽음을 불사한 능동적 여성으로 형상화한다. 총 7연으로 구성된 이 시는
춘향의 원래 텍스트와 다르게 춘향이 끝내 죽음을 맞이하고, 어사또가 되
어 돌아온 이몽룡이 거지 행세를 했던 자신의 행동을 후회하는 비극적
결말로 텍스트를 변형한다. 이러한 주제와 결말은 시인의 시대 인식과 무
관하지 않는데, 일제강점기에 독자들에게 민족의식을 고취하고자 하는 의
도가 내포된 것이다.

현대시사에서 춘향 모티프를 논할 때면 그 한 가운데에 서정주의 「춘향
의 말」이라는 부제가 달린 '춘향' 연작시[169]가 있다.

안녕히 계세요./도련님.// 지난 오월 단옷날, 처음 만나던 날/ 우리 둘
이서 그늘 밑에 서 있던/ 그 무성하고 푸르던 나무같이/ 늘 안녕히 안녕히
계세요.// 저승이 어딘지는 똑똑히 모르지만,/ 아마 춘향의 사랑보단 오
히려 더 먼/ 딴 나라는 아닐 것입니다.// 천길 땅 밑을 검은 물로 흐르거나

---

169 「추천사(鞦韆詞)」, 「다시 밝은 날에」, 「춘향 유문」

/ 도솔천의 하늘을 구름으로 날더라도/ 그건 결국 도련님 곁 아니에요?//
더구나 그 구름이 소나기 되어 퍼부을 때/ 춘향은 틀림없이 거기 있을
거예요!

° 서정주, 「춘향 유문(遺文)」 전문

1연의 "안녕히 계세요"나 3연의 "저승이 어딘지는 똑똑히 모르지만"은
죽음 직전의 춘향이 이몽룡에게 유언하는 형식임을 암시한다. 4연에서 '천
길 땅밑'(지옥)이나 '도솔천'(극락)을 떠돌더라도 도련님의 곁을 떠나지 않겠
다는 의지를 내비친다. 5연에서는 춘향이 자신이 죽은 후에 '검은 물→
구름→소나기'가 되는 윤회의 과정을 거쳐 다시 도련님 앞에 나타날 것을
다짐한다. 즉 불교의 윤회 사상을 통해 시공을 초월한 불멸의 사랑을 보여
준다. 이러한 춘향의 사랑이 자연스럽게 느껴지는 것은 자연 현상에 결부
된 상상력이기 때문이다.

박재삼 시에서는 자연의 섭리가 더욱더 강조되어 나타난다.

뉘라 알리/ 어느 가지에서는 연신 피고/ 어느 가지에서는 또한 지고들
하는/ 움직일 줄 아는 내 마음 꽃나무는/ 내 얼굴에 가지 벋은 채/ 참말로
참말로/ 바람 때문에/ 햇살 때문에/ 못 이겨 그냥 그/ 웃어진다 울어진다
하겠네

° 박재삼, 「자연(自然)-춘향이 마음 초(抄)」 전문

박재삼의 '춘향' 연작시[170]는 총 10편이다. "웃어진다 울어진다"라는 피
동형에 주목할 필요가 있다. 스스로 웃고 우는 능동적인 사랑이 아니라

어쩔 수 없이 웃어지고 울어지는 사랑이라는 것이다. 이는 일견 운명론적인 세계관을 보여주는 것 같지만, 실상 이 시의 제목인 자연과 직결되는 사랑의 감정을 형상화한 표현이다. 사랑이나 그리움 같은 감정은 자신이 의도해서 나타나는 것이 아니라, 꽃나무가 피고 지듯이 인간의 힘으로는 어찌할 수 없는 자연적인 감정임을 넌지시 일깨워주는 것이다. 따라서 4행의 "내 마음 꽃나무"는 자연의 섭리에 따라 아름다움을 보여주는 '춘향의 마음'이라고 볼 수 있다.

이처럼 박재삼의 '춘향' 연작시는 줄거리를 과감하게 생략한 채 어쩔 수 없는 사랑의 감정, 그리움, 슬픔, 기다림 등 춘향의 정서를 구체적인 사물이나 자연물의 형상으로 표출하였다.[171]

'춘향'은 송수권의 시에 이르러 주제적인 면에서 그 지평이 확산된다. 이는 전술한 김영랑의 열녀 모티프나 서정주의 윤회적 세계관, 박재삼의 자연물로의 형상화와는 다른 양상이다.

> 앞산머리 자주빛 구름 옥색빛이 섞갈려 휘돌더니
> 그 빛 연한 솔잎마다 그늘지는 소리
> 산봉우리들도 수런수린 잔기침을 놓아
> 보기 좋은 달 하나 해산(解産)하고
> 몸을 푼다.

---

170 박재삼 시집 『춘향이 마음』(1962)에는 춘향 모티프의 시 10편(「수정가」, 「바람 그림자들」, 「매미 울음에」, 「자연」, 「화상보」, 「녹음의 밤에」, 「포도」, 「한낮의 소나무에」, 「무봉천지」, 「대인사」)이 '춘향이 마음 초(抄)'라는 부제로 실려 있다.

171 노현종, 2007, 「현대시에 나타난 '춘향' 모티프의 수용 양상 연구」, 아주대학교 석사학위논문, 32쪽.

선한 눈, 코, 입, 짙은 숱, 눈썹
처음 눈맞춘 죄(罪)로
옥사장 큰 칼을 쓰고 창틀을
넘어다볼 줄이야!

진개내 앞냇가에 개가 짖어 개가 짖어
은장도(銀粧刀) 날을 갈아
눈물에 띄운
달하

귀기(鬼氣) 서린 앞산 그리메
밤부엉이 울어쌓는데

구리 동전 녹슨 상평통보(常平通寶)
몇 바리쯤 동헌 마루에 져다 부려야
이 몸 하나 평안(平安)하겠느냐? 평안(平安)하겠느냐?

° 송수권, 「춘향이 생각」(『산문에 기대어』) 전문

  "옥사장 큰 칼을 쓰고"에서 알 수 있듯이 공간적 배경은 감옥 안이다.
춘향은 오로지 "선한 눈, 코, 입, 짙은 숱, 눈썹"으로 살아갈 뿐인데, 봉건체
제를 대변하는 변사또는 춘향의 정절을 꺾기 위해 온갖 고문을 가한다.
부패한 지배계층의 횡포 때문에 억압받는 춘향은 모진 수탈을 당하던 보편
적 민중들의 모습으로 확대되어 형상화된다. 이는 개인적인 항거이면서
사회체제에 대한 도전이기도 하다. 이런 측면에서 여성 화자인 춘향의 목

소리는 남성적 어조로 전개된다. 따라서 이 작품의 마지막 대목을 지배층과 피지배층의 대립으로 읽는 관점[172]이나 당대 사회의 부정한 현실로 읽는 관점[173] 모두 송수권의 「춘향이 생각」[174]이 당대 사회는 물론 오늘날 현실에 대한 비판적 인식을 담고 있음을 지적하는 것이다. 즉, 옥중 춘향을 매개로 해서 1970년대의 부조리한 현실에 대한 저항의식을 보여주었고 "은장도(銀粧刀) 날을 갈아/ 눈물에 띄운/ 달하"는 그러한 인식을 단적으로 드러낸다.

이렇듯 춘향 모티프는 시인들에 의해 다양하게 변용되었다. 송수권의 「춘향이 생각」은 전통서정시의 계보로 인식되는 김영랑, 서정주, 박재삼의 춘향 모티프를 이어받아 수용했지만, 선행 텍스트들이 보여준 여러 주제 중에서 가장 사회 비판적인 메시지가 강하다는 것을 확인할 수 있다.

한편, 송수권 시에 나타난 설화의 수용은 정체성을 잃어버린 현대인에게 근원적 삶의 진정한 뿌리를 인식시켜주고, 자아를 회복할 수 있는 길을 마련해주고자 한 시인의 의도로 읽힌다. 또한, 개인적인 체험을 민족 공동

---

172 "구리 동전 녹슨 상평통보(常平通寶)/ 몇 바리쯤 동헌 마루에 져다 부려야/ 이 몸 하나 평안(平安)하겠느냐?"는 춘향이의 탄식 속에서 우리는 지배층과 피지배층의 대립, 뺏음과 뺏김이라는 이중구조로 역사를 보는 시인의 시각을 엿볼 수 있다. (염창권, 앞의 글, 207쪽).

173 시의 시작은 은은하고 정밀한 분위기 속에서 떠오르는 보름달에 대한 서정으로 출발하지만, 바로 이어서 탐관오리의 학정으로 희생되는 '춘향'의 시련이 표현되고, 마지막 연에 이르러서는 당대 사회의 부정한 현실이 표현되고 있다. 그리고 고전에서 모티프를 빌린 이 시의 의미구조는 당대의 사회는 물론 오늘의 현실에 대한 비판적 인식을 담고 있다. (고형진, 앞의 글, 147쪽).

174 '춘향'을 모티프로 한 송수권의 시는 「춘향이 생각」, 「남원 운문」, 「오월의 사랑」 등이 있다.

의 체험과 정서로 확대함으로써 공감대를 넓히며, 보편성을 획득하려는 전략으로 추정된다.

전술한 바와 같이 설화 역시 이야기인데, 설화적인 요소를 제거하고 이야기를 확대하면 이야기시가 된다. 우리 현대시사에서 이야기시 형식은 1930년대 백석과 이용악에서부터 시작되어 서정주, 김수영으로 이어진다.

이야기시는 대체적으로 개인의 주관적 정서와 서정성보다는 이야기의 객관적 전개에 주력하게 만든다. 이러한 점에서 송수권의 이야기시는 스승인 서정주의 이야기시와 비교했을 때 그 유사성과 변별점을 확인할 수 있다.

서정주의 이야기 수용은 『화사집』, 『귀촉도』, 『신라초』까지 이야기를 서정시의 형식에 수용하다가 『동천』에 접어들어 이야기가 부각되면서 운율이 느슨해진다. 이런 이야기 수용은 『질마재 신화』에서 절정을 이루는데, 이 시집에 이르러 아래 인용 시와 같이 서정주는 운율을 버리고 이야기를 전면에 내세운다.[175]

침향을 만들려는 이들은, 산골 물이 바다를 만나러 흘러내려 가다가 바로 따악 그 바닷물과 만나는 언저리에 굵직굵직한 참나무 토막들을 잠거 넣어 둡니다. 침향은, 물론 꽤 오랜 세월이 지난 뒤에, 이 잠근 참나무토막들을 다시 건져 말려서 빠개어 쓰는 겁니다만, 아무리 짧아도 이삼백 년은 수저에 가라앉아 있은 것이라야 향내가 제대로 나기 비롯한다 합니다. 천 년쯤씩 잠긴 것은 냄새가 더 좋굽시오.

175 고형진, 2016, 「미당 시의 이야기 수용 양상과 시형식의 변화 연구」, 『우리어문연구』 제54집, 우리어문학회, 7-9쪽 참조.

그러니, 질마재 사람들이 침향을 만들려고 참나무 토막들을 하나씩 하나씩 들어내다가 육수(陸水)와 조류(潮流)가 합수(合水)치는 속에 집어넣고 있는 것은 자기들이나 자기들 아들 딸년이나 손자 손녀들이 건져서 쓰려는 게 아니고, 훨씬 더 먼 미래의 누군지 눈에 보이지도 않는 후대들을 위해섭니다.

그래서 이것을 넣는 이와 꺼내 쓰는 사람 사이의 수백 수천 년은 이 침향 내음새 꼬옥 그대로 바짝 가까이 그리운 것일 뿐, 따분할 것도, 아득할 것도, 너절할 것도, 허전할 것도 없습니다.

° 서정주, 「침향」(『질마재 신화』) 전문

질마재 마을 사람들의 침향 만드는 생활풍속을 1연과 2연에서 그대로 전달하고 있는 이 시는 3연에서 자신의 논평을 덧붙임으로써 이야기시를 완성한다. 침향의 형상과 느낌을 독자들에게 강렬하게 전해주는 이 이야기시는 실제로 읽어보면 운율은 거의 존재하지 않음을 알 수 있다.

송수권도 후기 서사시집, 『달궁 아리랑』, 『빨치산』, 『흑룡만리』에서 이야기시를 전면에 내세웠지만, 운율을 버리지 않았다는 점에서 그 차이가 부각된다.[176] 또 하나의 변별점은 서정주의 이야기시는 갈등하는 현실을 형상화하기보다는 현실 너머의 신화적 세계를 상상하고 천착했다[177]는 점

---

176 이야기를 운율과 서정 속에서 수용한 송수권 시의 양상은 다음과 같은 시에서 드러난다. "무슨 할망당이 지붕도 기둥도 천정도 없이/ 오글오글 모여 누대를 이렇게 살고 있나/ 느티나무나 팽나무 고목 둥치에/ 너슬너슬 붙어 이렇게도 수명이 기나/ 살아 천년 죽어 천년/ 와흘리 본향당/ 나뭇가지 하나 건드려서도 안 된다는/ 이 금기" -「당할미들」(『흑룡만리』) 전반부.

177 고형진, 「미당 시의 이야기 수용 양상과 시형식의 변화 연구」, 앞의 책, 8쪽 참조.

이다. 이는 지리산 빨치산과 제주의 4·3항쟁을 이야기시에 전격 수용한 송수권의 현실 참여적 성향과 명백한 차이를 보인다.

송수권의 시집에서 이야기시 기법을 전면적으로 확대한 시집은 다음 4권이다. 동학혁명 서사시집인 『새야 새야 파랑새야』(1987), 빨치산을 다룬 『달궁 아리랑』(2010)과 『빨치산』(2012), 그리고 제주 4·3 사건을 다룬 『흑룡만리』(2015) 4권이 이에 해당한다.

다음 인용 시는 『달궁 아리랑』에 실린 이야기시 중에서 서간체 형식의 시이다.

순임이 *, 당신이 하산한 지도 벌써 한 달째 되어가는군요! 당신이 떠나기 전날 밤, 아직 겨울이 오지 않았는데도 피가 얼어 고름이 흐르는 동상에 걸린 당신의 발가락을 빨며 이것이 마지막 이별이구나 싶어 짐승처럼 한없이 울었던 것을 기억하고 있겠지요! 저는 당신의 피고름을 뱉지 못하고 울면서 왈칵, 왈칵 들어 마셨지요. 당신은 아서! 아서 하고 내 등에 얼굴을 묻고 통곡을 했지요!

'여보, 울지 말아요! 제가 하산을 하면 뱃속의 아이 하나는 잘 키워 북으로 보낼게요' 하던 당신의 약속을 듣고서야 저는 새로운 힘을 얻었습니다. 두 달 후, 아들을 낳으면 이극(李克)이 모스크바에서 돌아와 김일성대학 교수로 취임한다니 이승(李勝)이라고 부르시오. 그리고 딸을 낳으면 막내딸 이상진의 돌림자로 이강진이라고 지으시오. 무사하다면 언젠가는 평양에서 만나겠지요. 그리고 그날 화개장터에서 진주행 버스는 무사히 타고 갔는지 모르겠군요. 도당 김삼홍 선생이 지하 당조직을 위해 곧 하산한다 하니 그쪽에 몸을 의탁하기 바라오.

간호사 시절 앳되고 고왔던 당신 모습만을 기억하고 있소! 당신이 하산하기 전에 돗바늘로 기워낸 누비솜바지와 저고리를 입고 있으니 겨울이 와도 두렵지 않소!

　-순임에게 (1953년 초가울, 로상명)

° 「달궁아리랑. 25」[178] (『달궁아리랑』) 부분

　이 편지글은 서사시집 『달궁 아리랑』 중 「달궁아리랑·25」에 게재된 내용이다. 『달궁 아리랑』은 가상의 시인 화자인 '나'를 등장시켜 '달궁 에미'나 '피아골 뱀노인' 등 실존 인물들의 이야기를 통해 빨치산의 투쟁기와 이후 남겨진 사람들의 이야기를 전하는 작품이다. 원고지 700장 분량의 『달궁 아리랑』에는 모두 27편의 연작시가 실렸는데, 이는 한국 현대문학 100년사에서 지리산을 본격적으로 다룬 최초의 서사시집이다. 김지하의 『오적』(1970)을 담시라는 독창적 형식으로 본다면, 서사시집 자체가 김동환의 『국경의 밤』(1925), 신동엽의 『금강』(1967), 이근배의 『한강』(1985) 이후 거의 사라졌다는 점에서 한국시가 잃어버렸던 역사성과 서사시의 귀환을 의미한다.

　이 편지의 발신인인 '로상명'은 남부군 사령관이었던 이현상의 별칭이다. 수신인인 '순임'은 이현상의 산처(山妻)였는데, 임신 중 하산하다가 회개 장터에서 붙잡혔다. 피가 얼어 고름이 줄줄 흐르는 동상 걸린 순임의 발가락을 빨면서 이현상은 마지막 이별임을 직감하며 피고름을 뱉지 못하고 눈물과 함께 왈칵왈칵 삼키고 만다. 그 모습을 본 순임은 이현상의 등에 얼굴을 묻고 통곡하는 장면에서 빨치산 남부군 사령관이었던 이현상의

178　이 편지는 제12시집 『달궁아리랑』의 장시, 「달궁아리랑.25」(205~214쪽)의 중간(210쪽)에 삽입된 편지로 실려 있는데, 제14시집 『빨치산』에는 「지하족에서 나온 편지」(83쪽)라는 제목의 독립된 시로 게재된다.

인간적인 모습이 형상화되고 있다. 아이를 낳으면 이름을 어떻게 지으라는 말이나 아내를 걱정하면서 몸을 의탁할 곳까지 이야기해주는 모습, 간호사 시절 순임의 모습을 기억하는 끝부분에서 그의 인간적인 고뇌가 묻어난다. 이러한 서간체 시에서 인물의 절실한 감정을 절제하거나 압축하지 않고, 감정을 그대로 드러내는 것은 화자의 그리움이나 회한, 고뇌를 사실적으로 표현하는 데 효과적이다. 이러한 어조가 이 시의 진정성을 더욱 부각하는 데 기여한다.

위 서간체 시의 바탕이 된 편지는 빗접골에서 이현상이 죽을 때 지화족(북한군인들이 신는 신발)의 밑창에서 나왔다고 한다. 그 후에 이 편지의 복사본이 감옥에서 떠돌아다니며, 다른 빨치산 포로들의 눈물을 흘리게 했다고 전해진다.[179]

다음 인용 시는 『빨치산』에 실린 작품으로 23년간 투옥된 최후의 빨치산 여전사를 다룬 시이다.

> 그의 수감생활 중 저명한 시인이
> 신 씨의 소개로 면회를 청했다
> 그는 시인이란 세상을 구하고 불쌍한
> 영혼을 위로하는 사람이란 설명을 듣고
> 그래, 좋다 어디 한 번 얼굴이나 보자 했다
> '지리산 빨치산 여전사 열전'을 쓰겠다고
> 자청하자
> 정순덕은 혁명 시인 유진오의 시를 읽은 적이 있냐고 물었다

---

179 송수권, 「달궁 아리랑. 25」, 『달궁아리랑』, 종려나무, 210쪽 참조.

없다고 대답하자 이현상의 '당홍동'
유고시를 읽었느냐고 물었다 고개를 젓자
떼끼놈! 너도 이 땅의 시인이냐고,
뭐, 지리산 좋아하네, 섬진강이 네
오줌통인 줄 알았더냐고 호통을 쳤다
칸막이 유리창을 주먹으로 쳐대며
하늘이 무섭지 않느냐고, 침을 뱉었다

지리산은 현실 한복판에 아직도 서 있고
섬진강은 대낮에도 시퍼렇게
천 년을 장대같이 살아 흐른다

그렇구나! 우리 서정시
너무 무책임하고 너무 가볍구나
빈대 씹만 하고
벼룩이 간만 하구나

아나, 섬진강 퍼 마셔라
아나, 지리산 침 뱉어라.

°「정순덕 열전」(『빨치산』) 부분

　제14시집인 『빨치산』에 수록된 시들은 전통적 한의 정서를 이어받되 한의 밑바닥에서 솟는 힘의 육화, 그가 '부활 의지'라고 불렀던 울음을 형상화하였다는 평을 받았다.

　정순덕은 조선인민유격대 여성대원으로 지리산에서 활동하다 1963년에 체포된 후 비전향 장기수로 23년간 복역하다 석방된 최후의 빨치산 여전사다. "'지리산 빨치산 여전사 열전'을 쓰겠다고" 자청한 시인은 바로 송수권 시인 자신을 객관화한 표현이다. "시인이란 세상을 구하고 불쌍한/ 영혼을 위로하는 사람" 말은 뒤에 이어지는 정순덕의 호통과 비난이 더 강하게 독자들에게 와 닿게 만드는 시적 장치가 된다. 빨치산 열전을 쓰겠다는 화자에게 정순덕은 "혁명 시인 유진오의 시를 읽은 적이 있냐"고 묻고 "이 현상의 '당홍동' 유고시를 읽었느냐"고 묻는다. 고개를 젓는 화자에게 "때 끼놈! 너도 이 땅의 시인이냐"고 호통치며 하늘이 무섭지 않냐고, 침을 뱉는 정순덕 앞에서 화자는 심한 자괴감을 느낀다.

송수권은 일찍이 「지리산 뻐꾹새」를 썼던 시인이다. "지리산하(智異山下)에서 울던 한 마리 뻐꾹새 울음"이 섬진강으로 흘러드는 것을 형상화하면서 민중적 시 세계를 추구했다는 평가를 받았지만, "뭐, 지리산 좋아하네" 섬진강이 네 오줌통인 줄 알았냐는 호통에 자신의 시가 시대적 고민을 담지 못하고 피상적인 공동체의 한을 다룬 것이 아닌가 하는 반성을 하게 된다. "지리산은 현실 한복판에 아직도 서 있고/ 섬진강은 대낮에도 시퍼렇게/ 천 년을 장대같이 살아 흐"르는 것을 절실하게 느낀 화자는, 우리의 서정시가 "너무 무책임하고 너무 가볍"게 써졌음을 인식한다. "빈대 씹만 하고/벼룩이 간만 하"다는 비속어는 이에 대한 자조적 표현이다.

따라서 "아나, 섬진강 퍼 마셔라", "아나, 지리산 침 뱉어라."는 정순덕의 말이라기보다는 화자 자신의 내면에서 우러나오는 자성적 외침이라고 볼 수 있다. 이처럼 이 시는 시대 현실을 외면하면서 너무나 무책임하고 가볍게 살아온 우리 한국시단의 현실을 비판한다.

이러한 비판의식은 제주 4·3사건을 다룬, 송수권의 마지막 시집 『흑룡만리』에서 객관적으로 형상화된다.

1949년 1월 16일
애월읍 어음리 사람들이 숨어 있는 지하 땅굴 하나가 발각되었다
1만 1천 749미터 세계 최장 길이의 용암굴이었다
어음리에 진압군들의 소개령이 내린 것은 1948년 10월경
마을 사람들은 동굴 속에 숨어 공동 취사장을 만들고
무장대와 함께 번을 서며 석 달간을 버티었다

곶자왈에서 조릿대를 꺾어다가 삿자리를 만들고
동굴 속에서 물을 해결했다
추위를 잊기 위해 불 속에 돌멩이를 달구어서
가슴 속에 품고 잠들었다고 한다

굴 입구에서 때로는 화염방사기로 불을 뿜어
바비큐 작전을 감행했고 때로는 수류탄을 까넣고
그래도 반응이 없으면 생솔가지를 굴 입구에 쌓아놓고
연기를 피워 오소리작전을 했다고 한다

그때 서애청사람들 2천 명이
'쥐잡이작전'이란 소탕 명령을 받고 빨갱이 잡는다고
한라산으로 쏟아져 들어왔어요 굴 속에서 우리도 어쩔 수
없이 손을 든 것이지요. 모두가 총살을 당했습니다
그때 저는 굴 속을 4km 파고 들었다가 미아가 되어
겨우 이틀만에 살아 나온 것입니다. 이는 2001년 6월 22일에

있었던 양태병(74. 어음리) 씨의 증언이다.

°「빌레못 사람들」(『흑룡만리』) 전문

제주의 4·3은 이승만 정권이 승인한 '초토화 작전'으로 내부의 적을 설정하고, 반공 극우 단체를 이용해서 대량학살을 자행[180]한 비극적 사건이다. 작품 속 '곶자왈'에서 '곶'은 숲, '자왈'은 가시덩굴의 합성어이다. '빌레못동굴'은 제주시 애월읍 어음리 산 중턱에 있는데, 평평한 암반을 뜻하는 '빌레'라는 제주도 토속어와 연못의 못이 합쳐져 '빌레못'이라는 이름이 붙여졌다고 한다. 이 빌레못 동굴은 4·3사건 당시(1949년 1월 16일) 토벌대와 민보단이 합동으로 대대적인 수색작전을 벌여 발견했다. 토벌대는 굴속에 숨어 있던 29명의 양민들을 굴 입구 근처에서 비참하게 학살했다. 학살을 피해 동굴 안으로 숨어 들어간 엄마와 여자아이는 밖으로 나오지 못해서 굶어 죽었다고 한다.

그런데 송수권이 그동안 민중적 세계를 노래하면서도 놓치지 않았던 서정성이나 시적 형상화의 방식을 이 시에서는 의도적으로 표출하지 않고 있다. 이런 측면에서 이 시의 특성은 우리가 통상 '르포'라고 부르는 르포 문학이라고 부를 수 있다. '르포르타주(reportage)'가 프랑스어로 탐방·보도·보고라는 의미임을 상기할 때, 이 시는 철저하게 객관적인 시선으로 죄

---

180 제주라는 특정 지역에 거주하는 주민들에 대한 학살은 '제주도민 → 빨갱이 → 민족반역자'라는 규정이 있었기 때문에 가능한 것이었다. 이는 이념적 좌우대립으로 인한 증오가 민족적, 인종적, 지역적, 성적 차이에 따른 증오의 양상으로 재현된 것이었다. (강성현, 2002, 「4·3과 민간인 학살 메커니즘의 형성」, 『역사연구』 11호, 역사학연구소, 241쪽.)

없는 양민들이 비참하게 학살당한 현장에 대한 고발적 성격이 강하다. "1949년 1월 16일/ 애월읍 어음리 사람들이 숨어 있는 지하 땅굴 하나가 발각되었다"로 시작되는 이 시는 살기 위해 굴 속에 숨어들어 추위와 굶주림을 처절하게 견디고 있는 양민들, 그리고 굴 입구에서 화염방사기로 불을 뿜거나 수류탄을 까 넣고 생솔가지로 연기를 피우는 진압군들에 대해 "2001년 6월 22일에/ 있었던 양태병(74. 어음리) 씨의 증언"을 토대로 진술되고 있기 때문이다.

한편, 송수권 이전에 4·3사건을 현대시에서 본격적으로 형상화한 것은 이산하[181]의 장편서사시, 「한라산」(1987)이다. 따라서 송수권의 『흑룡만리』와 「한라산」을 이산하의 시와 비교·대조하는 것은 『흑룡만리』의 미학성과 시사적 의의를 파악하는 데 객관적 지표가 될 수 있다. 당시 『녹두서평 1』에 실린 「한라산」의 내용 중 일부를 살펴보면 다음과 같다.

> 생솔 연기 자욱이 맵기만 한 가슴
> 짐승 같은 세월이 짓밟아간 가슴
> 멧돼지 지나간 보리밭 헝클리듯
> 쑥밭이 다 돼버린 그 가슴이 밍이지만
> 비바람에 삐꺽이는 바라지를 열어
> 어머니, 이럴 땐 자랑도 좀 하세요.

---

181 본명은 이상백, 1960년 경북 영일 출생으로 1982년 '이륭'이라는 필명으로 『시운동』에 작품을 발표하며 등단, 1987년 봄, 사회과학 전문 무크지인 『녹두서평 1』에 「한라산」이 발표되자 국가보안법 위반혐의로 구속되어 다음 해 개천절 특사로 출감할 때까지 1년 가까이 투옥되었다. (김동윤, 2003, 「이산하 서사시 <한라산> 연구」, 『영주어문』 6호, 영주어문학회, 391~392쪽 참조.)

어머니의 젖꼭지는 전사를 길렀다고

° 「진군을 기다리는 아들을 위하여」(「한라산」 제2장, 5)

1행부터 4행까지 3번 반복되는 '가슴'은 "생솔연기 자욱"하고 "보리밭
헝클리듯/ 쑥밭이 다 돼버린" 공간이며, "짐승 같은 세월이 짓밟"은 시간이
다. 이는 수탈당하고 탄압받은 제주도라는 공간과 비극적인 역사를 상징한
다. 따라서 7행이 '어머니 젖꼭지'는 모성적인 공간, 즉 제주도라는 땅, 대지
의 가슴이 된다.

신경림은 이 시의 표현이 산문성을 벗어나지 못한 부분을 지적했고[182]
장석원은 시적 기능을 상실한 관습적 비유가 많음을 지적하였다.[183] 이 시
가 발표될 당시 반미와 함께 5공 정권의 퇴진을 주장한 것이 「한라산」의
지향점이었다.[184]

현기영은 「한라산」의 반외세 이데올로기를 큰 업적[185]이라고 보았지만,
김동윤은 반미와 이념적인 성격을 지나치게 강조함으로써 4·3을 불온시하

---

182 신경림은 이산하의 「한라산」이 우리 시의 영역을 크게 넓혀주고 있고 역사적 진실을
    밝히려 했다는 점에 주목했다. 그러나 때로 표현이 지루하고 산문성을 벗어나지 못한
    점을 지적했다. (신경림, 「합평좌담 : '87년의 문단을 총점검한다」, 『문학사상』 1987년
    12월호, 399쪽.)

183 장석원은 「한라산」에 사용된 관습적 비유를 구체적으로 열거하였는데, 가령 '터널 같은
    어둠 속', '소돼지 멱따듯', '고사리 같은 손가락', '물거품처럼 사라지고' 등을 40여
    개를 예로 제시하였다. (장석원, 2012, 「리얼리즘 시의 발화 특성」, 『비평문학』 제43호,
    한국비평문학회, 298쪽.)

184 김동윤, 2003, 「이산하 서사시 <한라산> 연구」, 『영주어문』 6호, 영주어문학회, 408~
    409쪽 참조.

185 현기영, 1991, 「좌담 : 제주 민중항쟁 논의의 현단계」, 『제주항쟁』, 실천문학사, 29쪽.

는 풍조를 낳기도 했다는 한계를 지적했다.[186]

이에 비해 송수권의 『흑룡만리』는 제주도 양민들이 학살당한 현장을 객관적으로 전달한 의도적인 일부 시를 제외하고는 고유의 운율과 서정성을 잃지 않았다. 그리고 「한라산」이 보여준 좌익 편향의 진술[187]이 아니라 좌익과 우익을 객관적이고 중립적으로 바라본 측면이 강하다. 송수권의 『흑룡만리』는 해방 직후 이데올로기의 희생양이 된 제주도 사람들의 원통한 죽음에 대한 휴머니티적 성격이 강하다는 점에서 그 차이를 보인다. 말하자면 『흑룡만리』는 일제강점기를 거쳐서 남북분단과 좌우 이념투쟁에 희생된 제주도민들의 넋을 위로하는 진혼가다. 우리의 역사적 상처와 그 아픔을 치유하고 남북통일을 염원하는 송수권의 정신이 기념비적인 대서사시로 나타난 것이다.

이렇듯 송수권의 이야기시는 민중시가 주류를 이루던 1970~80년대 민중 시인들조차 다루기를 꺼려했던 제주 4·3사건과 여순사건, 지리산의 빨치산 이야기를 본격적이고 심층적으로 다루었다. 그리고 이러한 작업을 전통서정시의 계보를 잇는 송수권이 실천했다는 측면에서 시인 자신이 고백[188]한 대로 순수서정시의 '공허한 울림'을 채워주는 '현장성의 문학'으

---

186 김동윤은, 이산하의 「한라산」이 4·3의 역사적 의미와 항쟁의 당위성을 부각함으로써 문학의 영역을 넓혔으나 반미와 이념적인 성격을 지나치게 강조함으로써 4·3을 불온시하는 풍조를 강화하는 반작용도 있었다고 지적하면서 이는 현장 취재가 결여되어 그 정서적 접근이 부족한 상태에서 작품화한 것으로 분석했다. (김동윤, 앞의 글, 413쪽 참조.)

187 김동윤은 이산하의 「한라산」이 "조국통일 만세!/ 제주 빨치산 만세!"(19쪽)와 같은 구호를 그대로 드러냈음을 지적했다. (김동윤, 앞의 글, 408쪽 참조.)

188 "섬진강을 제대로 알고 지리산을 노래한 서정시가 있는가? 그동안 발표된 시들을 보면 모두 관념 속에서만 존재하는 강과 산을 노래했다는 생각이 들 때가 많다. 많이 애송되

로 그 기능을 온전하게 수행했다고 볼 수 있다. 그의 서사시집들은, 순수시를 쓰되 불행한 역사에 대해 애정을 견지한 채 역사적 소명의식과 사명감을 지닌 문학정신의 면모를 여실히 보여준다.

또한, 남북분단이라는 대치 상황에서 본다면 우리 삶도 시도 반쪽짜리라는 엄정한 현실에 물음을 던지고, 남과 북 모두에서 소외된 자들의 영혼을 위무하면서 통일 한국 100년을 내다보는 대통합의 시편[189]이라는 데에 의의가 있다.

2. 이미지의 특징

이미지(image)와 상상력(imagination)이라는 말의 어원[190]이 보여주듯이, 이미지는 상상력 활동의 최종 결과물이고, 곧 상상력은 이미지를 만들어내는 능력 전반을 가리키는 말로 이해되고 있다.[191]

상상력이란 용어를 처음 사용한 이는 아리스토텔레스이지만, 문학작품을 통해서 본격적으로 상상력을 연구한 이는 코울리지이다. 그는 공상은 연상의 과정이고 상상은 창조의 과정이라고 정의하면서, 그동안 하나의

고 있는 나의 시 「지리산 뻐꾹새」만 해도 공허한 울림이라는 생각이 든다. (…중략…) 현장성의 문학이 될 때 살아 있는 시가 되고 움직이는 시가 될 터인데 우리 서정시는 이 역사성과 현장성이 빠진 순수감정에만 치우쳐오지 않았나 하는 생각이 든다."(송수권, 2010, 「작가의 말」, 『달궁 아리랑』, 종려나무, 228~229쪽).

189 송수권, 「작가의 말」, 앞의 시집, 230쪽 참조.

190 이미지(Image)는 상상적인 것(Imaginaire), 상상력(Imagination)과 더불어 라틴어 'Imago'의 어원을 공유한다(장 라플랑슈/임지수 역, 『정신분석 사전』, 열린책들, 2005, 321쪽).

191 가스통 바슐라르(정영란 역), 1991, 『공기와 꿈』, 이데아총서, 12쪽.

의미로 인식되었던 공상과 상상을 구별하였으며, 정신과 자연을 연결하는 힘이 상상력이라고 보았다.

이러한 상상력 이론에 대한 일대 혁신은 바슐라르에 의해 이루어졌다. 이 용어의 어원에 따르면, 상상력은 단순히 이미지를 형성하는 기능으로 생각하기 쉽다. 하지만 『공기와 꿈』에서 바슐라르는 상상력의 본질이 이미지를 변형하는 능력임을 강조한다. 그에 따르면 상상력이란 지각작용으로 받아들이게 된 이미지들을 변형시키는 능력이며, 무엇보다도 애초의 이미지로부터 우리를 해방하고, 이미지들을 변화시키는 능력인 것이다.[192]

이렇듯 '지각작용에 의한 이미지'와 '창조적 이미지'를 명확하게 구분하는 바슐라르는 지각이나 기억에만 관련된 상상력을 '재생적 상상력'이라 명명한다. 따라서 새로운 비약을 가능하게 하는 변형 창조의 능력인 '창조적 상상력'의 중요성을 강조했다. 이런 측면에서 바슐라르는 역동적 상상력[193]을 이야기한다. 그에 의하면 역동적 상상력이란 정신을 움직이고 초월의 근본적인 힘을 키우는 힘이다. 따라서 바슐라르는 "형태나 물질에 관한 상상력보다 역동적 상상력이 더 중요하며, 물질적 상상력은 역동적 상상력에 종속된다. 역동적 상상력이 이른바 '절대 창조'의 경지로까지 시인을

---

192 사람들은 언제나 상상력이 이미지를 형성하는 능력이라고 주장한다. 그런데 상상력이란 오히려 지각작용에 의해 받아들이게 된 이미지들을 변형시키는 능력이며, 무엇보다도 애초의 이미지들로부터 우리를 해방시키고, 이미지들을 변화시키는 능력이다. 이미지들의 변화, 곧 이미지들의 예기치 않은 결합이 없다면 상상력은 존재하지 않는 것이며, 상상하는 행위 또한 없는 것이다. (가스통 바슐라르(정영란 역), 앞의 책, 10쪽)
193 바슐라르에 따르면, 상상력에는 물질적 상상력, 역동적 상상력, 원형적 상상력의 세 가지 형태가 있다. 그는 물질적 상상력이 작가의 욕망과 의지에 따라 새롭고 다양하게 수용되어야 역동적 상상력에 이르게 된다고 하였다. (가스통 바슐라르(정영란 역), 위의 책, 14쪽.)

이끌 수 있다"라며 역동성을 강조한다. 이러한 상상력의 힘에 의해 개별적인 이미지들에 내재해 있는 근원적 이미지들이 파악된다 하겠다. 따라서 이미지의 생성 주체인 시인은 독자적이고 자생적인 이미지를 표출하게 된다. 말하자면 상상하는 주체마다 물질적 상상력 속에서 이미지를 촉발시키는 독자적인 생동 의지의 표상의 하나의 형식을 유지하며 존재하게 된다.[194]

따라서 이 연구는 송수권의 내면 인식과 강렬한 열망이 함축된 역동적 이미지가 그가 지향한 세계에서 어떻게 구현되는지를 밝히려 한다. 그럼으로써 그의 시에서 자주 표출되는 이미지의 특징을 다음과 같이 고찰하고자 한다. 즉, 꽃과 풀의 생태적 이미지, 소리 이미지의 역동성, 음식 소재 시의 원초적 이미지, 곡선의 순환적 이미지를 살펴보고 그 의미를 규명하려 한다.

(1) 꽃과 풀을 통한 생태적 이미지

송수권의 시는 『바람에 지는 아픈 꽃잎처럼』(1994)부터 생태시에 천착하게 된다. 이 시집이 발간된 1990년대는 국내에서 생태시[195]가 확산된 시기였다. 서구에서 1970년대 환경운동의 일환으로 등장하여 문학운동으로 성

---

194 곽광수, 1976, 『바슐라르와 상상력의 미학』, 민음사, 32쪽.

195 '생태시'라는 명칭은 1980년에 생태학자이자 문학 연구가인 페터 코르넬리우스 마이어-타쉬가 자신의 논문 「생태시는 정치적 문화에 관한 기록물」에서 처음 제기되었다. 그 후 생태시는 녹색시, 환경시, 생태환경시, 생명시학, 생태주의 시, 생명시, 생태지향시 등 다양한 용어로 사용되다가 2000년대 이후 발표된 논문이나 단행본에서는 대체로 '생태시'와 '생태주의 시'라는 용어를 가장 많이 사용한다. (송용구 편저, 2000, 『에코토피아를 향한 생명 시학』, 시문학사, 12쪽 참조.)

장한 생태시는 우리나라의 정치적 상황에 따라 국내에서는 상대적으로 주목받지 못했다.[196] 1980년대까지 군사정권에 의해 은폐되어왔던 환경오염의 실태가 1990년대 매스컴에 의해 보도되기 시작하고 격월간 잡지『녹색평론』이 1991년 10월 창간되어 활발하게 활동하면서 생태 환경에 대해 구체적이고 심도있게 성찰하는 계기가 되었다.[197]

본격적인 논의에 앞서 생태시의 범위를 확정하기 위해 다음과 같은 개념을 미리 정의할 필요가 있다. '생태'는 생물이 살아가는 모양을 일컬으며 '생태학'은 일정한 환경에서 생물들 사이, 생물과 물리적 환경의 상호작용을 과학적으로 연구하는 학문이다.[198] 생태주의[199]는 인간 중심주의와 이성 중심주의 사회에 대한 테제의 역사와 함께한다. 이와 같은 초기의 생태의식은 산업화된 서구사회에서 환경오염의 문제가 심각해지면서 나타났다. 산업화·도시화는 인간의 목숨을 위협하는 전지구적 위기 상황을 야기하였으나, 20세기 후반이 되어서야 인간과 자연을 하나의 유기체로 파악하는 생태주의적 사고가 대안으로 부상하게 되었다.

지금까지 환경시, 생명시, 환경 생태시, 생태시 등 학자마다 용어를 다르게 사용하고 있고, 생태시의 범위와 그 기준마저 불분명한 실정이다. 따라

---

196 최초의 생태시는 김광섭의 「성북동 비둘기」(1968)를 선구적 작품으로 꼽을 수 있다. 그 후 성찬경의 「공해시대와 시인」(1974), 이형기의『꿈꾸는 한발』(1976), 신대철의 『무인도를 위하여』(1977), 박용래의 「曲 5편」(1978), 김광규의『우리를 적시는 마지막 꿈』(1979) 등을 계승자로 꼽을 수 있다. 이들은 70년대 산업화 과정에서 초래된 환경 파괴에 대하여 독자의 관심을 촉구했다.

197 이은봉, 2000, 「시와 생태적 상상력」,『시와 생태적 상상력』, 소명출판, 53쪽 참조.

198 스탠리 돕슨 외 공저(노성호 외), 2002,『생태학』, 아카데미 서적, 14쪽.

199 '생태주의'라는 용어는 앤드루 돕슨이『녹색 정치사상』에서 맨 처음 사용한 용어이다. (앤드루 돕슨(정용화 역), 1993,『녹색 정치사상』, 민음사, 12쪽.)

서 본 연구에서는 송수권 시를 분석하면서, 생태의식이 담긴 상상력을 '생태적 상상력'으로, 이 상상력이 형상화된 시를 '생태시'로 용어를 통일하여 논의하려 한다.

구체적으로 이 논문에서 다룰 생태적 상상력이 형상화된 시는 "생명 자체를 노래함으로써 생명의 본질과 가치를 추구하는 시"[200]를 의미하는데, 여기에서는 송수권의 생태시 중에서 꽃과 풀의 이미지에 한정해서 논의하고자 한다. 생태시의 범위를 이렇게 한정해서 다루는 이유는 다음과 같다.

첫째, 갯벌이나 대, 황토, 강과 같은 자연물들, 그리고 국토의 생명성이나 비판적 생태의식을 드러낸 생태시들은 다른 장에서 언급하고 있어서[201] 논의의 초점이 분산되는 것을 막기 위해서이다. 둘째, 송수권이 그려내는 생태시에서 가장 많이 나타나는 것이 꽃과 풀 이미지이기 때문이다.

송수권의 생태적 상상력에 대해 김재홍은, 생명을 존중하고 사랑함으로써 그것을 "세상의 중심에 두고자 하는 생명 사상의 표현"[202]이라고 하였으며, 오세영도 "생명 외경 또는 생명존중 사상의 발현"[203]으로 보았다. 이태범은 송수권 시의 생태적 상상력을 두 가지 양상(① 원초적 생명성과 자연 예찬의 생태의식, ② 국토의 생명성과 자연 훼손에 대한 비판적 생태의식)으로 구분하여 논의하였다.[204] 본 연구는 기존의 논의를 바탕으로 하되 논의가 덜 된

---

200 생명시를 이렇게 규정할 경우 생명이 있는 모든 생명체에 적용할 것인가에 대한 고민이 따른다. (신덕룡, 2002, 『생명시학의 전제』, 소명출판, 75쪽 참조.)

201 「뻘물」, 「곰소항」, 「대숲 바람소리」, 「강」, 「수계를 따라─10년 후의 여름·임진강에서」, 「뿔─사상공단에 가서」 등

202 김재홍, 2005, 「우주율 또는 생명의 가치화」, 홍영·정일근 외, 앞의 책, 54쪽.

203 오세영, 2005, 「토속적인 세계관과 생명존중의 시」, 홍영·정일근 외, 앞의 책, 380쪽.

부분을 구체적으로 분석하고자 한다.

송수권은 대표 시선집『우리나라 풀 이름 외기』(1988)를 따로 발간했을
정도로 풀과 꽃을 집중적으로 다루었다. 이런 이미지는 주로 토속적인 고
향의 정서와 모성적 이미지로 제시되고, 자연과의 합일과 상생을 노래하는
경우가 많다. 이런 양상이 다음 시에 잘 드러나 있다.

나는 사랑합니다. 우리나라의 숲을, 늪 속에 가라앉은 숲이 아니라
맑은 신운(神韻)이 도는 계곡의 숲을, 사계(四季)가 분명한 그 숲을
철새 가면 철새 오고 그보다 숲을 뭉개고 사는 그 텃새를
더 사랑합니다. 까치가 울면 반가운 손님이 오신다든가 뱁새가
작아도 알만 잘 낳는다든가 하는 그 숲에서 생겨난 숲의
요점의 말까지를 사랑합니다

나는 사랑합니다, 소쩍새가 소랭소랭 울면 흉년이 온다든가
솥짝솥짝 울면 솥 작다든가 하는 그 흉년과 풍년 사이
온도계의 눈금 같은 말까지를, 다 우리들의 타고난 운명을 극복하는
말로다 사랑합니다, 술이 깬 아침은 맑은 국물에 동동 떠오르는
동치미에서 씩독싹독 노마질하는 아내의 흰 손이 보입니다, 그 흰 손이
우리나라 무덤을 이루고, 동치미 국물 속에선 바야흐로 쑥독쑥독
쑥독새가 우는 아침입니다

나는 사랑합니다, 햇솜 같은 구름도 이 봄날 아침 숲길에서
생겨나고, 가을이면 갈꽃처럼 쏠립니다, 그보다는 광릉 같은 데,

---

204 이태범, 2019, 앞의 글, 44~63쪽.

먼 숲길쯤 나가보면 하얗게 죽은 나무들을 목관악기처럼 두들기는
딱따구리 저 혼자 즐겁습니다

나는 사랑합니다, 텃새, 잡새, 들새, 산새 살아 넘치는
우리나라의 숲을, 그 숲을 베개 삼아 찌르륵 울다 만 찌르레기새도
우리 설움 밥투정하는 막내 딸년 선잠 속 딸꾹질로 떠오르고
밤새도록 물레를 감는 삐거덕, 삐거덕, 물레새 울음 구슬픈
우리나라의 숲길을 더욱 사랑합니다.

°「우리나라의 숲과 새들」(『우리들의 땅』) 전문

　인용 시는 인간의 삶과 융화된 상상력이 구현되면서 생태시의 진수를
보여준다. 감각적인 언어와의 상호작용을 통해 마치 우리나라의 숲을 눈앞
에서 직접 들여다보는 것 같은 느낌을 줄 정도로 생생한 표현들이 제시되
어 있다. 예를 들면, "소쩍새가 소탱소탱 울면", "솥짝솥짝 울면", "온도계
눈금 같은 말", "싹둑싹둑 도마질", "쑥둑 쑥둑 쑥둑새", "찌르륵 울다 만
찌르레기새", "선잠 속 딸꾹질", "삐거덕, 삐거덕, 물레새 울음"에서처럼
감각적인 시어들이 선명한 이미지와 함께 어우러져 시적 활력을 부여한다.
　화자는 "맑은 국물에 동동 떠오르는 동치미"를 보면서 그것을 싹둑싹둑
썰었을 아내의 흰 손을 상상한다. 아내의 손은 무덤을 떠올리게 하는데,
이 무덤의 형태는 능선처럼 편안한 곡선 이미지이다. 그의 시에서 '무덤'은
무의식의 세계, 근원 공간 혹은 모성과 여성성을 상징한다.[205] 이 시에서는

205　편안한 곡선 이미지인 어머니 태(胎) 속에 있다 태어나서 역시 곡선 이미지인 무덤에서
　　편하게 쉬는 것이 인간의 삶이다. 무덤을 죽은 사람의 집으로 볼 때, 이 집은 고향,

술이 덜 깬 남편이나 아들을 위해 동치미를 써는 아내의 모습은 여성성 혹은 모성성을 대변한다. 따라서 "그 흰 손이 우리나라 무덤"을 이룬다는 언술은 보편적인 여성성의 모습으로 확장된다. 더 나아가 시인의 상상력은 하얀 동치미 국물 속에 쏙독새 울음이 흐르는 것을 보는 단계까지 확대됨으로써 숲에 깃들어 있는 모든 생명과 인간의 삶이 조화를 이루는 모습을 보여주고 있다.

한편 총 4연으로 이루어진 이 작품은 모두 "나는 사랑합니다"로 시작되고 목적어에 해당하는 '~을'이라는 부분이 도치된다. 일반적으로 주어 뒤에 서술어가 오는데, 이렇게 도치법을 사용하면 서술어가 앞에 튀어나와 뒤의 내용을 궁금하게 만들고, 긴장감을 준다. 시의 일반적인 어순을 바꿈으로써 단조로움을 피하고 재미를 더해준다.

마지막 연에서 시적 화자는 "우리나라의 숲길을 더욱 사랑합니다."라고 선언하면서 인간의 삶과 숲속의 새들이 한통속으로 어우러지면서 상생의 삶을 갈망한다. 그런 점에서 이 시에 나오는 '숲'은 생태계가 조화를 이루며 공존하는 장소로 밝은 이미지로 그려지고 있는데, 여기에는 근원적인 삶을 욕망하는 송수권의 토포필리아(topophilia)적 속성이 투사되어 있다.[206] 이

또는 어머니(모성)로 확대할 수 있다. (이승훈, 1995, 『문학 상징 사전』, 고려원, 172쪽 참조.)

206 토포필리아(topophilia)는 '장소'를 의미하는 토포스(topos)'와 유대감을 의미하는 '필리아(philia)'의 합성어이다. 이는 물리적 환경에 불과한 '공간'에 특정한 의미와 가치를 부여함으로써, 인간이 고향처럼 느끼는 '장소'로 만드는 인식적·정서적·상징적 활동을 의미한다. 가스통 바슐라르(Gaston Bachelard)가 『공간의 시학』에서 이 용어를 사용한 바 있다. 바슐라르는 자신의 연구가 "행복한 공간의 이미지들을 검토"하고자 하는 것이며, 그것은 장소 애호(topophilia)라고 부를 만하다고 말한다. (가스통 바슐라르(곽광수역), 1990, 『공간의 시학』, 민음사, 69쪽 참조.)

시에서 평화롭고 밝은 분위기의 감각적 언어들로 제시되면서, 숲이 이상적 공간으로 구현되는 양상이 이를 뒷받침하고 있다.

이상에서 살펴본 바와 같이 송수권의 생태시는 식물의 덕목을 내면화하고 인간적인 삶과 결합하여 생명력을 부여한다. 또한 시적 자아는 식물 이미지에서 발현된 상상력을 토대로 주체의 자각과 갱신을 모색한다.[207] 이런 시각에서 '꽃'을 통해 과거와 현재를 매개하고, 공동체적 삶에 대해 성찰하는 다음 시를 살펴보자.

한껏 구름의 나들이가 보기 좋은 날
등(藤)나무 아래 기대어 서서 보면
가닥가닥 꼬여 넝쿨져 뻗는 것이
참 예사스러운 일이 아니다
철없이 주걱주걱 흐르던 눈물도 이제는
잘게 부서져서 구슬 같은 소리를 내고
슬픔에다 기쁨을 반반씩 버무린 색깔로
연등 날 지등(紙燈)의 불빛이 흔들리듯
내 가슴에 기쁨 같은 슬픔 같은 것의 물결이
반반씩 한꺼번에 녹아 흐르기 시작한 것은
평발 밑으로 처져 내린 등(藤)꽃 송이를 보고 난
그 후부터다

밑뿌리야 절제 없이 뻗어 있겠지만

---

207 류지현, 2008, 「송수권 시에 나타난 식물적 상상력의 미학 연구」, 『우리어문연구』 32 집, 497쪽 참조.

아랫도리의 두어 가닥 튼튼한 줄기가 꼬여
큰 둥치를 이루는 것을 보면
그렇다 너와 내가 자꾸 꼬여 가는 그 속에서
좋은 꽃들은 피어나지 않겠느냐?

또 구름이 내 머리 위 평발을 밟고 가나 보다
그러면 어느 문갑(文匣) 속에서 파란 옥빛 구슬
꺼내 드는 은은한 소리가 들린다.

°「등(藤)꽃 아래서」(『산문에 기대어』) 전문

　　이 작품은 등꽃에서 발견하는 삶의 의미와 가치를 형상화하였다. 등나무
는 자주색 꽃이 피는 덩굴성 식물로 여름에 그늘을 만든다. 등나무 줄기가
"가닥가닥 꼬여 넝쿨져 뻗는" 모양과 "평발 밑으로 처져 내린 등(藤)꽃 송
이"는 화자에게 삶에 대한 깨달음으로 작용한다. 즉 등꽃의 형태적 특성이
화자의 인식과 태도를 변화시키는 계기가 된다. 이 변화는 "철없이 주걱주
걱 흐르던 눈물"(과거)과 "이제는 잘게 부서져서 구슬 같은 소리를 내"는(현
재) 등꽃처럼 우리네 삶이란 것도 "슬픔에다 기쁨을 반반씩 버무린 색깔"이
라는 통찰이다. 가닥가닥 꼬여 뻗어 나가는 '넝쿨'의 상승 이미지와 '눈물'
같은 하강 이미지의 대조가 두드러진다.

　　화자는 2연에서 깨달음을 물음의 형식으로 전달하면서 자연스럽게 독자
의 공감을 유도한다. "어느 문갑(文匣) 속에서 파란 옥빛 구슬/ 꺼내 드는
은은한 소리가 들린다."라는 부분은 송수권 시의 특성이라고 볼 수 있는
공감각적 표현(시각의 청각화)[208]인데 이를 통해 타인과 더불어 살아가는 삶

의 아름다움과 가치를 형상화한다. 이렇게 송수권 시의 '꽃'은 류지현의 언급처럼 심미적 완상의 대상이 아니라 삶의 한복판, 한과 추억이 엉긴 삶의 감각적 증거로 발현한다.[209]

여기에서 살펴본 바와 같이 그의 시는 꽃과 풀을 활용하여 현실 인식이 발현되는 경우가 많다. 특히 '꽃'을 통해서 우리는 세계를 바라보는 시인의 시각과 마주치게 된다. 김소월이 「산유화」에서 보여주었듯이 꽃은 아름다움의 표상을 넘어서서 존재론적인 상징성까지 지닌다. 즉, '꽃'은 피고 지는 생명의 원리, 아프게 발아하여 꽃봉오리를 밀어내는 사랑의 원리, 탄생과 소멸로 존재의 고독을 드러내는 것이다. 이렇게 볼 때 꽃은 모든 생명체의 표상이며 궁극적으로는 인간이라는 존재의 객관적 상관물이다.

이렇게 송수권 시인의 꽃과 풀 이미지는 환경문제의 고발이나 계몽적인 메시지 전달 차원에 그치지 않고, 자연과 인간의 참다운 조화와 균형을 회복하는 거시적 차원으로 확대된다.

우리의 통념과 인식의 벽을 허물고 시간과 공간을 초월하여 피어나는 다음 시편들의 풀과 꽃의 이미지는 송수권의 세계관을 명징하게 드러낸다.

---

208 여느 시인들이 일반적으로 자주 사용하는 감각의 전이 방향은 청각의 시각화이다. 이 부분은 다음 절, 소리 이미지를 통한 역동적 상상력에서 집중적으로 다루고자 한다.

209 그가 그려내는 꽃들은 저마다 눈물의 빛깔과 살냄새가 적지 않게 섞여 있다. 난만한 향기가 아니라 삶의 내음으로 피어나는 그의 꽃이 자라나는 곳은 잘 가꾸어진 정원인 아니라 후미진 구석, 고달픈 세상의 비탈길이다. (류지현, 1996, 「시인의 성찬(盛饌), 꽃과 고요가 놓인」, 『서정시학』 여름호, 106쪽 참조).

(가)

초록은 두렵다

어린 날 녹색 칠판보다도

그런데 자꾸만 저요, 저요, 자 자요, 손 흔들고

사방천지에서 쳐들어온다

이 봄은 무엇을 나를 실토하라는 봄이다

물이 너무 맑아 또 하나의 나를 들여다보고

비명을 지르듯이

초록이 움트는 연둣빛 눈들을 들여다보는 일은 무섭다

초록에도 감옥이 있고 고문(拷問)이 있다니!

이 감옥 속에 갇혀

나는 그동안 너무 많은 말들을 숨기고 살아왔다

°「초록의 감옥」(『파천무』) 전문

(나)

증조모, 할머니, 어머니 또 나의 내자까지

이 하얀 접시꽃 핀 장독대가 아니었으면

한 생 어찌 곧은 소리 낼 수 있었을까

동구 밖 솔대 위에 한 마리 새를 올려놓고

새벽하늘 밑 박우물을 퍼내어

대대로 그 물 떠다 치성드린 자리

오늘은 쓰러져 가는 옛집에 와

다들 한자리에 모여 층층으로 포개어져

흰 사발 같은 접시꽃들 눈부시다

°「접시꽃」(『언 땅에 조선 매화 한 그루 심고』) 부분

(다)

아직 바다가 쪽빛이긴 때 이르고
오명가명 한 소쿠리씩
마른 꽃을 따다가 베갯솜을 놓는
눈물 끝에 비친 사랑아

그 모세혈관 맑게 걸러서
멀미 끝에 오는 시력을 다시 회복하고
저승 끝까지 연보라 등을 실어놓고
밝은 눈을 하나씩 얻어서 돌아가는

시집갈 땐 이불 속에 누구나
약베개 하나씩 숨겨가는
그 숨비기꽃 사랑 이야길 아시나요

○「숨비기꽃」(『흑룡만리』) 부분

(가)는 능동적인 식물 이미지의 진경을 보여준다. '초록'은 "어린 날 녹색
칠판"을 연상하게 하는 추억의 풍경이다. "자꾸만 저요, 저요, 자 자요, 손
흔"드는 부분에서는 동시적 발상으로 보이지만, 초록의 생명력을 신체화한
은유, 즉 '지각의 현상학'이라고 볼 수 있다. 그 내면까지 드러나는 초록은
맑고 투명해서 화자에게도 "사방천지에서 쳐들어"오면서 "무엇을 나를 실
토하라"며 자기반성을 촉구하게 하는 존재다. 자기방어 기제에 능숙한 현
대인에게 자신을 정직하게 들여다보는 과정은 두려움을 동반한다. 그래서
"초록이 움트는 연둣빛 눈들을 들여다보는 일은 무섭다" 어린 시절의 호기

심과 두려움, 자아 성찰에 대한 자각 등 복합적인 감정이 투영된 초록은 다층적인 의미망을 형성한다.

(나)의 접시꽃은 "접시꽃-솟대(동구 밖 솔대 위에 한 마리 새)-치성"이라는 상승적 이미지와 "쓰러져 가는 옛집"이라는 하강적 이미지가 대조를 이루고 있다. 꽃은 지상에 뿌리를 두고 있지만, 향일적(向日的)인 속성을 지니며, 솟대 역시 하늘에 닿고자 하는 인간의 갈망을 담은 표상이다. 치성 역시 하늘에 소원을 빈다는 의미에서 상승적 이미지로 접시꽃과 조응한다. 정화수를 떠놓고 치성을 드리며 비는 손은 "층층으로 포개어져/흰 사발 같은 접시꽃"의 외형을 떠올리게 한다. 이러한 식물, 혹은 자연물의 상승적 이미지는 퇴락해가는 농촌 현실을 상징하는 "쓰러져 가는 옛집"이라는 하강적 이미지와 대조됨으로써 더욱 그 본연의 가치와 의미를 부각한다.

(다)의 숨비기꽃은 해녀들에겐 저승까지 비춰내어 전복, 소라 등을 따낼 수 있도록 '밝은 눈'을 주는 꽃이다. 제주도 여자들은 시집갈 때 누구나 '숨비기꽃 베개'를 가마 속에 넣어간다. 이 때문에 숨비기꽃은 서러운 사랑 이야기를 지닌 꽃이기도 하다. 제주도에서 민간요법으로 가장 많이 쓰이는 꽃으로, 잠수질에 멀미가 나면 이 마른 꽃을 달여 먹는다. 그래서 제주도 여자들은 "멀미 끝에 오는 시력을 다시 회복하고/ 저승 끝까지" 비춰내서 소라, 전복을 딸 수 있는 "밝은 눈을 하나씩" 달라고 한 소쿠리씩 그 마른 꽃을 따다가 베갯솝에 넣는다. 꽃을 통해 이승은 물론 저승까지 넘나드는 섬 처녀의 삶과 사랑을 형상화하고 있다. 그래서 류지현은 "이 꽃의 피어남이 사랑의 피어남이며 꽃을 모아 말리는 행위는 사랑의 마음을 채집하는 것과 같다"라고 언급한다.[210]

삼한 적 하늘이었는가 고려 적 하늘이었는가
하여튼 그 자지러지는 하늘 밑에서
'확 콩꽃이 일어야 풍년이라는디,
원체 가물어 놔서 올해도 콩꽃 일기는
다 글렀는갑다'

두런두런거리며 밭을 매는 두 아낙
늙은 아낙은 시어머니, 젊은 아낙은 새댁,
그새를 못 참아 엉금엉금 기어나가는 것은
샛푸른 샛푸른 새댁,
내친김에 밭둑 너머 그 짓도 한번
'어무니, 나 거기 콩잎 몇 장만
따 줄라요?'

(오실할 년, 콩꽃은 안 일어 죽겠는디 콩잎은 무슨 콩잎?)

옜다 받아라 밑씻개 콩잎
멋모르고 닦다보니 항문에서 불가시가 이는데
호박잎같이 까끌까끌한 게 영 아니라

'이거이 무슨 밑씻개?'
맞받아치는 앙칼진 목소리,

---

210 "섬 처녀의 사랑과 등가물인 꽃으로 채워진 베개는 피를 맑게 하고 세상을 보는 시력을
회복하게 하며 저승에 이르기까지 머나먼 생의 길을 밝혀주는 등이 된다."(류지현,
1996, 앞의 글, 112쪽).

'며느리밑씻개'

얼마나 우습던지요

그 바람에 까무러친 민들레 홀씨

하늘 가득 자욱하니 흩어져 날았어요

깔깔거리며 날았어요

대명천지 그 웃음소리 또 멋도 모르고

덩달아 콩꽃은 확 일었어요.

°「땡볕」(『수저통에 비치는 저녁노을』) 전문

대화체로 전개되는 고부간의 갈등이 해학적으로 묘사된 작품이다.[211] 가
뭄에 콩꽃도 일지 않아서 속이 타는 시어머니는 끈기 있게 앉아서 밭을
매지 않고 "그새를 못 참아 엉금엉금 기어나가는" 며느리를 흘겨봤을 법하
다. 늙은 시어머니에겐 "샛푸른 샛푸른 새댁"의 젊음도 질투의 대상인데,
일하다 말고 밭둑 너머에서 "그 짓"을 하면서 화장지 대용으로 콩잎 몇
장만 따달라고 하는 젊은 며느리가 더욱 얄밉다. 그래서 부드러운 콩잎
대신 따 준 것이 까끌까끌한 풀이고, 그런 연유로 붙여진 이름이 "며느리
밑씻개"라는 풀이다. 그런데 이 불기시 같은 풀도 역시 흙이 배태한 생명체
이다. 콩꽃도 쓸모없을 것 같은 잡초도 공평하게 함께 자라는 '밭'은 우리
민족에게 면면하게 이어진 삶의 터전이다. 바로 이 생명의 밭에 배설하는
젊은 며느리와 이를 못마땅하게 여긴 시어머니가 주고받는 대화에 식물들,

---

211 장경렬은 이 시를 전통적인 고부간의 갈등을 해학적으로 담아낸 작품으로 언급하고,
오세영은 애니미즘적 영통으로 인식한다. (장경렬, 2005, 「인식의 전경화와 시적 소재
로서의 언어」, 홍영·정일근 외, 앞의 책, 157쪽; 오세영, 2005, 「토속적 세계관과 생명존
중의 시」, 홍영·정일근 외, 앞의 책, 387쪽.)

민들레 홀씨와 소식 없던 콩꽃이 불쑥 끼어든다.

이 시는 시각과 청각, 촉각 등 공감각적인 심상으로 콩꽃 이미지를 생동감 있게 보여주며, 가난한 현실을 견뎌온 우리 조상들의 삶을 반추하게 한다.

그런데 여기서 주목할 점은 초반부에 나오는 "자지러지는 하늘 밑"과 후반부 "까무러친 민들레 홀씨"에서 '자지러지다'라는 동사의 의도적인 배치다. '자지러진다'[212]의 의미를 상기할 때, 시 속의 시간적 배경은 하늘과 인간과 식물이 한통속이 되어 감정을 지니고 살아 움직이는 설화 속 시기임을 알 수 있다. "삼한 적 하늘이었는가 고려 적 하늘이었는가"는 이를 방증한다. "원체 가물어 놔서 올해도" 일지 않던 척박한 밭은 "샛푸른" 며느리의 배설에 의해 콩꽃이 확 일어나게 하는 땅으로 바뀐다. 민들레 홀씨가 까무러치면서 깔깔거리며 날고 "대명천지 그 웃음소리" 환하게 퍼지는 것은 음양의 조화로 인한 화기(和氣)를 표현한 것이다. 그래서 "덩달아 콩꽃은 확 일어"날 수 있는 자연과 인간의 합일이 이뤄진다.

그런데 이 작품은 『수저통에 비치는 저녁노을』(1998)에 「땡볕」이란 이름으로 발표하였다가 『들꽃 세상』(1999)에서는 제목을 「며느리밑씻개」로 바꿔서 게재하였다. 그 후 『우리나라의 숲과 새들』(2005)에는 다시 「땡볕」으로 게재했다.

제목을 바꾼다는 것은 시적 대상을 수용하고 이해하는 태도에 변화가 생겼거나 다르게 명명함으로써 시적 내용에 대한 의미규정을 달리하고

---

212 자지러지다 : 장단이나 웃음소리, 울음소리가 온몸에 짜릿한 느낌이 들 정도로 빠르고 잦게 들리다. (국립국어원, 『표준국어대사전』 참조.)

싶은 시인의 의도를 암시하는 것이다. 이런 전제 아래 「땡볕」과 「며느리밑
씻개」라는 제목은 각각 어떤 시적 효과가 있는지 시인의 의도를 추론해
보겠다. 먼저 「며느리밑씻개」는 시의 극적 장면을 시어 하나로 포괄하는
기능을 하며 고부간의 해학적 행동을 강조한다. 마치 판소리에서의 확장적
문체와 유사한 효과다. 또한, 이 제목으로 했을 때 독자가 이 시의 내용을
더 잘 기억하게 된다. 반면에 「땡볕」은 "원체 가물어 놔서 올해도 콩꽃
일"기는 힘든 척박한 상황에서도 젊은 며느리의 "그 짓"과 시어머니의 "맞
받아치는" 행위로 콩꽃이 확 일어났다는 정경을 통해서 자연과 인간의 상
생적 삶을 강조하는 효과가 있다. 요컨대 「며느리밑씻개」는 인물의 해학성
을, 「땡볕」은 자연과 인간이 합일을 이루는 상생의 의미를 강조하는 것이다.
　이와 같은 꽃 이미지는 다음 시에서 끈질긴 생명력의 경이로움으로 나타
난다.

　　바지랑대 끝 더는 꼬일 것이 없어서 끝이다 끝 하고
　　다음날 아침에 나가보면 나팔꽃 줄기는 허공에 두 뼘은 더 자라서
　　꼬여 있는 것이다. 움직이는 것은 아침 구름 두어 점, 이슬 몇 방울
　　더 움직이는 바지랑대는 없을 것이었다.
　　그런데도 다음날 아침에 나가보면 덩굴손까지 흘러나와
　　허공을 감아쥐고 바지랑대를 찾고 있는 것이다.
　　이젠 포기하고 되돌아올 때도 되었거니 하고
　　다음날 아침에 나가보면 가냘픈 줄기에 두세 개의 종(鐘)까지 매어
　　달고는
　　아침 하늘에다 은은한 종소리를 퍼내고 있는 것이다.
　　이젠 더 꼬일 것이 없다 없다고 생각되었을 때

우리의 아픔도 더 한 번 길게 꼬여서 푸른 종소리는 나는 법일까

°「나팔꽃」(『꿈꾸는 섬』) 전문

나팔꽃은 땅 위를 뻗어 나가면서 기댈 곳이 있으면 어디라도 감고 뻗어 나가는 습성이 있다. 그러나 "바지랑대 끝까지 뻗어 더는 꼬일 곳 없"는 상황은 시인에게 '나팔꽃도 이제는 끝'이라고 판단하게 할 만큼 극한 상황 이다. 그래서 시인도 나팔꽃을 포기하고 잠든다. 그러나 다음날 아침에 나가보면 "나팔꽃 줄기는 허공에 두 뼘은 더 자라서/꼬여 있"다. 나팔꽃은 바지랑대를 그냥 뻗어가는 것이 아니라 감아가면서 뻗어간다는 생태의식 을 담고 있다. 그리고는 "더 오를 곳이 없는 허공을 감아쥐고" 바지랑대를 찾고, 결국엔 "두세 개의 종(鐘)까지 매어 달고" 있다. 이러한 모습을 보며 시인은 나팔꽃의 끈질긴 생명력을 예찬한다. '은은한 종소리'까지 퍼내는 나팔꽃을 통해 고단한 현실을 극복해가는 민초들의 삶을 보여주려 한 것으 로 읽힌다.[213]

김재홍은 송수권의 식물적 상상력이 근본적으로 생명의 가치화, 생명 사상의 집중적인 반영이라고 본다. 나아가 이름 없는 풀꽃이나 나무처럼 민초들의 삶까지 공경하고 사랑하는 인식의 확산이라고 의미를 부여한 다.[214] 류지현은 송수권 시에 나타난 식물적 상상력의 특징을 "주체의 의식

---

213 고명수는 이 시를 인연법에 따라 꼬이고 꼬여간다는 불교적 인식으로 분석했다. (고명 수, 2005, 「송수권 시에 나타나는 불교 인식」, 홍영·정일근 외, 앞의 책, 165쪽)

214 "보잘것없는 풀꽃이나 나무에 대한 애정은 생명을 소중히 여기는 것이며 나아가 민중 들의 삶을 사랑하고 존중한다는 것을 의미한다. 송수권의 시에서 식물 상상력은 바로 생명의 가치화를 통해 생명을 존중하고 사랑하며 그것을 세상의 중심에 두고자 하는 생명 사상의 표현이다"(김재홍, 2005, 홍영·정일근 외, 앞의 글, 53~54쪽 참조).

이 식물을 통해 감각화되고 식물의 생태적 특성을 현실적 삶의 덕목과 연관시키면서 다채로운 변주를 보여준다"라고 언급했다. 또한, 식물을 토대로 함으로써 유한한 생명의 한계를 벗어나 초월적이고 역설적인 사유의 자유로움을 표출한다는 점을 그 특징으로 지적하였다.[215]

이렇듯 송수권 시에 나타난 풀과 꽃 이미지는 생태적 상상력과 결합되어 형상화됨으로써 그 의의와 가치가 확대된다. 우리 국토에서 흔히 볼 수 있는 작은 꽃과 풀의 끈질긴 생명력을 바탕으로 한 생명존중의 생태적 상상력은 인간과 자연의 조화로운 삶을 모색하고 있다. 즉, 시적 인식을 바탕으로 국토와 환경에 대한 문명 비판이 전개되는 양상이다.

이렇게 근원적인 삶을 지향하는 욕망을 표출함으로써 송수권은 전통서 정시인으로서의 위상을 확립해 간다.

(2) 소리를 통한 역동적 이미지

현대시는 낭송에서 묵독으로 향유 방식이 변화하면서 '소리'를 동반한 운문의 전통은 많이 약화되었다. 그러나 시적 이미지가 인간의 감각 중에서 청각적인 경험과 가장 긴밀하게 연관되어 있다는 것을 부정하기는 어려울 것이다. 실제로 소리 연구자들은 소리가 리듬을 구성하는 주요한 자질로 작용한다는 것을 규명하고 있다. 전쟁터의 북소리나 절의 범종 소리처럼 소리는 주의를 환기하는 기호체계의 역할을 하는가 하면, 반복적 경험을 통해서 상징적 의미를 전달하는 기능을 수행하기도 하며, 불교에서 예

---

215 류지현, 2008, 「송수권 시에 나타난 식물적 상상력의 미학 연구」, 앞의 책, 519쪽 참조.

불할 때의 북소리처럼 의식(儀式)으로 정착되기도 한다.[216]

송수권 시의 주된 특징 중의 하나가 소리 이미지다. 그의 시 세계는 노래로써 시가 보유하는 근원적인 리듬이라는 견고한 기층체계를 기반으로 한다. 송수권의 시 세계에서 균열되지 않은 원초적 공동체를 재구하는 데 있어서 구심적 리듬의 역할을 하는 소리 이미지는 절대적이라 할 수 있다.[217]

고형진은 송수권의 시에 자주 등장하는 소리 이미지를 소리의 상법(想法)이라고 명명하면서 이러한 소리의 상법이 역동적 상상력으로 이어짐을 지적하였다.[218] 전정구 역시 송수권이 소리의 예민한 귀를 지녔음을 언급하면서 살아 움직이는 대자연의 역동적인 모습을 그려낸다고 평가하였다.[219] 이 글은 고형진의 견해를 바탕으로 소리의 상법(想法)을 통한 역동적 상상력을 구체적으로 살펴보려 한다.

---

216 김성재, 2004, 「한국의 소리 커뮤니케이션」, 『한국언론학보』, 48권 1호, 한국언론학회, 262~263쪽 참조.

217 송수권은 『시, 가락을 품다』(2007)라는 산문집에서 자신의 시에 차용하는 소리의 종류를 일일이 분류할 정도로 소리 이미지에 천착했다. 그는 소리 이미지와 관련해 "언제부턴가 나는 심미적 쾌감, 구원에 이르는 재생력이 있는 시, 그리고 민족의식과 역사의식 등 3박자론을 계산하여 시를 쓰고 있는데, 그 최상의 경지는 산허리에 구름이 슬리듯 시의 음악성이 유연하면서 (소리가) 치렁해야 한다"라고 밝히면서 소리 이미지를 적극적으로 동원하였음을 언급했다. (송수권, 1991, 「나의 문학세계—생기로 피는 한, 부활의 힘과 역동성」, 『시와시학』, 가을호, 136쪽.)

218 고형진은 송수권의 소리 이미지는 율동이 넘실거리고, 그 율동이 부드럽고 감미롭고, 애상적이기보다는 유장하고 힘이 있다고 평가하였다. (고형진, 2005, 앞의 책, 138쪽.)

219 전정구는 송수권이 사물의 형태 속에 감추어진 미세한 울림까지도 듣는 예민한 귀를 가졌다고 언급했다. "한국의 자연이 그려내는 강, 산, 들과 별들의 고요한 형태만 보여주는 것에 그치지 않고, 생동하는 소리까지를 들려줌으로써 살아 움직이는 대자연의 역동적인 모습을 펼쳐낸다."라고 하면서 소리의 상법과 역동적 상상력을 이야기하였다. (전정구, 2005, 앞의 책, 198쪽.)

송수권은 그의 시에서 여성적 애원조의 서편제 가락을 남성미가 넘치는 동편제 가락으로 바꾸는 작업을 꾸준히 해왔다. 이러한 삶의 방식으로써 소리의 상법은 실제로 송수권 시 곳곳에 구체화되어 있다.

그런데 여기에서 고찰하고자 하는 '소리'는 소리 감각이 촉발되는 모든 경우를 포함한 개념이다. 이는 소리의 양상에 있어서 직접적으로 소리를 느낄 수 있는 상태만이 아니라, 소리가 없는 무음도 포함한다는 의미이다. 즉, 소리에 연관된 시어를 직접 사용하여 소리 이미지를 불러일으키는 경우는 물론 음성상징이나 소리가 감각으로 소환되는 서술어를 사용한 경우도 '소리'의 범주에 포함할 것이다.

송수권의 시에서 현실 세계는 소리 이미지를 통해서 형상화되는 경우가 많은데, 그의 시에서 소리는 모든 대상에게 동등한 생명력을 부여하는 징표로써 관계 지향적인 시를 열어가는 열쇠가 된다. 이러한 양상이 잘 드러나 있는 다음 시를 살펴보기로 한다.

> 대숲 바람 속에는 대숲 바람소리만 흐르는 게 아니라요
> 서느라운 모시옷 물맛 나는 한 사발의 냉수물에 어리는
> 우리들의 맑디맑은 사랑
>
> 봉당 밑에 깔리는 대숲 바람 속에는
> 대숲 바람소리만 고여 흐르는 게 아니라요
> 대패랭이 끝에 까부는 오백 년 한숨, 삿갓 머리에 후득이는
> 밤쏘낙 빗물소리……
>
> 머리에 흰 수건 쓰고 죽창을 깎던, 간 큰 아이들, 황토현 넘어가던

징소리, 꽹과리 소리들…

남도의 마을마다 질펀히 깔리는 대숲 바람소리 속에는
  흰 연기 자욱한 모닥불 끄으름내, 몽당빗자루도 개터럭도 보리숭년도
땡볕도
  얼개빗도 쇠그릇도 문둥이 장타령도
  타는 내음……

아 창호지 문발 틈으로 스미는 남도의 대숲 바람소리 속에는
  눈 그쳐 뜨는 새벽별의 푸른 숨소리, 청정한 청정한
  대닢파리의 맑은 숨소리

° 「대숲 바람소리」(『아도』) 전문

'대숲 바람소리'는 이 시의 전체 이미지를 지배한다. 시각, 청각, 촉각(서느라운 모시옷), 미각(물맛 나는 한 사발의 냉수물), 후각(모닥불 끄으름내, 타는 내음)의 오감과 함께 공감각적 이미지(새벽별의 푸른 숨소리, 대닢파리의 맑은 숨소리)까지 감각의 총체적 집합체라 할 수 있는 이 시의 지배적 이미지는 단연 청각적 이미지(대숲 바람소리)이다. 1연과 2연에서 "대숲 바람 속에는 대숲 바람소리만 흐르는 게 아니라요"를 반복하고, 3연에서 대숲 바람소리의 내면에 깃든 시각적 이미지와 청각적 이미지를 구체화한 후, 4연과 5연에서 "대숲 바람소리 속에는" 시간과 공간을 넘나드는 민중적 숨결이 배어 있음을 진술한다. 핵심적 의미를 생성하는 3연은 민중의 정한과 저항정신이라는 이 시의 지배적 분위기를 극명하게 보여준다.

  이 시를 전정구는 청각과 시각을 교차시키는 방법으로 우리의 감각기관

을 자극하는 데 성공한 작품으로 본다.[220] 송수권의 시에서 청각적 이미지는 정한의 비극적인 한숨 소리를 재현하여 애상적 분위기를 조성하는 데에 있는 것이 아니다. 그것은 생동하는 자연 산천의 숨결과 민중의 숨소리를 불러내는 중요한 기법이고, 한국적인 고향 풍경을 생동감 있게 표현하는 데 크게 기여하는 요소로 작용한다.[221]

위와 같이 송수권의 시에 나타난 소리의 상법은 '소리'가 지닌 역동적 성향을 기저로 하여 형성되었고, 이때 시적 자아와 세계는 내밀하게 상응한다. 소리의 상상력은 인용 시처럼 해당 시의 전체 이미지를 지배하거나, 다음 사례처럼 시의 배경으로 기능하기도 한다.

(가)
대숲 마을 해어스름녘
저 휘어드는 저녁연기 보아라
오래 잊힌 진양조 설움 한 자락
저기 피었구나

° 「남도의 밤식탁」(『수저통에 비치는 저녁노을』) 부분

---

220 "순수한 음향의 소리 효과를 바탕으로 민족적 삶의 현장을 생생하게 재현하고 있는데, 그것을 가능하게 하는 것이 대숲 바람소리로 통합된 각종 시각적 이미지와 청각적 이미지이다. (…중략…) 대숲 바람소리는 물리적인 시간과 공간을 뛰어넘어 역사적 삶의 현장으로 우리의 감각기관을 이끌고 가는 전령사의 역할을 한다"(전정구, 2005, 「화음을 동반한 생명의 숨결」, 홍영·정일근 외, 앞의 책, 234~235쪽 참조).

221 "살아 움직이는 힘찬 민중의 모습을 독자의 의식 속에 각인시키는 소리의 울림에는 우리 민족의 혼이 담겨있고, 동시에 그것은 민족의 원형적 심성을 자극하는 음향적 효과를 발휘한다. 특히 송수권은 민중의 에너지가 분출하는 청각적 이미지를 활용하여 우리의 가슴을 뜨겁게 달아오르게 하는 울림의 효과에 주목한다."(전정구, 2005, 앞의 책, 237쪽).

(나)

조팝나무 가지 꽃들 속에 귀를 모아본다
조팝나무 가지 꽃들 속에는 네다섯 살짜리 아이들
떠드는 소리가 들린다
자치기를 하는지 사방치기를 하는지
온통 즐거움의 소리들이다

°「조팝나무 가지 위의 흰 꽃들」(『바람에 지는 아픈 꽃잎처럼』) 부분

(다)

한 잎새 미끄러뜨리면 한 잎새 받아올리고
한 잎새 미끄러뜨리면 한 잎새 받아올리고
스스릉스르릉 달도 거문고 소리를 낸다

°「자수(刺繡)」(『산문에 기대어』) 부분

(라)

앞산머리 자주빛 구름 옥색빛이 섞갈려 휘돌더니
그 빛 연한 솔잎마다 그늘지는 소리

°「춘향이 생각」(『산문에 기대어』) 부분

일반적으로 두 종류의 감각이 결합된 공감각적 이미지는 시각과 청각의
결합이 많다. (가)의 "휘어드는 저녁연기"에서 "오래 잊힌 진양조 설움 한
자락"을 듣거나 (나)의 "조팝나무 가지 꽃들 속"에서 "네다섯 살짜리 아이
들 떠드는 소리"를 듣는가 하면, (다)에서 "잎새 미끄러뜨리면 한 잎새 받아
올리"는 달에서 스스릉스르릉 "거문고 소리"를 듣는 것이 그것이다. (라)에

서 "연한 솔잎마다 그늘지는 소리"는 시각적으로 재현된 사물의 형상을 돌연 청각화함으로써 다른 질감을 제공한다. 그럼으로써 시각적 이미지가 기계적으로 회귀하려는 리듬에 긴장감을 준다. 풍경과 소리, 시각적 이미지와 청각적 환영은 상호 작용하면서 단순해지기 쉬운 전개와 리듬에 새로운 긴장감을 부여해준다.

그런데 실제로 소리가 나지 않는 시각적 이미지를 청각적 이미지로 변용하는 것은 다분히 시인의 주관이 개입된 표현이다. 따라서 독자의 공감대 형성이라는 문제에 직면하게 된다 할 수 있는데, 이에 대해 고형진은 송수권의 시적 감각이 보편적인 공감을 얻으면서 시적 성취를 거두고 있다고[222] 언급했다.

이렇듯 송수권은 제1시집 『산문에 기대어』에서부터 소리 이미지에 대한 천착을 보여주었다. 「지리산 뻐꾹새」가 대표적인 시편이다. 이 시에서 송수권은 자신이 추구해나갈 시적 방향성을 제시하고, 자신이 인식하는 소리를 극명하게 표출하였다.

여러 산봉우리에 여러 마리의 뻐꾸기가
울음 울어
떼로 울음 울어
석 석 삼 년도 봄을 더 넘겨서야
나는 길든 설움에 맛이 들고

---

222 "모양을 소리의 상상력으로 정서화시키는 그의 시적 감각은 보편적 공명성을 지니면서 울림과 여운이 있는 시적 정서로 환기하는 시적 성취를 거두고 있다"(고형진, 1996, 「토박이말로 빚은 겨레의 소리와 정신」, 『서정시학』, 74쪽.)

그것이 실상은 한 마리의 뻐꾹새임을
알아냈다.

지리산하(智異山下)
한 봉우리에 숨은 실제의 뻐꾹새가
한 울음을 토해 내면
뒷산 봉우리 받아넘기고
또 뒷산 봉우리 받아넘기고
그래서 여러 마리의 뻐꾹새로 울음 우는 것을
알았다.

지리산중(智異山中)
저 연연한 산봉우리들이 다 울고나서
오래 남은 추스림 끝에
비로소 한 소리 없는 강이 열리는 것을 보았다.

섬진강 섬진강
그 힘센 물줄기가
하동쪽 남해를 흘러들어
남해군도(南海群島)의 여러 작은 섬을 밀어 올리는 것을 보았다.

봄 하룻날 그 눈물 다 슬리어서
지리산하(智異山下)에서 울던 한 마리 뻐꾹새 울음이
이승의 서러운 맨 마지막 빛깔로 남아
이 세석(細石) 철쭉꽃밭을 다 태우는 것을 보았다

° 「지리산 뻐꾹새」(『산문에 기대어』) 전문

인용 시는 '지리산 뻐꾹새'의 소리를 확산하는 기제로써 시각과 청각 등 감각을 적극적으로 활용한다. 이 시의 핵심은 '지리산 뻐꾹새의 울음소리가 빚어내는 소리의 역동적 움직임, 그리고 거기에서 유발되는 소리의 생동감에 있다.

이렇듯 그의 시에서 소리는 유동적으로 움직인다. 인용 시에서 알 수 있듯 소리에서 발생하는 파장은 고착화된 현실 세계에 균열을 만들어낸다. 그리고 이 균열은 바로 현실 세계의 변화로 이어진다. "한 봉우리에서 숨은 실제의 뻐꾸기" 울음소리가 여러 개의 산봉우리를 움직이게 하고 강을 열리게 하며, 시적 화자에게 현실을 인식하게 하는 원동력이 되고 있다.[223]

각 연의 첫 행에 시적 공간을 제시하여 주의를 환기하는 이 시는 2번의 "알았다(알아냈다)"와 3번의 "보았다"를 반복함으로써 지리산 뻐꾹새 울음을 통한 깨달음의 과정을 형상화하였다. 이때 지리산 뻐꾹새를 통해 연상되는 각각의 사물들은 개별적인 의미 항이 아니라, 반복적 소리가 만들어내는 활력과 그 활력에 따라서 증폭되는 생명력에 의해 시적 의미가 획득된다. '산봉우리 → 지리산하 → 지리산중 → 섬진강 → 세석 철쭉꽃밭'으로 이어지는 공간의 이동과 종결어미의 구심적인 반복의 리듬은 자연의 역동적인 리듬으로 수렴되기에, 송수권의 민중적 시 세계를 더욱 친밀하게 수용하게 하는 근원적인 힘이 되는 것이다.

이렇듯 시적 자아를 발견하고 객관화할 때뿐만 아니라 실존적 세계를 인식[224]하고 자신만의 개성적인 세계를 구성할 때에도 '소리'가 관여한다.

---

223 김선태는 이 시를 송수권 개인의 한(한 마리의 뻐꾹새 울음)이 삭임의 시간(오래 남은 추스름 끝)을 거쳐 집단적인 한(여러 마리의 뻐꾹새 울음)으로 보편화되는 과정으로 보았다. (김선태, 2009, 「송수권 시의 가락 연구」, 앞의 책, 77쪽)

이런 의미에서 송수권의 시에서 개인의 한이 집단적인 한으로 확장되었음을 언급한 김선태의 논의는 주목할 만하다. 그는 뻐꾹새 울음의 전개과정을 판소리 가락으로 해석[225]하고, 송수권의 시가 만들어내는 역동적인 '소리의 상법'이 시의 음악성을 배가할 뿐만 아니라 울림의 진폭을 확대하는 데에도 크게 기여하고 있음을 지적하였다.

(가)
앞강물 얼음 쩡쩡 갈리는
소리에 잠을 설쳤다는 사내들도 여럿 있었다

°「살구꽃이 돌아왔다」(『남도의 밤 식탁』) 부분

---

224 김훈은 이 시를 울음의 진정성이 증폭되어 가면서 산하를 받쳐올리는 팽창과 사무침의 과정으로 분석하였고, 고형진은 이 작품을 한국적 소리에 대한 성찰로 인식한다. 염창권은 한 사람의 한이 민중적 집단 정서로 발현되는 과정에 주목했다. (김훈, 2005, 「안으로의 울음과 밖으로의 울음」, 홍영·정일근 외, 앞의 책, 130~131쪽 참조; 고형진, 2005, 「토박이말로 빚은 겨레의 소리와 정신」, 앞의 책, 139쪽 참조; 염창권, 2005, 「흔적 찾기와 흔적 되살리기」, 위의 책, 222~223쪽 참조)

225 "여기서 주목할 점은 뻐꾹새 울음의 전개과정이 절묘한 판소리 가락을 형성하고 있다는 점이다. 1연에서 완만한 진양조로 시작한 뻐꾹새 울음이 2연 중반부에서 여러 산봉우리를 받아넘김으로써 중모리 또는 중중모리로 확산되고, 3연에서 오래 추스르며 숨을 고른 뒤, 4연에서 다시 섬진강의 힘센 물줄기가 되어 자진모리로 흐르다가, 5연에서 세석 철쭉꽃밭을 다 태우는 휘몰이로 절정에 이르는 가락이 그것이다. 이는 다시 '토해냄 → 받아넘김 → 추스림 → 열림 → 밀어올림 → 태워버림'의 과정으로 간추릴 수 있다. 또한 '지리산하 → 지리산중 → 섬진강 → 남해군도 → 세석 철쭉꽃밭'으로 이어지는 공간이동이 '상승 → 하강 → 상승'으로 굽이치면서 스케일이 크고 장중한 남성적 가락을 만들어내고 있다. 그것은 판소리로 말하면 서편제보다는 동편제에 훨씬 가깝다."(김선태, 2009, 「송수권 시의 가락 연구」, 앞의 책, 77~78쪽).

(나)

참새처럼 짹짹거리는 우리말

오리, 망아지, 토끼 하니까 되똥거리고 깡총거리며

잘도 뛰는 우리말

강아지하고 부르니까 목에 방울을 차고 달랑거리는

우리말

ㅇ「소반다듬이」(『남도의 밤 식탁』) 부분

(가) 시에서는 초봄에 얼음이 갈리는 시각적 모습이 청각적 이미지로 나타난다. 그런가 하면 (나)에서 '우리말'이라는 추상적인 대상이 "참새처럼 짹짹거리는 우리말", "깡총거리며 잘도 뛰는 우리말", "강아지하고 부르니까 목에 방울을 차고 달랑거리는 우리말"처럼 청각적으로 변환되면서 구체적인 대상으로 나타난다. 그러나 "앞강물 얼음 쩡쩡"이나 "짹짹거리는 우리말"은 소리를 사실적으로 묘사해서 대상을 실제적으로 그려내지 않는다. 오히려 된소리의 자극적 음상(音相)에 기대어 대상을 재미있게 포착한 유희적 소리라고 해야 할 것이다.

(가) 시는 전반부와 후반부가 대구를 이루고 있는데, 여기에 두 개의 의성어를 다음과 같이 대구로 배치하면 리듬의 효과가 배가된다.

[표 8] 송수권 시, 「소반 다듬이」에 나타난 음성상징어의 효과

a	오리, 망아지, 토끼 하니까 잘도 뛰는 우리말	강아지하고 부르니까 목에 방울을 찬 우리말
b	오리, 망아지, 토끼 하니까 **되똥거리고 깡총거리며** 잘도 뛰는 우리말	강아지하고 부르니까 목에 방울을 차고 **달랑거리는** 우리말

a의 문장은 전반부와 후반부가 통사적으로 동일한 구성이기 때문에 이미 대구가 이루어지면서 반복에 의한 리듬감이 형성된다. 그런데 여기서 b와 같이 음성상징어가 첨가되면 의미상의 대응보다는 음성 상의 대응이 두드러지게 된다. 의성어는 기의와 기표가 긴밀하게 결합하여 시적 의미에 참여한다기보다는 소리의 유희성을 만들어내는 역할을 주로 하기 때문이다. 실사(實辭)인 오리, 망아지, 토끼에 음악적으로 상응하는 '소리'로 경쾌한 리듬을 만들어주는 역할을 한다. 이렇게 볼 때, 음성상징어는 박자와 리듬을 끌고 가는 소리이자 동력이 되기도 한다. "쩡쩡"이나 "짹짹"은 소리를 모방하는 과정에서 오는 언어유희적 즐거움까지를 가미한 경우이다. 이와 같은 경우에 의성어는 대상에 활력을 부여하며 말 자체의 감각을 즐기는 어희성(語戲性)을 부각하는 기능을 하고 있다.[226]

이렇듯 송수권은 자신의 시 세계의 전면에 의성어와 의태어를 적절히 배치하여, 울림과 여운의 시적 정서를 환기하고 시적 대상에 활력을 부여함으로써 미학적 성취를 이뤘다. 예를 들면 송수권의 텍스트는 풍부한 청각적 이미지를 보유하고 있는데, 이 소리는 대상을 동질화시키며 반복의 리듬을 만들어낸다.

그의 시에서 많이 제시되는 의성어에서 보듯이 청각적 요소는 기의보다는 기표로 작용하며, 지루한 반복에 강세를 넣어 구심적 리듬을 지속시키

---

226 성기옥에 따르면 의성어, 의태어는 시 텍스트에서 미학적으로 두 가지 역할을 한다. 감각적으로 대상을 재현해 내 시적 인식이나 주제를 구현하는 형상적 기능과 대상에 활력과 현실성을 부여하여 시적 정조를 조성하는 유희적 기능이 그것이다. (성기옥, 1993, 「의성어, 의태어의 시적 위상과 기능」, 『새국어생활』 제3권 제2호, 124~128쪽 참조).

고 활성화한다. 일관되게 드러나는 리듬과 텍스트의 반복은 대상을 동질화
시켜 하나의 패턴 안에 균질적으로 수렴하는 양상을 보여준다. 이때 소리
나 이야기는 새로운 호흡을 만들어주며, 리듬은 시적 전언에 적극적으로
상호작용한다. 이러한 과정에서 송수권 시 리듬의 스펙트럼이 펼쳐진다.
여기에는 전통의 소리를 통해 마음의 안식처이자 안락을 주는 고향 공간을
복원하고자 하는 욕망이 투사되어 있다.

이상과 같은 고찰을 통해서 송수권은 '소리의 상법'을 시 전반에 적극적
으로 활용함으로써 소리 이미지의 역동성을 여실히 보여준 시인이며, 전통
서정의 미학을 개성적으로 추구한 시인이라는 것을 확인하였다.

(3) 음식을 통한 원초적 이미지

자연 세계와 전통정신을 시적 뿌리로 삼은 송수권은 음식시를 통해서
자신이 지향하는 세계를 그려내고자 하였다. 그는 음식의 맛을 제시하는
데에 다양한 감각을 동원함으로써 인간 정신의 최초 지점인 원형[227]감각을
발현시키고자 하였다. 그러므로 그의 시에서 음식은 단순히 먹거리나 욕구
의 대상으로 표현되지 않고, 소재의 차원을 벗어나서 주체의 내면을 드러
내는 기제가 된다. 송수권 시의 주조적인 정서가 토속성과 애니미즘에 기
반을 둔 원초성이란 점을 감안할 때 남도의 음식문화가 제시된 일련의
시편들은 그가 지향한 세계가 무엇인지를 보여주고 있다.

이런 측면에서 송수권의 음식 서사를 따라가다 보면, 시 정신의 바탕이

---

227 원형은 그 자체가 '잠재성의 체계'이며 '불가시적인 힘의 중심', '역동적 핵심', 혹은
  '심리 현상의 강력한 구조 요인'들이다. (유형근·진형준, 2001, 『이미지』, 살림, 147쪽.)

되는 남도정신[228]과 풍류의식[229]을 만나게 된다. 이것과 관련 있는 대표적인 음식 이미지가 '순채(蓴菜)'이다. 송수권은 이 음식을 통해서 남도 음식이 질퍽하고 질탕한 것이 아닌 '검약과 절제의 선풍(仙風)을 타는 민족 고유의 식탁이란 점을 강조하며, 뿌리 깊은 전통 식탁'의 이미지를 그려낸다.[230] 즉, 그의 시는 오늘날 거의 자취를 감춘 전통음식과 사라지고 있는 음식을 '남도 식탁의 밤'이란 상징적 비유를 통해 제시함으로써, 먹는 행위를 화자의 결핍된 욕망을 메꾸는 것에 두지 않고, 민족의 정신적 차원으로 확대하고자 하였다.

이를 증명하듯 그는 음식 에세이집 『남도의 맛과 멋』[231], 『풍류 맛 기행』[232]을 통해 남도의 음식문화와 팔도의 음식을 총정리하였다. 그 후 남도

---

228 송수권은 스스로 남도의 3대 정신을 표방하며 시를 썼다. 그의 시 세계에서 남도의 토양과 식생을 상징하는 3가지 상징은 바로 '황토의 정신', '대나무의 정신', '뻘의 정신'이다. 이는 학문적으로 정립된 용어는 아니지만, 송수권의 시 정신이자 시론으로 해석되고 있다. 이는 산수 정신이며 선(仙), 불(佛), 유(儒)가 융합되고 이후에는 풍류의식으로 융합된다. (김선태, 2016, 「송수권의 시론 정립을 위한 시론」, 『현대문학이론연구』 제67집, 37~42쪽.)

229 이런 음식시와 관련해서 송수권은 풍류에서 풍(風)은 하늘을 흐르는 바람이요, 류(流)는 땅을 흐르는 맑은 물이라 명명한다. (송수권, 2014, 「남도의 맛과 멋 – 풍류도 밥상에서 나온다」, 『오늘의가사문학』, 1월호, 86쪽 참조.)

230 그의 시에서 제시되는 순채는 농어회와 함께 곁들여 먹는 음식이다. 혹자는 식도락가나 선비들이 즐겨 찾던 시식이기도 하였던 순채를 일컬어 순갱노회 혹은 순로라 불렀다. 물풀과에 속하는 순채는 동의보감에는 뇌혈관의 청혈제로 소개되어 있다. 일급수에서만 우무덩어리가 열리는 물풀인 순채를 일본의 고급 식당에서는 물 속의 안테나 또는 환상의 물풀이라 부른다. 송수권은 음식이 지닌 재료의 기질을 청기와 탁기로 구분하는데, 그에 따르면 순채는 맑은 기운을 뜻하는 청기의 음식이다. (송수권, 2014, 앞의 글 86~87쪽 참조.)

231 송수권, 1996, 『남도의 맛과 멋』, 창공사.

232 송수권, 2003, 『시인 송수권의 풍류 맛 기행』, 고요아침.

음식에 관한 시 80여 편을 따로 모아서 본격적인 음식시집 『남도의 밤 식탁』(2012)을 발간했다. 그 연장 선상에서 『통』(2013)을 발간하였고[233] 「남 도의 맛과 멋 — 남도의 밤 식탁」을 연재[234]할 만큼 남도 사람들의 삶과 음식문화에 천착했다.

남도 음식문화의 특징 중 하나는 발효와 삭힘에 있다. 특히 음식을 만드 는 데에 기본 재료가 되는 장류 등은 미생물의 화학적 변화에 필요한 기다 림의 시간을 거쳐야 맛볼 수 있는 것들이다. 즉, 발효와 삭힘을 통해서 아직 생성되지 못한 것을 숙성된 맛으로 변환시키는 과정을 기다려야 하는 남도 음식은 그의 사상적 뿌리인 풍류의식의 절제 정신과 맞물려 있다.[235]

이와 같은 송수권의 음식 지향에 대하여 류지현은 다음과 같이 언급한 다. "기다림의 성찬이 주는 감각은 강렬하다. 반가운 이와의 밤 식탁은 기 다림으로 삭혀둔 홍어의 맛으로 그득할 것이다. 곁두리 소반상으로 나누는 홍어 맛은 겨우내 지리한 기다림을 일소하는 강렬한 미각을 가지고 있다.

---

233 음식 시에 관한 관심은 제9시집 『수저통에 비치는 저녁노을』(1998)에서부터 촉발되기 시작한다. 이 시집에는 「수저통에 비치는 저녁노을」, 「황포묵」, 「남도의 밤 식탁」, 「곰 소항」, 「깡통 식혜를 들며」, 「그늘」, 「황태나 굴비 사려」 등 음식 관련 시가 실려 있다.

234 송수권, 2015, 「남도의 맛과 멋」, 『오늘의 가사문학』, 고요아침, 봄호~겨울호.

235 동양의 전통사상에서 형성된 풍류정신은 복잡한 지류와 계보가 형성되어 있어서 그 뜻을 일률적으로 해명할 수는 없다. 동양사적 측면에서는 전통서정시, 종교적 측면에서 무속과 유·불·선의 사상 등이 융합되어 있다. 하지만 우리나라의 경우에는 유·불·선의 도입 이전부터 민족 고유의 신앙이자 종교적 심상으로 자리한 샤머니즘에서 그 기원을 찾기도 한다. 뒤에 유·불·선의 정신이 융화되면서 풍류의 정신은 새로운 차원으로 발전 하고 변모하였지만, 민족 본래의 심상에 내재하면서 오늘날까지 연속성을 유지하고 있다. 따라서 풍류정신은 신라 화랑도와 샤머니즘이 혼융된 전통적 가치관이자 사상체 계로 논의되고, 한국사상의 본질로 이해되기도 한다. (김경선, 2012, 『송수권 시의 풍류 정신 연구』 조선대학교 석사학위논문 참조.)

기다림이 만든 꽃피는 날의 식탁은 겨우내 함박눈 속에 지루하게 파묻힌 자아를 일깨우는[236]" 매운 기제가 된다 해명하고 있다. 이렇듯 음식 이미지를 형상화할 때 송수권이 가장 주안점을 둔 것은 음식이 함의하는 정신적 가치였다.

그러므로 인식론적 차원으로 구현되는 그의 음식시는 남도라는 지역성에 함몰되지 않는다. 그의 시는 삶의 원형과 연계하여 음식 이미지를 형상화하고, 타자와의 연대를 통해 보편성을 획득한다. 이처럼 특수성과 보편성의 양립이 가능한 이유는 그가 표출하는 음식 이미지가 유년의 기억과 설화를 통해 표출됨으로써 우리에게 친근한 민족 고유의 정서로 구현되기 때문이다.

이런 측면에서 그의 음식시는 한국인의 정신적 뿌리와 삶의 원형을 보여준다고 할 수 있다. 이것은 다분히 현대의 도시적 삶과 동떨어져 있지만, 그렇다고 그의 음식시를 과거지향의 복고적인 것으로만 볼 수는 없다.[237] 그의 음식시는 서구문화에 경도되어 정체성을 찾지 못하는 식민화된 우리 문화에 대한 비판으로 이어진다. 그뿐만 아니라 송수권은 음식시를 통해서 오늘날 현대문명이 직면한 위기를 일깨우고 있다. 하지만 그의 음식 이미지에 대해서는 시인의 자전적 시론과 대담을 제외하고 본격적으로 논의하려는 시도가 미진하다.[238] 따라서 이 연구는 음식 먹는 행위를 인식론적 차원에서 논의하고, 시에 동원된 감각적 효과를 구체적으로 살핌으로써

---

236 류지현, 2005, 앞의 글, 224~225쪽.
237 김준오, 2005, 앞의 글, 31쪽.
238 현재까지 송수권에 대한 11편의 학위논문에서 음식 시를 별도로 논의한 논문은 없고, 57편의 학술지 논문에서도 하나의 테마로 분석한 연구는 없다.

송수권의 음식시에 나타난 의미를 고찰하려 한다.

그동안 음식은 인간의 본능적인 욕구의 대상으로만 간주되어 정신활동의 극점에 놓여 있는 시의 주된 관심사가 못 되었다.[239] 하지만 음식에 대한 담론이 활발해지면서 인류학과 사회학의 영역에서만이 아니라 문학계 일반에서도 음식시를 논의하게 되었다. 음식시와 음식 비평에 관한 연구는 문학 속 인물이 음식을 먹는 태도와 그가 먹는 음식을 통해 그의 개별적 성격 그리고 심리와 더불어 그가 살고 있는 세계의 사회학과 문화적 가치에 대해서도 알려준다.[240] 그래서 인류학자 코니한은 '음식은 삶이 다'라고 말할 수 있으며, 거꾸로 음식을 통해서 인간의 삶을 연구하고 이해할 수 있다고 말한다.[241]

이렇게 단순한 욕구를 넘어선 음식에 대한 지향성은, 따듯했던 유년의 고향 정서를 노래한 정지용, 백석의 시에서도 찾아볼 수 있다.[242] 그리고 송수권의 시에서도 중요한 시적 비유의 대상인 음식은 몸의 욕구로써 형상화된다기보다는 그 이상의 가치를 담지하기 위해서 동원되었음을 알 수 있다.

이런 측면에서 다음과 같은 질문이 제기된다. 송수권의 음식시는 어떤

---

239 고형진, 2013, 「백석의 음식 기행, 우리 문화와 역사의 탐미」, 『백석 시를 읽는다는 것』, 문학동네, 57쪽.

240 로널드 르블랑(조주관 역), 2015, 『음식과 성 : 도스토예프스키와 톨스토이』, 그린비, 25쪽.

241 소래섭, 2007, 『백석 시에 나타난 음식의 의미 연구』, 서울대학교 박사학위논문, 20쪽.

242 일제 강점기에 최남선, 김소월, 이상화에게 음식('밥')은 바로 자유를 위한 제재였고, 경향 문학도 문학적 대응을 보여주지만, 뚜렷한 시적 성취를 이뤘다고 하기는 어렵다. 이상(李箱), 주요한, 정지용에게서 음식시의 일면을 엿볼 수 있다. (김주언, 2017, 「한국 음식시의 맥락과 가능성」, 『우리어문연구』 58집, 우리어문학회, 37~38쪽 참조.)

기법으로 형상화되는가. 다채로운 음식의 맛을 감각기관을 통해서 체험한 주체가 인식하게 되는 것은 무엇인가. 그리고 이렇게 지각하게 되는 것은 우리가 이해하는 현실 세계의 실체와 얼마나 근접한가.

송수권의 시에서 다루어지는 음식은 원시적인 자연의 소재와 전통적인 것, 현대문명의 문화적인 소재를 동시에 아우르고 있다. 자연소재와 전통적 소재로 형상화되는 음식들은 예전에는 우리가 일상에서 쉽게 접하던 음식들이었다. 즉, 계층을 구별하지 않고, 누구나 먹을 수 있는 음식들이었지만 지금은 명절이나 특수한 지역에서만 맛볼 수 있는 음식이 되었다. 그의 음식시들은 이런 자연소재와 전통음식의 이미지를 잘 보여준다. 이런 점을 염두에 두고 그의 음식시를 유형별로 나누면 다음과 같다.[243]

- 공동체적 의식

「별밤지기·1-복국」[244], 「황태나 굴비 사려」, 「그늘」, 「돌머리 물빛-안동 백비탕」, 「삼대 숯불구이」, 「남도의 밤 식탁」, 「봉평 장날-올챙이 묵」, 「어초장·2-밥때 알리는 꽃」, 「보리누름」, 「대구」, 「김치」, 「무젓」, 「궁발거사」, 「덧정」, 「떡살」, 「열무밭을 지나다가」, 「風水自然」, 「멀미」, 「통박」, 「뽕」, 「흙에 뿌린 이 슬픔 이 기쁨」, 「고흥표 토종 갓물김치」, 「김치와 서정시」, 「묵밥」, 「고흥 서대」, 「진굴젓」, 「물김치」, 「유자청」, 「살구꽃이

---

243 다음의 유형화는 지배적인 이미지를 위주로 하여 분류하였음을 미리 밝혀둔다. 한 편의 시가 두세 가지 복합적 내용을 담고 있는 경우가 많으므로 이 유형은 서로 넘나들기도 한다.

244 "이게, 얼마 만이냐/ 다리와 다리가 만나는 슬픈 가족사(家族史)의 밤/ 암으로 죽어가면서 암인 줄도 모르면서/ 마른 복국이 먹고 싶다는 아버지 부름 따라/ 옛집에 오니 밤 개는 컹컹 짖어/ 약속이나 한 듯이 흰 눈은 또 퍼부어/ 우리 부자 복국 끓여 먹고" (「별밤지기·1-복국」 초반부)

돌아왔다」, 「안동 유과」, 「월포 매생이」, 「뎅이굴」, 「굴 파전」, 「내빌눈」,
「봄날, 영산포구에서·2」 「봄날, 영산포구에서·3」 「봄날, 영산포구에서·
4」, 「서백당 대추란」, 「금소리 예천임씨 종택을 지나며」 등

- 원초적 감각

「장구섬 꽃게장집」[245], 「시골길 또는 술통」, 「장 달이는 날」, 「황포묵」,
「황복」, 「소반다듬이」, 「홍탁」, 「겨울 강구항 –대게를 먹으며」, 「깅이죽」,
「밤젓」, 「묵」, 「통」, 「전어회」, 「왱병」 등

- 현대문명 비판

「곰소의 갈매기」[246], 「감귤과 오렌지」[247], 「뻐꾹새 운다」, 「소금산–젓
갈」 등

- 재생과 원형적 이미지

「당신의 즐거운 디저트」[248], 「방아실 앞」[249], 「봄날, 영산포구에서.1」,

---

245 "내리 묵은 간장으로만 꽃게장을 담근다는/ 그 집 앞을 지나면 장구 소리에 귀 먹먹하
다/ 그 집 앞을 지나면 혓바닥이 장구채처럼 논다"(「장구섬 꽃게장집」 부분)

246 "등대 끝을 선회하며 원을 긋던 갈매기들은/ 눈이 충혈된 채/ 이따금 벌판 깊숙이
쳐들어와 새우장을 습격한다/ 그때마다 녹음된 여러 개의 스피커에서 지축을 흔드는
砲소리가 터져 나와/ 내소사 관음봉 일대의 산들이 주저앉을 듯이 흔들리고/ 갈매기들
은 다시 먼 바다로 쫓겨난다"(「곰소의 갈매기」 초반부)

247 벨기에산 돼지고기와 포도주, 코카콜라가/ 다이옥신 파동으로 전세계가 끓던 날/ 밤
두시 식탁에 앉아 감귤을 까면서/ 그 노란색에 경악한다/ 그것이 살포용이 아닌 제주산
감귤인데도/ 왜 오렌지 폭탄으로 보이는 걸까 (「감귤과 오렌지」 초반부)

248 "서귀포 오구대왕님/ 저의 육신은 너무 때 묻고/ 저의 혼은 너무 질겨서/ 대왕님 석쇠
위에서 이 질긴 고기/ 잘 익을 수 있을까요/ 어젯밤 잠 속에서도/ 검은 상복차림 저승차
사 두 놈이/ 벌컥 문을 열고 들어와 육환장을 내리쩍으면서/ 에쿠야 이 살덤버지 에쿠
야 이 살덤버지/ 쿵쿵 코를 말더니/ 에취야 이 비린내 에취야 이 비린내/ 육환장은

「젯날」, 「안성장터」, 「깡통 식혜를 들며」, 「저녁 연기」, 「하얀 목련」, 「자목련이 지는 날은」, 「도시락 뚜껑을 열다가」, 「얼간재비-간고등어」, 「봄날-주꾸미 회」, 「곰취」, 「어초장 詩 2」, 「새벽은 부엌에서 온다」, 「묵호항-오징어」, 「탕평채」, 「노랑부리저어새」 등

- 그로테스크한 이미지

야생의 식탁 연작시 「북 치는 원숭이-야생의 식탁·1」[250], 「조장(鳥葬)·1」[251], 「불도장-야생의 식탁·2」, 「비파 열매-야생의 식탁·3」 「숲속의 악기-야생의 식탁·4」, 「조장(鳥葬)·2」 등

- 자아 성찰과 자의식 발현

「소금」[252], 「맥주병」[253], 「곰소항」, 「물염정 詩」, 「혀 밑에 감춘 사과씨」,

고사하고 토악질까지 해대면서/문밖을 뛰쳐나가는 것을 보았습니다."(「당신의 즐거운 디저트」 1연)

249 "삼룡이는 디딜방아 딛고, 흰순이는 떡살을 우기고/ 그런 날은 흰 눈을 맞으며/ 나는 팽이를 쳤다// 방아실 앞을 지나면/ 지금도 한 樂師가 울리는 거문고 소리에 이빠진 박달나무 절구가 마음 속에 비쳐오고/ 어디선가 흰 가래떡이 넘어진다"(「방아실 앞」 후반부)

250 "원숭이 꿀통을 한 숟갈씩 떠먹는 이 맛,/ 골통이 텅 빈 채로 마지막까지 북을 치는 레서스/ 그 북소리 따라 광저우의 일급 熟手가 결정되는 시각/ 한여름 밤의 꿈은 무르익고 턴테이블은 빙빙 돌고"(「북 치는 원숭이 — 야생의 식탁·1」 부분)

251 "늑골이 갈라지고 두개골이 빠개지고/ 콩비지 같이 흘러나온 뇌수와 체액들이/ 아크 가죽 담요 위에서 밥통처럼 엎질러진다/산산이 조각난 뼈와 살점들과 내장들을/ 타르초 깃발이 나부끼는 언덕 위에 내어다 놓고/ 뼈피리를 불며 트웬펜은/ 다시 독수리떼들을 불러모은다"(「조장(鳥葬)·1」 후반부)

252 "나는 소금이고 싶다/ 저 바닷물을 다 퍼올려서/ 오뉴월 땡볕에/ 땡땡 여문 소금이고 싶다// 싱거운 것을 짜게 하고/ 싱거운 삶을 짜게 하고/ 우리들의 독 속에 갇힌 자유/ 우리들의 독 속에 갇힌 일분의 평화/ 썩히지 않기 위해서라도/ 나는 소금이고 싶다."(「소금」 1, 2연)

「말고기」, 「바지락을 캐며」, 「도가니탕」, 「혼자 먹는 밥」, 「숙주나물과 청령포」 등

한편, 인간을 비롯한 모든 생명체에게 먹는 행위는 원초적인 욕구와 직결된다. 또한 동서고금을 막론하고 음식을 함께 먹는 행위는 친밀함과 관련이 있다. 가령 '식구(食口)'라는 단어에는 같은 집에 살면서 음식을 함께 먹은 입 즉, 혈연관계라는 사회학적 의미망이 내재되어 있다.

이런 측면에서 특정한 지역의 음식문화는 그 지방 사람들의 의식과 기질을 형성한다고 볼 수 있다. 종가집이나 누정 문화의 음식이 일반 서민의 음식과 구별되어왔음도 이 때문이다. 이것이 이른바 식성이며 '삶은 음식에서 길러진다'는 말은 이를 두고 한 말이다.[254] 따라서 음식을 나눠 먹는 행위는 타자와 내가 연대하며 동화되는 지극히 사회적이며, 공동체적인 의미를 함축하는 것이다. 이에 대해 다이앤 애커먼은 『감각의 박물관』에서 다음과 같이 이야기한다.

다른 감각들은 혼자서도 그 아름다움을 온전히 즐길 수 있지만, 미각은 대단히 사회적이다. 우리는 대개 가족들과 함께 식사하므로 '빵을 함께 나누는 것'은 외부인을 가족과 연결해주는 상징적 행위가 된다.[255]

우리가 타인에게 음식을 함께 먹자 요청하는 것은 상대에게 친밀감을

---

253 "그대 한때는 멋으로 까버린/ 나는 빈 맥주병이야/ 어쩌다 저 여름날의 바다에 떠도는/ 나는 빈 맥주병이야/ 보는 친구들마다 욕을 하더군"(「맥주병」 전반부)
254 송수권, 2012, 『남도의 밤식탁』, 작가, 152쪽.
255 다이앤 애커먼(백영미 역), 2004, 『감각의 박물학』, 작가정신, 450쪽.

표현하기 위한 의사표현이다. 또한 자신의 생존과 직결되는 음식을 함께 나눠 먹는 것은 타자에 대한 사회적 차원의 행위다. 이런 점을 감안하면, 음식을 통해서 공동체적 삶을 추구하는 방식은 백석과 송수권의 음식시에서 공통적으로 발견된다.[256]

한국의 현대시사에서 음식을 처음으로 시적 비유의 대상으로 삼은 시인은 김소월과 최남선이지만 이에 대한 감각적인 형상화는 이루어지지 않았다. 이들 이후에 등장한 백석은 음식을 단순한 먹거리의 대상으로 형상화하지 않고, 음식 이상의 것을 의미하기 위해 음식을 동원하였다.[257] 그의 시에 나오는 음식의 종류만 150여 개가 되는데, 이런 음식 소재를 통해 백석은 자신의 집단적 정체성을 민족의 테두리를 넘어 보편적 인류애와 범생명주의로까지 확장시킨다. 이런 성향은 송수권의 음식시에서도 확인할 수 있다. 이런 유사성과 관련해서 송수권은 자신의 시가 백석의 영향을 받았음을 고백한 바 있다.[258]

다음 인용 시를 통해서 두 시인의 음식시가 어떻게 겹치는지 구체적인 영향 관계를 살펴보면 다음과 같다.

---

256 음식시라는 장르는 학계에서 이론으로 정립된 것은 아니나 선행연구 등에서 통용되고 있는 용어다. 이에 따라 이 연구는 음식 소재의 소재를 음식시라 칭하였음을 밝힌다.

257 일제강점기에 최남선, 김소월, 이상화에게 음식('밥')은 바로 자유를 위한 제재였고, 경향 문학도 문학적 대응을 보여주지만, 뚜렷한 시적 성취를 이뤘다고 하기는 어렵다. 이상(李箱), 주요한, 정지용에게서 음식시의 일면을 엿볼 수 있다(김주언, 2017, 「한국 음식시의 맥락과 가능성」, 『우리어문연구』 58집, 우리어문학회, 37~38쪽 참조).

258 『오늘의 가사문학』에 2014년 겨울호~2015년 겨울호까지 발표한 「남도의 맛과 멋」 연재 산문(자전적 시론과 대담), 시집 『남도의 밤 식탁』에 실린 자전적 시론, 시집 『퉁』에 실린 시인의 산문, 배한봉과의 대담(「거침없는 가락의 힘, 그 곡즉전(曲卽全)의 삶」, 최한선과의 대담(「맛과 멋의 시인, 풍류 시인 송수권을 찾아서」) 등을 논의의 자료로 삼는다.

(가)

이 흰 바람벽에

내 가난한 **늙은 어머니**가

이렇게 시퍼러둥둥하니 추운 날인데 차디찬 물에 손을 담그고

무이며 배추를 씻고 있다

또 내 사랑하는 사람이 있다

내 사랑하는 어여쁜 사람이

어느 먼 <u>앞대 조용한 개포가</u>의 나지막한 집에서

그의 지아비와 마주 앉어 대구국을 끓여놓고 저녁을 먹는다

벌써 **어린것**도 생겨서 옆에 끼고 저녁을 먹는다.

° 백석, 「흰 바람벽이 있어」 부분

(나)

앵두꽃이 피었다 일러라 살구꽃이 피었다 일러라

또 복사꽃도 피었다 일러라

할머니 마루 끝에 나앉아 무연히 앞산을 보신다

등이 간지러운지 자꾸만 등을 긁으신다

올해는 철이 일들었나 보다라고 말하는 사이

그 앞산에도 진달래꽃 분홍 불이 붙었다

<u>앞대 개포가</u>에선 또 나즉한 뱃고동이 운다

집집마다 부뚜막에선 왱병이 울고 야야, 주꾸미

배가 들었구나, 할머니 쩝쩝 입맛을 다신다

빙초산 맛이 입에 들척지근하고 새콤한 것이

달기가 햇뻐꾸기 소리 같다

아버지 주꾸미 한 뭇을 사오셨다 어머니 고추장
된장을 버무려 또 부뚜막의 왱병을 기울이신다
주꾸미 대가리를 씹을 때마다 톡톡 알이 터지면서
아삭아삭 씹히는 맛, 아버지 하신 말씀,
니 할매는 이 맛을 두고 어찌 갔을거나

환장한 환장한 봄날이었다
집집마다 부뚜막에선 왱병이 오도방정을 떨고
앞대 개포가에선
또 나즉한 뱃고동이 울었다.

°송수권, 「봄날, 영산포구에서」²⁵⁹(『남도의 밤 식탁』) 전문.
진한 표시와 밑줄=필자.

인용한 두 시의 공간적 배경이 동일하다. (가)는 밑줄 친 "앞대 조용한 개포가"가, (나) 역시 '조용한'이라는 수식어가 생략된 채 "앞대 개포가"로 제시되었다. 또한, 두 시의 등장인물들은 3대에 걸쳐 있다. (가)는 늙은 어머니-나와 아내-어린 것, (나)는 할머니-아버지-화자가 그것이다. 이는 우연의 일치라고 보기엔 너무나 유사한 것으로 송수권의 고백처럼 의도적인 변형임을 짐작할 수 있다.

한편, 두 시인의 음식시에서의 차이점은 음식의 맛이나 감각에 대한 직접적 표현이다. 백석의 시에서는 '대구국'의 맛이 어떤지에 대한 구체적인

---

259 『남도의 밤 식탁』에 「봄날, 영산포구에서」라는 제목에 '주꾸미 회'라는 부제가 붙어 발표되었으나, 『퉁』에 제목만 바뀌어 「봄날, 영산포구에서. 1」로 게재됨.

묘사가 없다.[260] 그러나 송수권의 음식시는 위의 사례에서 알 수 있듯이 "빙초산 맛이 입에 들척지근하고 새콤한 것이/ 달기가 햇뻐꾸기 소리 같다"든지, "주꾸미 대가리를 씹을 때마다 톡톡 알이 터지면서/ 아삭아삭 씹히는 맛"과 같이 감각을 의도적으로 활용하여 대상의 맛을 재현해 내고, 독자의 원초적 감각을 직접 일깨우는 방식을 활용한다.

그런데 여기서 가장 중요한 점은, 두 시인의 시에서 음식을 먹는 행위가 어떤 의미인가 하는 것이다. 먼저 백석의 시에서 음식을 먹는 것은 대부분 과거의 행복했던 기억과 관련된다. 백석은 음식을 통해 다시는 돌아갈 수 없는 행복한 '그 시절의 그곳'을 호명하고자 했다.[261] 「흰 바람벽이 있어」에서도 "대구국을 끓여놓고 저녁을 먹는" 행위는 그를 행복했던 과거로 인도하는 매개체이다. 흰 바람벽을 바라보면서 멀리 떨어져 있는 어머니를 떠올리며, 화자가 안타까움과 외로움을 느낀다. 이에 "내 사랑하는 어여쁜 사람"이 "어린 것"을 옆에 끼고 음식을 함께 먹는 행위를 상상하면서 공동체적 연대감은 회복 또는 유지된다.

이는 송수권의 시에서 음식을 먹는 행위의 의미와도 연관된다. 인용 시 (나) 1연의 뱃고동이 울고 "집집마다 부뚜막에선 왱병이 울" 때 "주꾸미 배가 들었다"고 입맛을 쩝쩝 다시던 할머니를 그리워하는 아버지의 욕망은 2연에서 "니 할매는 이 맛을 두고 어찌 갔을거나"하는 안타까운 독백으

---

260 백석의 음식 시에 나타나는 다음과 같은 묘사는 송수권의 그것에 비해 덜 감각적이다. "인절미 송구떡 콩가루차떡의 내음새", "무이징게국을 끓이는 맛있는 내음새"(「여우난 골族」), 구수한 내음새 곰국(「고야」), "김냄새 나는 비"(「통영」), "미역냄새 나는 덧문"(「시기의 바다」), "시큼한 배척한 퀴퀴한 이 내음새"(「북관」), "콩기름 쪼리는 내음새"(「안동」), "얼근한 비릿한 구릿한 이 맛"(「북관」) "송이버섯의 내음새"(「머루밤」)
261 오성호, 2020, 「백석 시에 나타난 음식과 그 의미」, 『배달말학회』 66호, 배달말, 287쪽.

로 제시된다. 말하자면 송수권의 시에서도 음식을 먹는 행위는 행복했던 과거를 회상하게 하는 매개체이고, 가족 공동체의 유대감을 회복하거나 강화하는 행위가 된다. 더 나아가서 '왱병소리'와 물의 모성적 이미지가 중첩되며, 차안과 피안의 경계를 무너뜨린다.

이런 측면에서 (나)는 우주의 섭리에 따른 재생과 소멸이라는 원형성이 잘 드러나 있다.[262] 시의 물리적 장소인 영산포구는 이승과 저승, 지상과 우주를 연결하는, 이상적 공간으로 이동된다. 이에 대하여 이사라는 송수권 시의 구조가 삶→죽음→재생이라는 긍정적 원형구조(原型構造)를 지니고 있다고 지적하며 이는 원형적 삶에 거처하고자 하는 것이 송수권의 의식세계란 점을 조망하였다.[263] 그의 대표작인 「산문에 기대어」에서도 유사한 구조가 나타난다. 이 시는 죽은 누이에게 시적 화자가 한 잔의 술을 따라놓고, 말을 건네는 방식으로 전개된다. 죽은 누이를 살아서 보고 싶은 욕망은 "내 한잔은 마시고/ 한 잔은 비워"두며 술을 따르는 행위로 나타난다. 즉, 이런 제의(祭儀)를 통해서 이승과 저승의 경계는 사라지며 죽음이 무화되는 것이다. (나)에서 주꾸미를 먹으며 돌아가신 할머니를 그리워하는 아버지가 이에 해당한다. 그런데 이와 같은 부활과 재생의식은 원초적 상상력과 그 맥이 닿아 있다.

---

262 송수권 시에 나타난 갈망은 문명화된 도시적 삶에서 보편적인 원형으로서의 고향을 꿈꾸는 것이다. 하지만 송수권이 꿈꾸는 고향은 현실에서는 이루어질 수 없다. 이러한 고향의 상실과 어머니의 부재는 그에게 비애와 '한'의 정서를 불러온다. 유년시절, 어머니와 동생을 잃은 절실한 슬픔은 한이 되고, 그 슬픔은 불교적 사유를 통해 재생과 부활 의지로 초극된다. (송수권, 2005, 「생기로 피는 한, 부활의 힘과 역동성」, 홍영·정일근 외, 앞의 책, 599~608쪽 참조.)

263 이사라, 2005, 앞의 글, 100쪽.

도입부에서 봄날, 마루에 앉은 '할머니'의 모습과 선명한 꽃의 상징적 이미지가 교차된다. 한 발짝 더 나아가 순간을 사는 '앵두꽃', '살구꽃'의 소멸의 이미지를 영속적인 강물 이미지와 대비하여 보여주고 있다. 이런 과정에서 시각과 청각, 미각, 촉각 등의 이미지와 이미지를 연결하여 정서를 구체화한다. 그럼으로써 고도의 이미지 중첩이 만들어내는 뛰어난 감각적 구조체가 형상화되고 있다. 전통서정시에서 꽃은 재생과 죽음의식을 의미하는 원형 심상이다.[264] 이에 비해 강물은 생명의 근원이자 영속성을 나타내는 상징이다.[265]

(나)의 구조를 살펴보면 1연에서 등장하는 할머니를 다음 연에서 다시 추억하는 방식으로 이루어져 있다. 주꾸미 맛을 감각적으로 제시하며, "니 할매는 이 맛을 두고 어찌 갔을 거나"라고 안타까워하는 아버지의 독백이 이어진다. 과거에 함께 음식을 먹었던 기억을 떠올리며 돌아가신 할머니를 다시 현실의 장으로 되돌아오게 한다. 이렇게 음식을 통한 이미지는 전생과 현생을 한통속이 되게끔 감싸 안고, 타자와 나를 동일시하게 하며, 삶 전체를 생각하게 하는 폭넓은 의미의 장을 만들어낸다. 이 시는 죽음이란 인간의 비극적 운명을 담담히 받아들이며, 재생과 소멸의 꽃 이미지와 대비를 통해 다시 삶을 이어간다는, 원형적 심상을 잘 보여주는 사례이기도 하다. 이에 대하여 김준오는[266] "한국인의 정신적 뿌리로서 정서의 원형을 보여주며, 이 정서의 뿌리에 거처하고자 하는 것이 송수권의 의식세계"[267]

---

264 이승훈, 1995, 『문학 상징 사전』, 고려원, 80쪽 참조.
265 이승훈, 1995, 위의 책, 12쪽 참조.
266 김준오, 2005, 앞의 글, 35쪽.
267 김준오, 2005, 앞의 글, 31쪽.

라 언급한다. 그런 점에서 이 시는 송수권의 시 세계 전체를 관통하는 핵심 시편이라 할 수 있다.

이렇게 그의 음식시에 나타난 원형성은[268]은 자연 이미지와 음식 등 사물의 맛과 냄새에 스며든 감각을 통해서 산 자와 죽은 자가 소통하게 하고, 동화를 이루게 한다. 이런 재생의식을 잘 보여주는 것이 우리의 제사 문화라 할 것이다. 조상이 좋아한 음식을 정성껏 마련하고, 제의가 끝난 후에 함께 음복하는 행위는 이 세계를 이승과 저승으로 구분하지 않고, 모두 하나가 된다는 의미를 함축하고 있다.

한편, 송수권의 시에 등장하는 음식은 역사적 의미를 지닌 대상으로까지 치환되기도 한다. 특히 유년의 미각적 체험을 회상하는 시편들이 그러하다. 할머니가 만들어주던 음식을 그리워하는 「깡통 식혜를 들며」가 여기에 해당한다. 즉 그의 시에서 먹는 행위는 주로 고향에서 겪은 따뜻한 정서와 관련이 있으므로 토포필리아적 고찰이 가능하지만, 그렇다고 해서 그의 음식시가 단순히 고향에 대한 향수나 미각적 체험에만 사로잡혀 있는 것은 아니다. 일련의 시편에서 볼 수 있는 다채로운 이미지와 원초적 감각은 자연의 지극한 생명성과 인간 존재의 본질을 깨닫게 하는 인식론적 차원으

---

268 융은 보편적인 인간 경험의 양상을 반영하는 측면에서 이미지로 표현되는 심리적 모티프들을 원초적 이미지라 명명한다. 그 이후 융에 의해서 처음으로 사용된 원형은 애초에 원초적 이미지라 부르던 것에 새로운 명칭을 부여한 것이다. 원형에 대한 탐색을 통해서 그는 원형 자체와 원형의 재현을 구분하기에 이른다. 원형 자체는 가정에 의한 모델로서 지각될 수 없고, 집단 무의식의 구조적 잠재태로만 존재하는 것이다. 따라서 원형 자체는 경험될 수 없으며, 의식에 포착되지도 않는다. 우리가 인식할 수 있는 것은 단지 원형의 재현(이미지)이다. 이는 고대에 플라톤적 전통 속에서 사용되다가 20세기 전반부의 융에 의해 새롭게 심리학적 의미가 부여된 이 원형개념은 심층심리학을 넘어 종교학, 문학, 예술 등 다양한 분야에서 사용되었다.

로 제시된다. 즉, 그의 시에서 주체는 몸의 감각을 통해서 자기 존재를 지각하게 되고 이런 원형감각을 통해 사물과 세계를 인식하고 이해한다. 사람이 태어나서 처음으로 외부 세계를 체험하는 직접적 도구가 바로 원형감각이기 때문이다.[269] 이런 측면에서 송수권은 미각과 후각, 촉각 등 감각을 적극적으로 동원하여 주체의 감각을 일깨운다. 즉, 음식 이미지를 통해 시각적 문화에 의해 길들여지고, 관습화된 현대인의 원초적 감각을 발현시키고자 하였다. 그는 시각과 청각보다 미각, 후각, 촉각을 몸에 더 근접한 원시적 감각으로 보았다.[270] 이런 측면에서 그의 음식시는 인식론적 현현을 통해 삶의 총체성을 드러낸다. 이것이 잘 드러난 시편이 「통」이다

> 벌교 참꼬막 집에 갔어요
> 꼬막 정식을 시켰지요
> 꼬막회, 꼬막탕, 꼬막구이, 꼬막전
> 그리고 삶은 꼬막 한 접시가 올라왔어요
> 남도 시인 손톱으로 잘도 까먹는데

---

269 정신이 흔히 뇌에 존재한다는 편견에 대해 다이앤 애커맨은 "이해하기 위해서는 '머리를 써야 하는데, 머리는 마음을 의미한다. 사람들은 마음이 머릿속에 자리 잡고 있다고 생각하곤 하지만, 최신 생리학 연구에 따르면 마음은 뇌 속에 있는 것이 아니라 호르몬과 효소를 따라 몸 전체를 여행하고 있다. 그러면서 감촉, 맛, 냄새, 소리, 빛이라는 복잡한 경이로움을 분주히 인식하고 있다"라는 명제로 반박한다. (다이앤 애커먼(백영미 역), 2004, 앞의 책, 13쪽 참조)

270 이러한 감각의 위계에 대한 토대는 그리스 철학에서 유래한다. 그리고 이에 대한 사물의 감각화는 오늘날 동물생태학자들의 설명과도 일치한다. 강아지는 막 태어나서는 일주일 동안 눈을 뜰 수 없으므로 어미의 소리, 냄새를 입력하고 어미를 인식한다고 한다. (송수권, 2015, 「자전적 시론 ─ 백석과 송수권, 겹침의 시학」, 『열린시학』 여름호, 고요아침, 68쪽).

저는 젓가락으로 공깃돌 놀이하듯 굴리고만 있었지요
제삿날 밤 괴
꼬막 보듯 하는군! 퉁을 맞았지요
손톱이 없으면 밥 퍼먹는 숟가락 몽뎅이를
참꼬막 똥구멍으로 밀어 넣어 확 비틀래요.
그래서 저도 확 비틀었지요.
온 얼굴에 뻘물이 튀더라고요
그쪽 말로 그맛 한번 숭악하더라고요
그런데도 남도 시인-이 맛을 두고 그늘이
있다나 어쩐다나
그래서 그늘 있는 맛, 그늘 있는 소리, 그늘
있는 삶, 그늘이 있는 사람
그게 진짜 곰삭은 삶이래요
현대시란 책상물림으로 퍼즐게임하는 거 아니래요
그건 고양이가 제삿날 밤 참꼬막을 깔 줄 모르니
앞발로 어르며 공깃돌놀이 하는 거래요
시도 그늘 있는 시를 쓰라고 또 퉁을 맞았지요.

ㅇ「퉁」(『퉁』) 전문

인용 시는 '해요'체가 만들어내는 현대적 리듬과 고향 마을 음식으로
표상되는 꼬막 맛을 통해 남도의 삶과 정서를 드러낸 작품이다. 전술한
「봄날, 영산포구에서」와 「퉁」 두 편의 시에서는 생생한 이미지의 교차를
통한 감각적 표현이 어우러진다. 음식의 맛에 '그늘'이 있다는 '남도 시인'
의 말은 삶에 대한 총체적 은유이다. 그런데 이 「퉁」이 특별한 것은 삶에

대한 반성적 성찰뿐만 아니라 메타시적 자기 반영성이 내재되어 있는 점 때문이다. 여기에 나오는 '뻘'은 바다 생명체들을 먹여 살리는 해양 먹이사슬의 근원이자, 태풍과 홍수를 막고, 오염된 바다를 정화하는 기능을 한다. 이런 점에서 뻘은 생명이 잉태되고 소멸되며, 다시 재생되는 원초성을 드러내는 근원적 공간이다. 이 뻘물을 처음 맞본 서울 시인이 그 맛을 비열하고 숭악하다 하고, 남도 시인이 그늘 맛이라 이야기하는 데에 방점이 찍힌다. '그늘의 맛'은 '곰삭다'[271]에서 온 말이다. 5번이나 반복되는 '그늘'과 '개미', '곰삭은 삶', 이 시어들이 송수권의 시 세계를 함축하고 있다. 자신의 체험이 육화되지 못한 채 퍼즐 맞추듯 공허한 상징과 난삽한 비유를 일삼는 현대의 시인들에게 일침도 가하지만, 시적 화자의 전언은 더 심원한 절제와 반성적 성찰을 요구한다. 비릿한 뻘에서 생산된 꼬막의 맛 즉, 그늘의 맛을 통해 삶의 이면에 담긴 총체성을 파악하라 이야기하는 것이다. 그런 점에서 이 시는 그의 문학적 지향성을 보여주는 흥미로운 작품이다.

다음 시는 이러한 뻘의 정신과 감각적 체험이 다른 감각으로 전이되는 모습을 보여준다.

자욱하다

진창이 된 저 삶들, 물이 썬 다음 저 뻘밭들

---

271 "이 곰삭은 맛을 두고 '개미가 쏠쏠하다' 또는 '그늘 있는 맛'이라고 표현한다. 이 그늘이라는 말이 판소리로 가면 '그늘 있는 소리' 즉 째진목이 아니라 '옹근목(수리성)'이라고 한다 (…중략…) 그늘 있는 맛과 시는 우리의 영혼을 흔든다. 아니 이 그늘에서 한국인의 기질과 성품, 인성 그리고 영혼이 유전자 소인으로 각인된다고 함이 옳다. 봉인된 이 언어에 시의 혼 즉 대활령이 숨쉬고 있다. 향토색이 없는 표준말은 시의 폭력적 언어에 가깝다."(송수권, 2013, 「시인의 산문」, 『퉁』, 서정시학, 109쪽.)

달빛이 빛나면서 물고랑 하나 가득 채워 흐르면서

아픈 상처를 떠올린다 저 봉합선(縫合線)들,

이 세상 뻘물이 배지 않은 삶은

또 얼마나 싱거운 것이랴

큰 소리가 큰 그늘을 이루듯

곰소항의 젓갈맛 속에는 내소사의 범종 소리가 스며 있다

밤배를 타고 뻘강을 건너온 사람들,

소금을 뿌리고 왕새우를 굽는 철판에서도

그 오그라붙는 왕새우 수염 속에서도

물 비린 소리는 살아서

자욱하다

°「곰소항」(『수저통에 비치는 저녁노을』) 전문

썰물 후에 드러난 뻘밭이 달빛에 빛나는 모습을 보며 아픈 상처를 떠올리는 화자[272]는 물살을 상처의 봉합선(縫合線)으로 인식하고 있다. 이 시에 나오는 "뻘은 갯벌의 사투리인데, 이 뻘의 정신을 송수권은 '개+ㅅ+땅+쇠'의 정신"[273]이라고 언급하면서 "뻘물이 튀는 삶의 풍요로움"[274]을 강조한다.

---

272 김재홍은 이 시에서 토속적인 삶에의 의지 또는 민중적인 생명력을 언급한다. (김재홍, 2005, 「우주율 또는 생명의 가치화」, 홍영·정일근 외, 앞의 책, 50쪽)

273 송수권, 2005, 「나의 시와 지형학」, 시집 『우리나라의 숲과 새들』 서문, 고요아침, 11쪽.

274 "개미가 쏠쏠한 삶, 그늘이 두터운 삶, 떡목이 아닌 수리성으로서의 소리와 가락(남성적), 그것이 눙치는 시김새(발효)의 가락이 남도풍이 아니던가? 뻘물이 튀지 않은 삶은 또 얼마나 싱거운 것이던가?"(송수권, 1998, 『수저통에 비치는 저녁노을』 시집 머리말, 시와시학사, 6쪽.)

그런데 다른 시편에서도 자주 확인되듯 그의 시에서 하나의 감각은 다른 감각으로 쉽게 전이되거나 치환되곤 한다. 그럼으로써 다채로운 감각의 세계를 보여준다. 가령 "곰소항의 젓갈맛 속에는 내소사의 범종 소리가 스며 있다"처럼 미각의 청각화, 또는 "소금을 뿌리고 왕새우를 굽는 철판에서도/ 물 비린 소리는 살아서/ 자욱하다"와 같이 후각과 청각의 시각화가 한꺼번에 나타나는 양상이 바로 그것이다.

이처럼 송수권의 음식시에서 대상들은 1 : 1로 대응되는 단일 감각이 아니다. 미각, 후각, 청각 중 특히 미각과 후각은 직접적 자극을 줄 뿐만 아니라 맛, 냄새와 연관된 시간, 풍경, 사람 등 과거의 기억을 떠오르게 하므로 그 자체로 상징이자 은유가 된다. 눈을 감거나 귀를 막으면 시각과 청각은 차단되지만, 미각과 후각은 더욱 예민하게 감각을 발휘하기 때문이다.[275]

이러한 기억을 통해 끌어오는 음식 이미지는 단순히 과거를 그리워하는 감상적 차원의 것이 아니다. 그의 시가 과거에 먹은 음식 맛을 형상화하는 것은 돌아갈 수 없는 고향 공간 즉, 삶의 총체성을 복원하고자 하는 욕망에 대한 은유다. 이와 같은 시적 인식에는 원형적 삶을 소환하고자 하는 욕망이 투영되어 있다. 그런 점에서 「곰소항」은 자욱한 풍경 너머에 있는 삶의 원형을 뻘이 지닌 원초적 이미지를 통해 일깨우고자 하는 것으로 읽힌다.

그리고 이것을 가능하게 하는 미각과 후각은 생명 존속과 가장 밀접한 감각이라는 점에서 송수권이 추구하려는 원초성과 맥이 닿는다.[276]

다음 그림은 남도 음식에 대한 그의 지향의식을 쉽게 요약한 것이다.[277]

---

275 이병철, 2018, 「서정주 초기 시에 나타난 미각과 후각 이미지 연구」, 『비평문학』 67호, 한국비평문학, 205쪽 참조.
276 김재홍, 1991, 앞의 글, 122쪽.

이 그림에서 발효(숙성) 음식이 많은 한국의 전통음식은 삼각도의 우변 꼭 지점에 위치한다. 레비스트로스의『야생의 사고』에서 인용한 음식삼각도를 송수권의 음식시와 연계하여 설명하면 다음과 같다.

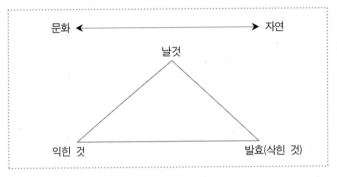

[그림 1] 음식 삼각도(인용 : 레비스트로스,『야생의 사고』)

이 음식 삼각도는 한·중·일 동양 삼국 음식문화의 차이를 극명하게 보여준다. 이 그림을 요약하자면, 익힌 것은 문화적인 음식이며 날것은 그 중간, 발효는 자연과 가장 가까운 음식이라는 의미이다. 삼각형의 꼭짓점 가운데에 있는 날것은 야생의 동굴 식탁이며 칼로 대변되는 일본 음식(회)이다. 왼쪽의 익힌 것은 불로 대변되는 중국 음식(중국요리)이다. 그리고 오른쪽의 발효(삭힌 것)는 한국 음식(김치, 젓갈, 홍어 등)이 된다. 즉, 생식(生食, 일본)과 화식(火食, 중국), 숙성(熟成, 한국)이 레비스트로스가 말한 음식의 삼각도이며, 발효해서 숙성한 한국 음식이 가장 자연에 가까운 음식이다.

그런데 레비스트로스는 '썩은 것'을 문화의 범주에서 배제했지만, 사실

277   송수권, 2015, 「남도의 맛과 멋 ─ 남도의 밤 식탁 2」,『오늘의 가사문학』여름호, 153쪽.

그것은 '삭힌 것'이며, 동양에서 잘 삭힌 요리는 최고의 문화 종교와 철학적 글쓰기의 요체였다. 이런 측면에서 우리는 음식이 자연과 문화를 매개하는 것이며, 나아가 문화의 가치를 판별할 수 있는 기준이 된다는 것을 알 수 있다.[278]

이에 대하여 신범순은 '썩힌 것'을 문화의 차원이 아닌, 야성적 자연의 범주에 귀속시킨 레비스트로스의 이분법을 비판하면서, '삭힌 것'이야말로 고도의 예술 속에서 가능하며, 그것을 '자연의 문화'라는 개념으로 설명한 바 있다.[279] 이런 논의들은 송수권이 강조하는 절제와 숙성의 미학을 지닌 남도 음식의 '곰삭은 맛', '삭힌 맛'이 우리 전통음식을 대표하는 것임을 객관적 시선으로 보여주는 사례라는 점에서 의미가 있다. 이렇듯 송수권의 음식에 대한 인식론적 관점에는 '자연의 문화'란 어울림과 우주율의 총체적 원리가 내재되어 있다.[280]

이런 점에서 그가 음식 맛이 깊으면 흔히 그늘 있는 맛이라 칭하는데, 이때의 '그늘'은 삶과 시간에 대한 은유이다. 즉, 그늘은 (시간의) 경과를 거친 발효와 숙성, 즉 '삭이다', '곰삭다'에서 온 말이다. 이 곰삭은 맛을

---

278 소래섭, 2007, 앞의 글, 26쪽.

279 신범순, 2002, 「원초적 시장과 레스토랑의 시학—야생의 식사를 향하여」, 『한국현대문학연구』 제12집, 한국현대문학회, 18~19쪽.

280 박용숙은 김치나 술과 같은 우리 음식에는 음과 양을 황금비율로 결합한다는 중용의 정신이 담겨있다고 보았다. 고대에는 음식이 제(祭)를 위한 신성한 수단이었으므로, 거기에 비례한 우주의 심오한 법칙이 담겨있다고 여긴 것은 당연한 일이었다. (박용숙, 1990, 『한국의 미학 사상—바시미의 구조』, 일월서각, 38~39쪽.) 신범순은 그러한 결합을 중국적인 '중용'과 구별하면서, '어울림'이라는 말로 규정한다. 그런 '어울림'에 의해 만들어진 요리 속에서 인간의 육체와 자연이 하나로 어울린다. (신범순, 2002, 앞의 글 19쪽 참조.)

'개미가 쏠쏠하다' 혹은 '그늘 있는 맛'(뻘맛)으로 표현한다. 이 '발효', 삭힌 맛이 판소리로 가면 시김새(삭힘새)²⁸¹가 된다. 따라서 삭힌 소리는 '그늘²⁸² 있는 소리'가 되는 것이다.

이러한 발효식품의 진원지가 바로 홍어로 대변되는 영산포구이다.

> 지금도 목포 삼합을 남도 삼합이라고 부른다
>
> 두엄 속에 삭힌 홍어와 해묵은 배추김치
> 그리고 돼지고기 편육
>
> 여기에 탁배기 한 잔을 곁들이면
> 홍탁
>
> 이른 봄 무논에 물넘듯
> 어, 칼칼한 황새 목에 술 들어가네
>
> °「홍탁」(『언 땅에 조선 매화 한 그루 심고』) 부분

남도의 잔칫상에서 빠지지 않는 것이 홍어인데, 이것의 곰삭은 맛은 어떤 음식보다도 강렬한 맛과 냄새를 지니고 있다. 송수권은 이러한 남도의

---

281 '시김새(삭힘새)'는 음식 용어 '곰삭다'에서 온 말인데, '개미'나 '그늘'로도 쓴다. 판소리에서는 시김새가 붙으면 득음(得音)을 하는데 이를 '수리성'이라고 한다. (송수권, 2015, 「백석과 송수권, 겹침의 시학」, 앞의 책, 86쪽.)

282 "이 그늘에서 한국인의 기질과 성품, 인성 그리고 영혼이 유전자 소인으로 각인된다고 함이 옳다. 봉인된 이 언어에 시의 혼 즉 대활령이 숨 쉬고 있다. 향토색이 없는 표준말은 시의 폭력적 언어에 가깝다."(송수권, 2013, 「시인의 산문」, 『통』, 서정시학, 109쪽.)

음식들과 맛을 텍스트화하면서, 몸의 감각을 일깨우고 원형적인 몸의 욕망을 만들어간다. 이런 측면에서 김용희는 송수권의 음식 소재 시에서 '몸시(詩)'의 가능성을 읽어내기도 했다.[283]

한편, 다음과 같은 향토 음식을 통해 제시되는 미각적 체험은 민중에 대한 사랑과 삶의 원형에 대한 그리움이란 점에서 그 의의를 찾을 수 있다. 또한 그의 음식시에서 주목해야 할 것은 음식과 남도의 삶에 대한 관찰을 담은 것뿐만 아니라 음식과 관련된 토속어를 통해 모국어의 범위를 확장했다는 점이다.

> 한겨울에는 나도 전어 밤젓이 먹고 싶다
>
> 선비골 안동에 가면 얼간재비가
> 밥도둑이라지만
> 남도에 오면 전어 밤젓이 밥도둑이다
>
> 햇반을 내어 고슬고슬 고봉밥 지어
> 전어 밤젓 한 숟갈 듬뿍 떠 얹으면
> 그것이 밥도둑인 거라
> 고솜하고 쌉쓰름한 그 맛
> 알싸하니 목이 잠겨 감질나는 거라
>
> 영혼이나 기질은 냄새로 오는 게 아니라
> 맛으로 길러지는 것

---

283 김용희, 2005, 「한국시의 신서정과 음식시의 가능성」, 『시안』 봄호, 74쪽.

(레몬 향이 맡고 싶다고?)

한겨울에는 나도 전어 밤젓이 먹고 싶다

°「밤젓」(『언 땅에 조선 매화 한 그루 심고』) 전문

'밤젓'은 전어라는 생선의 창자에서 밤톨 같은 돌기만을 떼어서 따로 담근 젓갈이다. 하지만 이것을 담그는 작업이 번거롭고 힘들어서 요즘은 남도의 식탁에서도 찾아보기가 힘들어졌다. 송수권은 이렇게 자취를 감춘 전어 밤젓을 소환한다. "고솜하고 쌉쓰름한 그 맛/ 알싸하니 목이 잠겨 감질나는" 맛이라고 생생하게 그 맛을 감각화하여 그려낸다. 그리하여 사람의 영혼과 성정은 "맛으로 길러지는 것"이라면서 음식 맛을 통한 기억 기제의 작용을 보여주고 있다.

이 시의 구조에서 눈에 띄는 부분은 "(레몬 향이 맡고 싶다고?)"이다. 송수권의 시에서 괄호로 시행을 처리하는 경우는 거의 발견되지 않는다. 이 작품의 괄호는 내용을 시각화하여 독자의 시선을 끌고, 주제를 강화하기 위한 시인의 의도적 장치이다. 민족의 정체성을 상실하고, 서구적인 맛과 향에 경도된 현대인의 인식을 비판하는 것으로 읽힌다. 이를 위해 한 행을 한 연으로 처리하였음을 짐작할 수 있다. '레몬향'의 맛은 '밤젓'의 고솜하고 쌉쓰름한 맛과 상반된다. '밤젓'이 한국 음식인 슬로우푸드를 대표하는 자연에 가까운 발효 음식이라면, '레몬향'은 서양 음식으로써 패스트푸드에 뿌려 먹는 인공적인 것이다.

송수권이 천착하는 남도 음식의 맛은 그 음식 자체가 함유한 자연의 맛이다. 그런 점에서 이 시는 남도 음식인 젓갈의 삭힌 냄새와 레몬 향을

의도적으로 대비시키고 있다. 서구의 음식 문화가 일상화되면서 장류나 젓갈 같은 전통적 음식은 도시인들에게 기피의 대상이 되고 있다. 송수권이 음식시를 통해 전통음식을 복원하고자 한 이유가 여기에 있다.

낯선 나라를 여행하는 도중에도 송수권은 음식에 주목했으며, 이런 감흥을 시편으로 남기기도 하였다. 그는 음식을 그 나라의 문화를 대표하는 코드로 이해한 것뿐만 아니라, 민족의 정체성을 확인할 수 있는 삶의 원형이자 정신적인 것으로 바라보았다. 그가 자신의 시에서 "다국적 퓨전 음식이 한꺼번에 우리의 식탁을 뒤엎고" 나면, 그다음 한 국가의 정부가 무너지는 것[284]이라고 경고한 대목이 이를 방증한다. 이런 점은 다음 시에서 극명하게 나타난다.

쓸쓸한 종갓집에 첫눈이 내린다
마당귀 놓인 드므에도 눈이 쌓인다
기왓골 용마루 끝 도깨비탈을 쓴 두 치미가
물 젖은 드므 속을 놀란 듯 내려다보고 앉았다
날 저물자 노종부 베짜는 소리 밤이 깊다
매운 선비 군자란 싹을 내듯 한 땀씩 안동포 복주머니라도 깁는지
어느 관광 가족들의 왁자지껄한 웃음소리.
아자 창호에 뜬 이마들이 자오록하다
군불 지핀 구들장을 지고 혼자 마시는 고춧가루 붉은 물을 풀었다는
동동 절이 잘도 삭은 안동식혜 한 사발,
문설주에 걸린 예인조복(禮人造福) 한 구절을 읽어보다가

---

284 송수권, 2012, 「남도 식탁에 흐르는 풍류정신」, 『남도의 밤 식탁』(시집 후기), 작가, 168쪽.

출출한 목을 다시 축인다

° 「금소리 예천 임씨 종택(宗宅)을 지나며」(『퉁』) 부분

이 시는 변함없는 전통의 손맛이 남아 있는 종갓집의 음식을 다양한
감각을 통해 구체적으로 묘사함으로써 근원적 삶에 대한 그리움을 극대화
하고 있다. 무쇠솥이 사용되지 않게 되면서 지금은 잘 쓰지 않게 된 '드므',
전통적인 기와집의 도깨비 얼굴상을 한 '치미'처럼 사라져가는 우리말을
살리고자 하는 의지는 전통세계에 대한 복원을 갈망하는 면모로 나타난다.
즉, "동동 절이 잘도 삭은 안동식혜 한 사발"은 송수권이 추구하는 세계를
드러내는 기표라 하겠다. 인용 시는 노종부가 지닌 고고한 품격을 보여줌
으로써 전통을 낡은 것으로 치부하는 현대의 시간에 대한 비판적 인식을
나타내고 있다.

한국의 전통문화에서 음식은 인간의 정신과 밀접한 관련을 맺는다. 밥을
삭혀서 만드는 식혜는 명절이나 제사를 치르고 난 후에 먹을 수 있는 신성
한 제의의 전통음식이었다. 소박한 속신으로써 밥 즉, 쌀은 조상의 혼령이
담긴 것으로 여겨져 왔다.[285]

이렇듯 송수권의 음식시는 다양한 미각적 체험을 통해 삶의 총체적 감각
을 복원하려 하였다. 백석의 시 역시 먹는 행위를 통해서 가족의 유대감을
그리워하고 공동체적 가치관을 되살리고자 했다. 그것은 음식을 먹는 행위
가 공동체의 자기 재생산을 의미하는 것이며 공동체의 경험과 역사를 공유
하는 것이기 때문이다.[286] 그리고 이런 방식이 송수권 시에도 영향을 주었

---

285 소래섭, 2007, 『백석 시에 나타난 음식의 의미 연구』 서울대학교 박사학위논문 참조.

음을 확인할 수 있다.

하지만 그의 시는 음식 이미지를 그려내는 방식이 다르다. 송수권의 음식시는 더 다양한 감각을 동원하여 직접적인 맛을 제시함으로써 원초적 감각을 촉발시킨다. 그리고 두 사람의 시는 지형학적 위치와 정서적 측면에서도 차이를 드러낸다. 즉, 백석의 서북 정서와 송수권의 남도 정서의 차이는 바로 '대(竹)'에 있다. 소월의 시나 백석의 시에는 대숲의 정서가 나오지 않는다. "시인의 체질도 지형학적으로 길러진다".[287]는 의미를 확연하게 느낄 수 있다.

또한 백석의 음식시에 없는 그로테스크한 이미지가 송수권의 시에서는 야성적인 힘으로 표출된다. 예를 들면 살아 있는 원숭이의 골을 한 숟갈씩 떠먹는다거나(「북 치는 원숭이－야생의 식탁.1」) 총 맞아 꼬꾸라진 꽃사슴의 목울대에 예리한 빨대를 꽂아 생피를 마시는 사내(「숲 속의 악기－야생의 식탁.4」)처럼 원초적이고 그로테스크한 이미지와 에너지는 송수권만의 유일한 특성이기 때문이다.

이러한 에너지의 원천은 남도의 원시적인 토속성에서 기인하는데, 그 시원을 따라가 보면 고유의 정신문화인 샤머니즘에 이르게 됨을 확인할 수 있다. 그런 측면에서 송수권의 시는 음식의 맛과 멋을 구체적 감각으로

---

286 "백석에게 음식 먹는 행위는 '지금 여기'서 그 음식을 나누는 공동체와 수평적으로 접속하는 행위인 동시에, 오랜 시간에 걸쳐 그것이 공동체 성원 모두의 음식이 되도록 만들어온 더 큰 역사적 공동체에 접속되는 행위이기도 했다. 그에게 음식을 먹는 행위가 일종의 축제, 혹은 제의적 성격을 띠고 나타나는 것은 이 때문이다."(오성호, 2020, 앞의 글, 288쪽).

287 송수권, 2015, 「자전적 시론－백석과 송수권, 겹침의 시학」, 『열린시학』 여름호, 82~83쪽.

표출함으로써 남도의 지역성을 정신문화의 저변으로 확대하고, 전통미학을 시적 차원으로 승화시킨 사례에 해당한다 하겠다. 그의 음식시가 원초적인 세계 혹은 "근원이나 고향과 같은 원형적 이미지를 형성하고 있으며, 민초들의 건강한 삶과 생명력을 품고 있는 풍류사상과 연계"[288]되는 이유가 여기에 있다.

이상에서 살펴본 바와 같이 송수권은 미각, 후각, 촉각 등의 감각을 적극적으로 동원함으로써 음식의 맛, 냄새와 감촉 등을 직접적으로 보여주었다. 즉, 몸과 대상 사이에서 발생하는 원초적 감각을 통해서 우리의 전통적 음식문화를 직접 보여줌으로써 이질적 서구문화에 대응하고, 이상적인 삶의 의미를 되묻고자 한 그의 시는 음식시의 새로운 지평을 열었다고 할 수 있다.

(4) 곡선을 통한 순환적 이미지

송수권의 시는 다음과 같은 측면에서 곡선의 부드러움이나 풍요로움으로 가득 찬 한국적인 자연의 정경을 형상화한다. 첫째, 형태상으로 달, 항아리, 능선, 나비, 버선코, 시골길, 강, 난(蘭), 등잔, 산등성, 무덤 등 곡선의 미를 추구하는 시가 많다. 둘째, 부정적인 현실 인식의 측면에서도 그러하다. 즉, 과거의 그리운 시간들을 둥글게 재생하여 그것을 시적 뿌리로 삼아 물질문명에 대한 대응으로써 곡선의 힘을 보여주고자 하기 때문이다. 그래서 송수권 시의 근원을 곡선의 미로 보는 평자가 많다. 최초로 송수권의

---

288 김경선, 2012, 「송수권 시의 풍류정신 연구」, 조선대학교 석사학위논문, 15~16쪽.

시에 나타난 곡선의 상상력에 주목한 김준오는 그의 시 세계를 '곡선의 상법(相法)'이라고 명명하였다.[289]

송수권의 시에 나타난 곡선의 상상력은 노장사상의 '곡즉전(曲則全)'[290] 즉, '곡선은 완전하다'라는 의미와 일맥상통한다. 이때 완전한 곡선의 공간은 한국적인 자연이며 좀 더 구체적으로 말하면, 송수권의 시에 자주 나타나는 고향의 산과 강 등 자연이라 할 수 있다. 시인이 유년시절에 보고 겪고 느꼈던 고향의 사물과 가락과 빛깔들이 그의 시에서 곡선으로 형상화되는 것이다. 다음 시는 송수권의 그러한 내면세계를 직·간접적으로 보여준다.

> 내 유년(幼年)의 강에는 한밤내 별들이 쏠리는 소리
> 한 토리씩 쌓여가는 호롱불 그리메로는
> 북풍(北風)도 비키어가는 소리
> 조랑말 울음소리도 지나고
> 꼬부랑 할멈이 지팡이 하나를
> 짚고 오신다

---

289 김준오는 송수권의 시가 "곡선의 기하학이 갖는 풍요로움과 부드러움이 곧 진정한 힘" 임을 알게 해준다면서 이러한 시상법(詩想法)을 곡선의 상법(想法)이라고 명명하였다. (김준오, 2005, 「곡선의 상법(想法)과 전통시」, 홍영·정일근 외, 앞의 책, 34쪽.)

290 曲則全, 枉則直, 窪則盈, 敝則新, 少則得, 多則惑. 是以聖人抱一, 爲天下式. 不自見故明, 不自是故彰, 不自伐故有功, 不自矜故長. 夫唯不爭, 故天下莫能與之爭. 古之所謂曲則全者, 豈虛言哉. 誠全而歸之. 휘면 온전할 수 있고, 굽으면 곧아질 수 있고, 움푹 파이면 채워지게 되고, 헐리면 새로워지고, 적으면 얻게 되고, 많으면 미혹을 당하게 됩니다. 그러므로 성인은 '하나'를 품고 세상의 본보기가 됩니다. 스스로 드러내려 하지 않기에 밝게 빛나고, 스스로 옳다 하지 않기에 그 공로를 인정받게 되고, 스스로 뽐내지 않기에 오래갑니다. 겨루지 않기에 세상이 그와 더불어 겨루지 못합니다. 옛말에 이르기를 휘면 온전할 수 있다고 한 것이 어찌 빈말이겠습니까? 진실로 온전함을 보존하여 돌아가십시오. (노자(오강남 역), 1998, 『도덕경』, 현암사, 103쪽.)

산길로 동무 삼아 나오신다.

어슬렁거려 꼬부랑 개 한 마리 뒤따르고
꼬부랑 고개에선 으레 꼬부랑 할머니
꼬부랑 똥을 누신다
꼬부랑 개가 히마리 없는 꼬부랑 똥을 먹다가
꼬부랑 지팡이로 얻어맞고
꼬부랑 고개를 넘어가는 꼬부랑 개 울음소리
겨울밤도 꼬부랑하게 깁는다.

　　　　　　°「꼬부랑 할머니 옛이야기」(『산문에 기대어』) 부분

　어렸을 적에 들었을 법한 이야기를 변용한 작품이다. 이 시에 나오는 할머니와 개, 지팡이까지 모든 것들이 꼬부랑한 곡선으로 이루어져 있다. 어린 화자는 "한밤내 별들이 한 곳으로 쏠리"면서 "한 토리씩 쌓여가는" 정경을 바라본다. '토리'는 실을 둥글게 감아놓은 뭉치를 의미한다. 하늘이라는 공간에서 빛나던 별은 곡선의 상상력인 '토리'를 통해 인간의 처소인 방 안에서 '호롱불'로 빛나는 환상적 경지를 보여준다.

　이러한 도입부의 상상력은 꼬부랑 할머니가 걷는 꼬부랑길의 분위기를 한층 더 동화적인 세계로 이끌어간다. 할머니가 "히마리" 없이 싸놓은 꼬부랑 똥을 꼬부랑 개가 먹는다. 그러다가 할머니의 꼬부랑 지팡이로 개가 얻어맞는데, 이때 꼬부랑 개의 울음소리도 꼬부랑 고개를 꼬부랑하게 넘어간다는 전개는 해학의 절정을 이룬다. 2연의 끝부분 "겨울밤도 꼬부랑하게 깁는다."라는 1연의 '호롱불'로 다시 돌아가 곡선으로 가득한 유년시절의 꿈을 재봉(裁縫)하는 기능을 한다.

다음 시는 이러한 유년에 보았던 부드럽고 따뜻한 곡선미가 죽음을 앞둔 노년에 이르러서까지 지속되는 정경을 보여준다.

따뜻하다
저 무덤들
벌초가 잘 된 추석 무렵의…

우리가 죽어 묻힐 무덤까지
제 가락 제 멋에 취하게
하여 두고는

버선코 같다든가
기와집 추녀끝 같다든가
풀어 흘린 치맛말 같다든가
처갓집 안방에 들러 안 가는 데 없이
대님 푸는 소리 같다든가
난(蘭)을 치고 있는 여인의 둥근 어깨 같다든가
하여튼 우리나라 산들의 능선은
조금만 깊숙이 들어가 멩아리를 놓으면
안 울리는 데 없이
그렇게 항아리처럼 있는 것이다

마치, 그 영원이란 이승과 저승의
물이라도 비워내듯이

° 「능선」(『우리들의 땅』) 전문

'~같다든지'라는 통사 구조를 반복함으로써 독자에게 곡선 이미지를 자연스럽게 떠오르게 하는 이 시의 기법은 주제를 강화하는 데 크게 기여하고 있다. '버선코', '기와집 추녀', '치맛말', '대님', "난(蘭)", '여인의 둥근 어깨', '멩아리(메아리)', '항아리'와 같은 곡선의 형상은 우리 전통사회에서 흔히 볼 수 있는 자연과 생태친화적인 모성성을 지닌 것이었다. 특히 '버선코', '기와집 추녀', '치맛말', '항아리' 등 우리 고유의 풍물들은 제목인 우리나라 산의 '능선'을 닮아 아름다운 곡선미를 연상하게 하려는 시적 의도로 열거한 것이다. 왜냐하면, 곡선인 난을 치고 있는 여인의 둥근 어깨가 아름다운 곡선미를 지닌 전통적인 여인의 모습이며, 이를 수용하는 공간도 우리의 정겨운 고향이기 때문이다.

이런 곡선미는 시인 자신이 체험한 유년의 고향, 자연 세계의 공간을 담고 있다. 송수권의 시에 집약되는 자연의 형태는 이 시처럼 풍요로운 곡선은 따듯한 모성적 이미지로 중첩되는 경우가 대부분이다. 작품의 초반부에서 "벌초가 잘 된 추석 무렵"의 무덤들을 보면서 화자가 느끼는 정서는 '따뜻하다'이다. 죽어서 우리가 묻힐 무덤까지도 "제 가락 제 멋에 취하"게 하는 유연한 곡선 이미지로 형상화된다. 이 곡선은 삶과 죽음을 관통하는 것으로 송수권의 시에서 하나의 상징기호가 된다. 이 작품에 대한 고형진[291]과 진순애[292]의 논의도 모두 곡선미에 나타난 순환적 이미지를 주목하

---

291 "아름답고 부드러운 곡선 이미지"를 지닌 "우리의 자연과 풍물"을 통해 그윽하고 편안한 울림을 주고 있다. (고형진, 2005, 앞의 책, 135쪽.)

292 진순애는 송수권 시의 곡선미가 '가시적인 정경'에 그치지 않고 '물리적 시간의 흐름을 무마시키는' 초시간적 인식을 자연의 이미지로 형상화했다고 보았다. (진순애, 2005, 앞의 책, 298쪽.)

고 있다.

자연이 만드는 곡선의 순환적 이미지는 다음 시에서도 확인된다.

보아라, 저 방랑의 검객
한 굽이 감돌면서 모래밭을 만들고
또 한 굽이 감돌면서 모래밭을 만드는 건
힘이다.

누가 저 유연한 힘의 가락 다시 꺾을 수 있느냐
누가 저 유연한 힘의 노래 다시 부를 수 있느냐

우리는 어느 산굽이
또 한 바다에 퍼어런 금이 설 때까지
흐득흐득 지는 잎새로나 숨어
유유히 황혼 속을 사라지는
저 검객의 뒷모습이나 지켜볼 일이다.

°「강(江)」(『꿈꾸는 섬』) 부분

「강(江)」은 자연의 유연하고 역동적인 곡선미를 시각적으로 형상화하였
다. 통사 구조의 반복으로 리듬감을 형성하는 "누가 저 유연한 (힘의 가락/힘
의 노래) 다시 (꺾을 수/부를 수) 있느냐"를 통해 알 수 있듯이 곡선은 유연한
'힘의 가락'이며 '힘의 노래'이다. 강이 "한 굽이 감돌면서 모래밭을 만들고
/ 또 한 굽이 감돌면서 모래밭을 만드는" 부분은 민중적 힘의 분출을 보여
주는 시행이다. 이러한 연유로 이 시의 '강'은 미래의 역사로 전진하고자

하는 곡선의 힘을 보여준다.

이렇듯 송수권의 시에서 나오는 곡선이 고향의 자연 정경을 담고 있지만, 그 정서는 결코 나약하거나 과거 지향적인 퇴영적 정서가 아니다. 이는 「강」의 시적 어조와 정경에서도 극명하게 나타난다. 완만한 산의 능선, 한 굽이 감도는 강처럼 시어나 어조까지도 굽이굽이 물결치듯 곡선의 선율을 그리며, 미래의 시간으로 나아가고 있는 역동적 힘을 보여준다. 이런 의미에서 송수권의 시 정신이나 정서는 물론, 어조까지 곡선 안에 수렴되지 않는 것이 없다.[293]

다음 시는 시의 '천(天)·지(地)·인(人)' 삼재(三才)에 바탕을 두고 시간과 공간, 생성과 소멸의 이미지를 대나무 정신으로 형상화하였다.

> 어느 고샅길에 자꾸만 대를 휘며
> 눈이 온다
>
> 그러니 오려거든 삼동(三冬)을 다 넘겨서 오라
> 대밭에 죽순이 총총할 무렵에 오라
> 손에 부채를 들면 너는 남도 한량
> 죽부인(竹夫人)을 껴안고 오면 너는 남도 잡놈이란다
> 댓가지를 흔들고 오면 남도 무당이지
> 올 때는 대도롱태를 굴리고 오너라

---

293 유은희는 "송수권의 시의 어조는 호흡이 긴 곡선이다. 그의 모든 시의 정서나 정신이나 어조가 곡선 안에 수렴되지 않는 것이 없다. 자연의 길이라고 할 수 있는 시골길, 치렁치렁 흘러가는 산의 능선, 강물, 징소리나 범종소리, 저녁연기 등이 그것이다."라고 말한다. (유은희, 2007, 앞의 글, 6쪽.)

그러면 너는 남도의 어린애지

그러니 올 때는
저 대밭머리 연(鳶)을 날리며 오너라
네가 자란 다음 죽창을 들면 너는 남도 의병(義兵)
붓을 들면 그때 너는 남도 시인(詩人)이란다
대숲 마을 해 어스름 녘
저 휘어드는 저녁연기 보아라
오래 잊힌 진양조 설움 한 자락
저기 피었구나
시장기에 젖은 남도의 밤 식탁
낯선 거집이 지나는지 동네 개
컹컹 짖고
그새 함박눈도 쌓였구나

그러니 올 때는
남도 산천에 눈이 녹고 참꽃 피면 오라
불발기 창 아래 너와 곁두리 소반상을 들면
아 맵고도 지린 홍어의 맛
그처럼 밤도 깊은 남도의 식탁

어느 고샅길에 자꾸만 대를 휘며
눈이 온다

°「남도의 밤 식탁」(『수저통에 비치는 저녁노을』) 전문

인용 시에 대해 류지현은 "기다림이 만든 꽃 피는 날의 식탁은 자아를 일깨우는 매운 성찬"[294]으로 보았으며, "함박눈에 묻힌 풍경과 사물이 아름다운 화음"을 이루며 "시간과 공간이 정지된 곡즉전(曲卽全)의 가락이 구조화되어 있다"라고 언급했다.[295]

이 시는 제목으로 보면 음식시로만 인식되지만, 전체 5연을 봤을 때 음식과 관련된 내용은 4연의 3행에 불과하다. "아 맵고도 지린 홍어의 맛"은 화자가 기다리는 "너와 겯두리 소반상을 들"었을 때 오래 곰삭은 남도의 속정을 드러내기 위한 장치일 뿐 곡선의 미로 가득한 이 시의 구조는 우주의 순환 원리인 '천(天)·지(地)·인(人) 삼재(三才)의 화소에 뿌리를 두고 있다.

먼저 1연과 마지막 연에 수미상관 구조로 나타나는 "어느 고샅길에 자꾸만 대를 휘며/ 눈이 온다"를 보면, 대체로 꼬불꼬불한 '고샅길'과 눈에 '휘어진 대'는 곡선 이미지이며 '지상'의 존재인 대나무에 '천상'의 존재인 눈이 쏟아지는 수직적 하강의 이미지이다. 천상과 지상, 즉 성(聖)과 속(俗)의 이분 구조가 전개되는데, 여기에 그치지 않고 '천(天)·지(地)·인(人) 삼재(三才) 중 하나인 '인(人)'이 나타난다. 2연에서는 '지상'의 존재인 대나무(식물)로 '인간'이 만든 물건들(생성)이 열거되고 있는데, 그것은 '부채, 죽부인, 댓가지, 대도롱태(대조각으로 만든 굴렁쇠)'이며, 형태상 모두 곡선의 형태이다. 3연의 '죽창, 붓' 역시 마찬가지다.

3연의 대밭머리에서 날리는 '연'은 '인간'이 '하늘'을 향해 날리는 대나무로 만든 인공물이며 상승적 이미지로써 생성과 희망을 의미한다. 반면에

294 류지현, 2005, 「시인의 성찬, 꽃과 고요가 놓인」, 홍영·정일근 외, 앞의 책, 254~255쪽.
295 박윤우, 2003, 「민족적 삶의 곡진한 가락, 혹은 서정 언어의 육화에 이르는 길」, 앞의 책, 289쪽.

"대숲 마을 해 어스름 녘/ 저 휘어드는 저녁연기"는 동일하게 상승적 이미지이지만, 이어지는 "오래 잊힌 진양조 설움 한 자락"이라는 시행과 연기가 모든 것을 태운 후에 날아가는 것임을 상기할 때, 소멸과 절망을 의미한다. 결국 밝고 미래지향적인 '연'의 생성 의지, 소멸하면서 설움에 찬 '저녁연기'의 비극적 세계인식을 모두 함의하고 있는 것이 '남도의 밤 식탁'으로 대변되는 '남도의 정신'이다.

기다리는 '너'가 상승적 이미지로 생성과 희망을 표상하는 '연'을 날리며 오기를 바라는 화자는 남도의 사람들이 "죽창을 들면" 남도의 의병(義兵)이 되고 "붓을 들면" 남도의 시인(詩人)이 되기를 소망한다. 그러나 '남도 한량'도, '남도 잡놈'도, '남도 무당'도, '남도의 어린애'도 모두 포용함으로써 내적으로 승화된 자아의 모습은 "불발기 창 아래 너와 곁두리 소반상을 들" 수 있는 것이다.

결국 송수권 시의 곡선 이미지는 남도의 상징인 대나무를 축으로 하여, 천상과 지상이라는 공간 구조뿐만 아니라 과거와 현재의 시간을 초월한다. 즉, 소멸과 생성론적 순환이, 성(聖)과 속(俗)이라는 '신화적 시간(神話的 時間)'[296] 속에 존재한다.

이상의 내용을 그림으로 정리하면 다음과 같다.

---

[296] 신화적 시간(순환적 시간)이란 낮과 밤, 계절의 변화, 출생, 성장, 소멸의 과정 등 자연적 혹은 인간적인 경험을 순환적인 성질로 인식하는 시간 체계이다. 이 시간은 둥그런 곡선 이미지인 원(圓)으로 상정될 수 있으며 성스러운 시간으로 심화된다. 신화적 시간에서 시간은 성(聖)과 속(俗)으로 이분되어 있다. (김준오, 1978, 「인간 탐구와 미당의 신화」, 『심상』, 한국문화예술위원회, 11월호, 37쪽.)

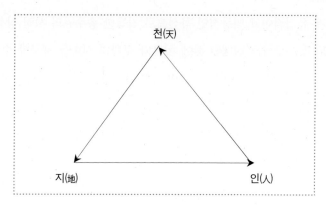

[그림 2] 우주의 순환 원리

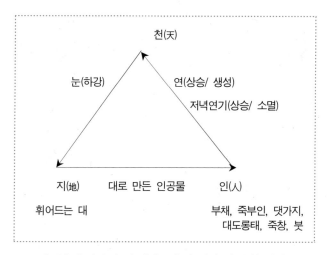

[그림 3] 송수권 시, 「남도의 밤 식탁」의 순환 원리

위에서 살펴본 바와 같이 곡선 이미지는 수직적인 하강과 상승, 수평적
인 이동을 통해서 시간과 공간, 생성과 소멸, 희망과 절망 등을 조응시킴으
로써 이 모든 것들을 화합하는 원형 공간을 형성하고 있다.

이렇게 유기적이고 역동적인 곡선으로 가득한 송수권의 시적 상상력은 직선화되고 속도화된 현대인 삶에 치유와 구원의 시학을 제공할 수 있다. 모든 생명체를 감싸 안는 원형적 이미지를 내포하고 있는 곡선은 우주론적 사유로 확대된다. 따라서 송수권 시에 나타난 '곡선의 상법'에 대하여 황치복은 그의 시가 "자연과 토속에 대한 관심이 생명 현상의 총체를 구현하고 있"[297]다고 언급하면서, 그의 시에서 곡선의 상상력이 내포하는 생명의 의미를 부각하였다. 즉, 송수권의 시가 오래된 미래로서 남도의 전통적인 미학관과 자연세계를 보여주지만, 이는 현대문명을 살아가는 우리에게도 현재적 의미를 부여해줄 수 있는 가치관으로 다가올 수 있다는 의미다.

실제로 김준오는 이에 대하여 "산업화된 현대는 속도를 사랑한다. 그것을 추구하는 삶은 정신적 불구의 삶을 살고 있는 것"이라고 주장하면서 다음과 같이 덧붙이며, "곡선의 부드러움과 풍요로움은 직선화된 현대인들의 가슴을 치유해 줄 것"이라 예견하고 있다.[298]

이러한 시적 상상력의 토대에는 불교의 연기론(緣起論)을 빼고 논의할 수 없다. 그의 불교적 사유는 등단작인 「산문에 기대어」에서부터 「지리산 뻐꾹새」, 「연비」, 「꿈꾸는 섬」, 「등(藤)꽃 아래서」, 「석남꽃 꺾어」, 「정적(靜寂)」, 「혼자 가는 선재(善財)」 등 많은 작품에 나타나 있다. 이는 천오백 년 전 우리나라에 유입되어 민중의 삶에 지대한 영향을 끼친 종교가 불교이기 때문이다. 따라서 우주의 모든 만물이 서로 이어져 있다는 종교적 사유와 유기적인 곡선의 형태는 밀접한 관련이 있다 하겠다. 이는 다시 곡즉전을

---

297 황치복, 1999, 「그늘과 뻘밭의 우주율」, 『현대시학』, 424쪽.
298 김준오, 1991, 「곡선의 상법과 전통시」, 『시와 시학』, 가을호, 26쪽.

통한 순환론적 세계관으로 나타난다.

다음 시는 곡선을 통한 곡즉전의 세계가 융화된 모습을 잘 드러내고 있다.

천고에 몇 번쯤은 학이 비껴 날았을 듯한
저 능선들,
날아가다 지쳐 스러졌을 그 학 무덤들 같은 능선들,
오늘은 시끄럽게 시끄럽게 그 능선들의 떼울음이
창해를 끓어 넘친다.

만상이 잠드는 황혼의 고요 속에
어디로 가는지 저희들끼리 시끄럽게 난다.

부석사(浮石寺)의 무량수전 한 채가 연화장을 이룬
그 능선들의 노을빛을 되받아 연꽃처럼 활짝 벌고
서해 큰 파도를 일으키고 달려온 선묘(善妙) 낭자의 발부리도
마지막 그 연꽃 속에 잦아든다

장엄하다
어둠 속에 한 능선이 자물리고 스러지면서
또 한 능선이 자물리고 스러지면서
하는 것

마침내 태백과 소백, 양백(兩白)이
이곳에서 만나 한 우주율로 스러진다.

　　　°「무량수전 배흘림기둥에 기대어」(『수저통에 비치는 저녁노을』) 전문

이 작품의 구조를 상승 이미지와 하강 이미지로 나누어 각각의 이미지가 표출된 동사를 살펴보자. 상승적 이미지('날아가다')는 '시끄럽다, 끓어 넘친다, 시끄럽게 난다'와 같은 역동적 자동사를 거느린다. 그런가 하면 하강적 이미지('스러지다')는 '잠들다, 잦아들다, 자물리다'와 같은 동사를 거느리고 있다. "시끄럽게 시끄럽게 그 능선들의 떼 울음이/ 창해를 끓어 넘친다"란 1연에서 정적인 능선의 이미지는 돌연 동적 이미지로 전환된다. 이렇듯 물활론적 인식을 기저로 하는 이 작품은 활유법을 통해 시상을 전개하고 있다.

노을빛을 받은 능선의 떼울음이 연화장의 세계를 이룬 "연꽃처럼 활짝 벌고" 있는 풍경은 한 폭의 산수화 같은 불교적 상상력으로 곡선 이미지가 만들어내는 이상적인 세계를 형상화한다. "어둠 속에 한 능선이 자물리고 스러지"는 곡선 이미지는 "마침내 태백과 소백, 양백(兩白)이/ 이곳에서 만나 한 우주율로 스러"지는 이미지로 확장되면서 인간과 자연, 그리고 우주까지 통섭(通涉)하는 따스한 구원의식을 보여준다. 따라서 이러한 곡선 이미지들은 '장엄하다'라는 시어로 수렴된다. 천고에 몇 번쯤은 학이 비껴 날았을 듯한/ 저 능선들"에서 볼 수 있듯이 자연의 선은 곡선이고 직선은 인간이 만든 선임을 떠올리게 하는 곡즉전의 미학이다.[299]

이와 같은 불교의 연기론(緣起論)과 곡즉전이 바탕이 된 아래 인용 시는 직선의 삶과 곡선의 삶을 대조함으로써 곡선미가 내포한 상징적 가치를 형상화한다.

---

299 김재홍은 이 시를 지상의 사물들이 서로 친화하고 교감하면서 우주적인 질서 속에 화해와 통일을 이루어 가는 화엄의 세계로 본다. (김재홍, 2005, 「우주율 또는 생명의 가치화」, 홍영·정일근 외, 앞의 책, 45쪽 참조.)

직선으로 가는 삶은 박치기지만
곡선으로 가는 삶은 스침이다
스침은 인연, 인연은 곡선에서 온다
그 곡선 속에 슬픔이 있고 기쁨이 있다
스침은 느리게 오거나 더디게 오는 것
나비 한 마리 방금 꽃 한 송이를 스쳐가듯
오늘 나는 누구를 스쳐가는가
저 빌딩의 회전문을 들고나는 것
그것을 어찌 스침이라 할 수 있으랴
스침은 인연, 인연은 곡선에서 온다
그 곡선 속에 희망이 있고 추억이 있고
온전한 삶이 있다
그러니 스쳐라 아주 가볍게
천천히

°「스침에 대하여」(『통』) 전문

시인의 철학적 사유가 조화를 이루는 이 시는 인연의 소중함을 노래한
다. 화자는 "나비 한 마리 방금 꽃 한 송이를 스쳐가듯 오늘 나는 누구를
스쳐가는가"라는 질문을 통해 사람들의 인연을 환기한다. 또한, "곡선 속에
희망이 있고 추억이 있고/ 온전한 삶이 있"으니 "아주 가볍게/ 천천히"
스치라고 말하면서 '곡선의 스침' 즉 '곡선의 인연'을 강조하는 것이다. "직
선으로 가는 삶은 박치기"라는 표현에서 알 수 있듯이 직선은 서로 부딪히
면서 갈등만 일으키기 때문이다. 이 시는 결국 '곡선'으로 가는 '삶'이 '스
침'이고, '스침'은 '인연'이 되고, '인연'은 곧 '곡선'에서 오는 것이라는 시인

의 세계관이 담겨있다.

'스침'은 번개처럼 빠르게 오는 것이 아니라 '느리게 오거나 더디게' 온다는 것, 그리고 '곡선' 속에 '슬픔'과 '기쁨'이 공존하고 있음을 이야기한다. 시각적 이미지를 통해 '나비 한 마리'가 '꽃 한 송이'를 스쳐가듯 '스침'의 '인연'을 전통 지향적으로 구현함으로써 곡선이 내포한 의미를 드러내고 있다.

다음 작품에는 이 세상 모든 것들이 하나로 융합되는 상생적 사유가 잘 나타난다.

> 절 문(門) 밖에는 언제나 별들이 싱그러운 포도밭을 이루고 있었다.
> 빗장을 풀어놓은 낡은 절간 문(門) 위에는 밤새도록 걸어온 달이
> 한 나그네처럼 기웃거리며 포도를 따고 있었다.
> 먹물처럼 떨어진 산봉우리들이 담비떼들같이 떠들며 모여들고
> 따다 흘린 포도 몇 알이 쭈루룩
> 산창(山窓)을 흘러가다 구슬 깨지는 소리를 내고 있었다.
>
> °「정적(靜寂)」(『꿈꾸는 섬』) 전문

절 문(門) 밖에는 "싱그러운 포도밭"과 "밤새도록 걸어온 달", "먹물처럼 떨어진 산봉우리들"이 서로 인연을 맺으며 "따다 흘린 포도 몇 알이 쭈루룩"을 통해 하나로 융합되는 정경이 펼쳐진다. 이 시에서 독자는 너무나 고요하고 적막한 화엄의 세계를 만나고 평화로운 안식을 느끼게 된다.

이상에서 살펴본 바와 같이 송수권의 시에 기반이라 할 수 있는 곡선미는 파편화된 삶을 살아가는 현대인에게 상생과 합일의 상징적 이미지로

제시되었다고 할 수 있다. 그리고 이러한 곡선의 순환적 이미지는 우주의 모든 사물이 서로 인연이 있어 발생하고 소멸하며, 시간과 공간 속에서 서로 원인이 되기도 하고 하나로 융합되기도 한다는 화엄사상(華嚴思想)으로 귀결된다.

한편, 곡선을 통한 사유는 "최고의 선은 물과 같다"라는 노자의 상선약수[300] 정신과도 일맥상통한다. 모든 생명의 근원이자 만물을 정화하는 역할을 하는 물은 먼저 앞서가려고 다투지 않고 서로 평화롭게 공존하며 흘러간다. 항상 낮은 곳으로 흐르는 물은 자신을 주장하거나 내세우지 않고 장애물을 만나면 곡선으로 돌아간다. 다툼이란 '나'를 먼저 앞세우고, 상대방에게 힘으로 대응할 때 발생한다. 물이 왜 최고의 선인지는 이처럼 물이 '다투지 않음(不爭)'을 상징하기 때문이다. 노자는 부드럽고 유연한 태도로 물의 겸손함, 부드러움, 물러섬이라는 곡선의 미학을 현대인에게 넌지시 일깨워주고 있다.

또한, 이 곡선의 미학은 송수권 시의 기저에 흐르는 정신으로 유·불·선이 통합된 풍류정신과도 이어진다. 풍류정신에서는 특히 '멋'이 강조되는데, '멋'이란 세속을 초월한 자유, 그리고 삶에 뿌리내린 생동감의 조화에서

---

300 "가장 선한 사람은 물(水)과 같다. 물은 만물을 이롭게 하지만 그들과 다투지 아니하며, 대중이 싫어하는 곳에 깃들기를 좋아하므로 도(道)에 가깝다. 낮은 곳에 깃들기를 좋아하며(居善地), 마음은 연못처럼 깊고 고요하게 유지해야 하며(心善淵), 사람을 대할 때에는 진실 되게 서로 사랑해야 하며(與善仁), 말은 신의를 잘 지켜야 하며(言善信), 정치는 무위(無爲)로 다스려야 하며(正善治), 일을 처리할 때에는 뛰어난 능력을 잘 파악해서 처리해야 하며(事善能), 행동할 때는 그 시기를 잘 파악해서 움직여야 한다(動善時). 그러므로 다투지 아니하고, 천하에 그를 원망하고 탓하는 것이 없다."(노자(이강수 역), 2007, 『노자』, 길, 참조.)

나오는 미의식을 가리킨다.[301] '멋'이란 말에는 '흥겹다', '느긋하다'는 의미와 '자연 친화'가 포함되어 있기 때문이다. 이러한 풍류정신의 의미를 되새겨보면, 우리는 인간과 자연을 대립 관계로 보는 현대문명의 직선적 관념에서 탈피하여 느긋한 곡선의 현대적 의미를 재인식하게 된다.

이렇게 세계를 감싸 안는 곡선의 미를 통해서 표현되는 그의 세계관은 송수권의 시 전체를 관통하는 화두이다. 문명 이전의 근원적인 고향 즉, 인간이 최초로 경험한 안온한 공간인 어머니의 자궁 또한 부드러운 원형으로 이루어졌다. 따라서 그의 시에 나타나는 곡선은 근대문명을 의미하는 날카로운 직선에 지친 현대인에게 안식을 줄 수 있는 풍요롭고 따뜻한 이미지로 그려진다. 이는 삶의 원형, 잃어버린 고향에 가닿을 때 본원적인 삶이 시작되며, 그것이 현대인의 삶에 한 줄기 구원의 빛으로 다가오리란 시인의 믿음 때문일 것이다.

피에르 쌍소에 따르면, 현대문명의 중요한 특성 중 하나는 '속도'이다.[302] 현대사회에서는 누가 더 먼저, 더 빨리 달려가서 목표물을 선점하느냐가 생존의 관건이 된다. 목표물에 가장 빨리 도달하는 선은 직선이기 때문에 현대인은 직선의 삶을 추구하면서 여유 없이 쫓기면서 살아가고 있다. 그래서 피에르 쌍소는 느림에서 나오는 곡선을 웰빙의 선으로 본다.

"직선은 죽음의 선"이기에 현대인들은 직선의 고속도로보다 곡선의 시

---

301 유동식, 1997, 『풍류도와 한국의 종교사상』, 연세대학교 출판부, 61~62쪽.
302 "직선을 추구하는 현대인들은 고군분투하는 피곤한 삶으로부터 해방될 순간을 항상
    고대하고 있음에도 불구하고, 그들은 항상 뭔가 결핍된 듯한 갈등 속에서 휴식을 얻지
    못하고 살아간다. 곡선을 상징하는 느림은 부드럽고 우아하고 배려 깊은 삶의 방식이
    다"(피에르 쌍소(김주경 역), 2000, 『느리게 산다는 것의 의미』, 동문선, 10~12쪽 참조)

골길을 돌아봐야 한다. 송수권의 시는 곡선의 여유와 느림, 여백과 여유가 직선을 질주하는 현대인들의 정신적 불구에 풍요와 여유, 해방감을 불어넣어줄 수 있다.[303] 이런 측면에서 송수권의 시 세계가 지향하는 곡선 이미지를 통한 느림의 미학은 모든 것을 감싸 안는 풍류정신으로, 서로 따뜻하게 보듬을 여유조차 없는 현대사회에서 상생과 통섭(通涉)을 추구하는 21세기의 새로운 패러다임이 될 수 있다 하겠다. 그리고 이와 같은 느림의 미학이 그가 강조한 슬로우푸드 즉, 전통적인 남도 음식에 대한 천착과 토속적 서정으로 이어졌음을 알 수 있다.

이런 측면에서 불교적 사유가 투영된 그의 등단작 『산문에 기대어』를 살펴보면, 구원의 시학이 창작 초기부터 배태되었음을 알 수 있다.

이상과 같은 논의를 통해서 송수권 시에 삼투된 시적 인식이 형상화되는 방식을 확인하였다. 다음 장에서는 이러한 시 세계의 시사적 의의를 살펴보려 한다.

---

303 김준오는 송수권 시에 나타난 곡선 이미지가 직선적인 삶을 여유와 여백이 흐르는 곡선적 원환(圓環)적 삶으로 나아가게 한다고 조망했다. (김준오, 1991, 앞의 글, 34쪽 참조.)

제3부

시사적 의의

1장_ 전통서정시의 가치와 한계

제2부에서 송수권 시의 문학적 지향성과 구현 양상을 검토함으로써 그의 시 세계를 전반적으로 고찰하였다. 이를 토대로 제3부에서는 송수권 시의 현대시사적 의의를 면밀히 규명하고자 한다. 이는 한국 시사의 위상을 새롭게 조망하는 작업의 일환이기도 하다.

송수권 시 세계가 어떤 시사적 의미를 지니는지 규명하기 위해서는 먼저 한국 현대시사에서 전통서정시가 어떤 가치와 한계를 지니고 있는지를 고찰해야 한다. 그런 후에 송수권이 이러한 전통서정시의 한계를 극복하기 위해 구체적으로 어떤 노력을 했는지를 검증해야 한다. 이를 위해서는 송수권의 시와 다른 전통시인들의 시를 함께 비교·검토하면서 그 변별점을 찾는 작업이 선행되어야 한다.

전통서정시의 가치와 한계는 전통서정의 계보를 잇는 송수권 시의 태생적 가치와 한계로 볼 수 있다. 한국 현대 시문학사에서 '전통서정시'는 청록파, 인생파 등 당대 주류의 시인들이 박인환, 김경린, 김규동 등 1950년대의 젊은 모더니스트들에게 공격당한 후 일반화된 명칭[304]이다. 이들에 따르면

'전통서정시'는 서구 근대시가 본격적으로 유입된 1920년대부터 1950년까지 형성되었는데, 다음과 같은 가치와 의의를 지닌다.

첫째, 전통시가의 형식과 정신을 근대적으로 계승함으로써 외래문화를 비판적으로 수용할 수 있는 기반을 제공하였다. 둘째, 일제강점기, 광복, 한국전쟁 등 질곡의 삶을 살아간 민중들의 심성을 서정의 결로 위로해주었다. 셋째, 우리 근·현대시의 주류로 근대시 양식의 기반이 되었으며 생태시, 극서정시 등 다양한 시 양식을 개발할 수 있는 기반을 제공하였다.[305]

그러나 전통서정시는 그 한계도 명백하다. 일제와의 타협, 현실 참여의식의 결여, 조국광복과 한국전쟁 시기의 현실도피 등으로 비난받은 것이 사실이기 때문이다. 즉 전통서정시는 정신의 순수성만을 지향하고 시대성을 외면함으로써 비난받은 것이다.

위와 같은 한계로 인해 '전통서정시'가 현대시사에서 차지했던 주류적 위치는 1960년대 말부터 약화되었다. 이런 상황은 『창작과비평』과 『문학과지성』을 중심으로 평론가들이 제각기 리얼리즘과 모더니즘을 기반으로 비평이론을 정립하고, 이를 토대로 작품 해석과 평가를 독점한 사실과 맞물려 있다.[306] '리얼리즘'과 '모더니즘'이 새로운 시대의 비평 권력을 양분

---

304 당시 젊은 모더니스트들은 "과거의 전통 속에서 회상의 울타리 안으로만 움츠러드는, 청록파를 중심으로 한 소위 순수시 운동은 참을 수 없는 비극"이라며 당대의 주류인 청록파, 인생파 시인들을 청산의 대상으로 지목하며 비난했다. (김규동, 1960, 『새로운 시론』, 산호장, 151쪽.)

305 신진, 2012, 「소위 '전통서정시'의 정체와 기반 양식」, 『석당논총』 vol. 53, 동아대학교 부설 석당전통문화연구원, 215쪽-238쪽 참조.

306 류찬열, 2008, 「1970년대 한국 현대시의 계보와 유형 연구를 위한 시론」, 『우리문학연구』 제24집, 우리문학회, 215쪽 참조.

하여 각축을 벌이면서 '전통서정시'는 그 기반을 잃고 소외되기 시작하였다. 이 과정에서 '전통서정시'의 '전통'이나 '순수'는 현실 도피자들의 자기위안, 또는 복고주의로 폄하되었다.

이처럼 전통서정시가 문단의 주류에서 퇴각하고 있던 1970년대의 한복판인 1975년에 송수권이 등단한 것이다. 그러나 많은 시인들이 탈 서정이라는 시대적 흐름에 편승하여 리얼리즘 시나 모더니즘 시를 모색할 때 송수권의 시 세계는 토속적인 고향의 자연을 응시하였다. 또한 '전통서정의 몰락'이라는 외부적 상황 말고도, 송수권 시의 문학적 여정에 난관이라 할 수 있는 상황이 시단 내부에 있었다. 말하자면 전통서정시는 송수권 이전에 김소월을 비롯해서 백석, 김영랑, 서정주, 박재삼 등의 계보가 이미 형성되어 있었고, 그의 선배격인 "박재삼의 기(旗)가 펄럭이는 시대에 시단 진출을 한 것이 송수권"[307]이었다. 특히 한국적 서정을 노래한 박재삼의 시는 송수권 시의 장기인 감칠맛 나는 사투리의 느낌까지 유사했다.

이렇듯 불리한 여건에서 등단했지만, 그의 시는 "한국 전통서정시의 계보에서도 독특한 존재로 자리매김"[308]했다. 특히 대표작인 「산문에 기대어」는 우리 서정시의 본령에 도달했을 뿐만 아니라 새로운 전통서정시의 영역을 개척했다는 평가를 받았다. 전통서정의 계보를 이으면서도 이전의 전통서정시인들과 구별되는 그의 독특한 시는 상대적으로 시단의 이목을 끌었다.

---

307 김용직, 1980, 「한국적 정서와 힘」, 시집 『山門에 기대어』 해설, 문학사상, 145쪽 참조.
308 송수권은 소월시문학상, 정지용문학상, 영랑시문학상, 김달진문학상, 한민족문화예술대상, 만해님시인상, 김삿갓문학상, 구상문학상 외 다수의 문학상을 수상하였다.

이상과 같은 점을 염두에 두고 송수권의 시가 다른 전통서정시인들의 시와 어떤 차이가 있는지 비교·검토하면서 그가 전통서정시의 한계를 극복하기 위해 어떤 노력을 했는지 살펴보기로 하자.

먼저 전통서정시인의 계보인 김소월-김영랑-서정주-박재삼 등과의 변별점을 고찰하겠다.[309] 그런데 비교를 위한 일관된 척도가 필요하므로 위 시인들에게서 공통적으로 발견되는 '누이' 모티프를 통해 분석하려 한다. 누이와 '한(恨)'은 우리 문학작품에서 적지 않게 나타나며, 시의 분위기와 내용에 따라 '누나', '누님'으로 호칭의 변화를 보인다. 그러면 전통서정시인들의 시에 등장하는 '누이'의 이미지와 송수권 시의 그것은 어떤 영향 관계와 변별점이 있는지 살펴보려 한다.

> 접동/ 접동/ 아우래비 접동// 진두강(津頭江) 가람가에 살던 누나는/ 진두강 앞마을에/ 와서 웁니다.// 옛날, 우리나라/ 먼 뒤쪽의/ 진두강 가람가에 살던 누나는/ 의붓어미 시샘에 죽었습니다.// 누나라고 불러 보랴/ 오오 불설워/ 시샘에 몸이 죽은 우리 누나는/ 죽어서 접동새가 되었습니다.// 아홉이나 남아 되는 오랍동생을/ 죽어서도 못 잊어 차마 못 잊어/ 야삼경(夜三更) 남 다 자는 밤이 깊으면/ 이 산 저 산 옮아가며 슬피 웁니다.

°김소월, 「접동새」 전문

이 작품이 표상하는 것은 모성의 결핍이다. 우리 전통사회에서는 아버지

---

309 서북 정서를 대표하는 전통서정시의 계보인 백석은 음식시에서 송수권의 시와 비교·대조하면서 집중적으로 다루었으므로 여기에서는 논의하지 않기로 한다.

가 죽었을 때 맏아들이 아버지의 역할을 대신해야 했듯이 어머니의 부재 시에는 맏딸이 그 역할을 감당해야 했다. 의붓어미의 시샘은 전처(前妻)에 대한 질투심이 맏딸에게 투사된 결과물이다. 따라서 "아홉이나 남아 되는 오랍동생"을 죽어서도 차마 못 잊어 "남 다 자는 밤이 깊으면" 찾아와서 우는 누나는 모성적인 존재이다. '누나'를 '우리 누나'라고 했을 때의 정서 는 '우리 엄마'와 같은 정겨움과 애틋함을 환기한다. 이런 정서는 많은 전통 사회의 가정에서 보편적인 현상이기에 '우리'라는 대명사를 사용하여 시적 화자와 독자를 일체화하고 있다. 일반적으로 '새'는 자유의 표상이지만, '접동새'는 모성 본능 때문에 자유롭게 날아가지 못하고 이승에 남아 있다. 이렇게 볼 때 「접동새」는 우리 민족의 의식 구조에 내재해 있는 보편적이 고 전형적인 한의 원형이 죽어서 접동새가 된 '누나'를 통해 형상화된 것 이다.

김소월과 달리 서정주의 시에서의 '누이'는 의미나 호칭 면에서 다양하 게 변용되어 나타난다.

① 누이의 어깨 넘어 누이의 수(繡)틀 속의 꽃밭을 보듯 세상은 보자

° 서정주, 「학(鶴)」 부분

② 누이야 네 수(繡) 놓는 방에서는/ 네 수(繡) 놓는 아지랑이/ 네 두 눈에 맑은 눈물

방울이 고이면/ 맑은 눈물방울이 고이는 아지랑이 피어오르고

° 서정주, 「아지랑이」 부분

③ 그립고 아쉬움에 가슴 조이던/ 머언 먼 젊음의 뒤안길에서/ 인제는 돌아와 거울 앞에 선/ 내 누님같이 생긴 꽃이여.

°서정주, 「국화 옆에서」부분

　서정주의 시에서 '누이'는 대체로 수를 놓는 모습, 혹은 꽃의 이미지로 형상화된다. ①에서 누이는 "수(繡)틀 속의 꽃밭"을 놓는 모습으로 꿈에 부푼 어린 누이의 모습이다. 그런가 하면 ②에서 수를 놓고 있는 누이는 서러운 사랑으로 아지랑이처럼 어룽거리는 눈물을 보인다. 이때 "누이야" 라는 호칭은 친근하고 다정한 정서와 함께 불특정 다수를 아우르는 누이로 기능한다. 이는 사랑의 갈등을 느끼는 이 세상 모든 누이에 대한 헌사로서 "누이야"는 화자와 청자 사이의 정서적 일체감을 조성한다. 이렇게 "그립 고 아쉬움에 가슴 조이던" 젊음의 시기를 다 보낸 40대 여인의 원숙미를 보이는 누이는 ③에서 '국화'로 형상화되어 나타난다. 따라서 호칭도 '누이' 에서 '누님'으로 변화됨을 알 수 있다.

　서정주 시의 '누이'가 친근하고 다정한 여인이라면, 박재삼의 시에서의 '누이'는 애상적 여인상으로 나타난다.

　누님의 치맛살 곁에 앉아/ 누님의 슬픔을 나누지 못하는 심심한 때는/ 골목을 빠져나와 바닷가에 서자.// 비로소 가슴 울렁이고/ 눈에 눈물 어 리어/ 차라리 저 달빛 받아 반짝이는 밤바다의 질정(質定)할 수 없는/ 괴 로운 꽃비늘을 닮아야 하리./ 천하에 많은 할 말이, 천상의 많은 별들의 반짝임처럼/ 바다의 밤물결 되어 찬란해야 하리./ 아니 아파야 아파야 하리.// 이윽고 누님은 섬이 떠 있듯이 그렇게 잠들리./ 그때 나는 섬가에 부딪치는 물결처럼 누님의 치맛살에 얼굴을 묻고/ 가늘고 먼 울음을 울음을,/ 울음 울리라.

° 박재삼, 「밤바다에서」 전문

이 시에서 어린 화자는 늘 누님의 치맛자락에 붙어 함께 지내지만, 누님의 슬픔을 함께 나누지 못할 때마다 바닷가로 나선다. '바닷가'는 둘이 슬픔을 함께 나눌 수 있는 시적 공간이 된다. 바닷가에 이르러 화자는 반짝이는 밤바다의 "괴로운(누님의 슬픔이 주는 아픔) 꽃비늘(달빛 받아 반짝이는 밤바다의 아름다움)"을 닮아야 하리라고 생각한다. 누님의 슬픔은 밤바다의 밤물결로 점차 확산된다. 그래서 '누님'은 '섬'이 되어 마음의 평온을 되찾고 잠들 때, 화자는 섬에 부딪히는 '물결'이 되어 누님과 슬픔을 함께 나누는 인간적 합일의 경지에 도달한다. '하리'라는 종결어미를 세 번 사용하고, 마지막 두 행에서 효과적인 점층법("울음을 울음을/ 울음 울리라")을 사용하여 감정을 고조시키고 있다. 이 시에서의 '누님'은 누구에게도 말 못 할 한을 지닌 애상적인 여인상을 보여준다.

그런가 하면 송수권의 시에서의 '누이'는 앞에 거론한 전통서정시인들의 그것과 다른 모습으로 형상화된다.

(가)
누이야 지금도 살아서 보는가
가을산 그리메에 빠져 떠돌던, 그 눈썹 두어 낱을 기러기가
강물에 부리고 가는 것을
내 한 잔은 마시고 한 잔은 비워두고
더러는 잎새에 살아서 튀는 물방울같이

그렇게 만나는 것을
누이야 아는가
가을산 그리메에 빠져 떠돌던
눈썹 두어 낱이
지금 이 못물 속에 비쳐옴을

°「산문에 기대어」(『산문에 기대어』) 2, 3연 재인용

(나)
누이야 아는가
이 봄 한낮을 너는 살아서 듣는가
마지막 맨 마지막에 모이는
푸른 물결 속
섬 한 개 동두렷이 떠올라
이 못물 속 연꽃으로 비쳐오는 것을.

°「속 산문에 기대어」(『산문에 기대어』) 3연

　(가)와 (나) 시를 통해 본 송수권 시 속의 '누이'를 이희중은 보편적 여성
의 다른 이름이라고 분석한다.[310] 또한 정호웅은, 송수권 시의 '누이'가 다
른 전통서정 시인들과 달리 부활 의지의 힘을 표상한다고 했다.[311] 이는

310　"송수권의 초기 시는 어머니, 여승, 누이 등 여러 여성이 등장한다. 이 시에서의 '누이'는
　　　화자와 특별한 경험을 공유하는 구체적 인물로 등장하지만, 그가 이 땅에 살고 있거나
　　　살다간 많은 여성의 다른 이름일 수 있다는 해석에는 위험할 정도의 비약이 필요하지
　　　않다."(이희중, 2005, 「서정적 연상과 시의 아름다움」, 홍영·정일근 외, 앞의 책, 273쪽.)
311　"송수권이 한을 노래하는 시인이라는 점에서 김소월로 대표되는 우리 시의 한 주류이
　　　지만, 그의 시는 김소월류의 애상적 체념과 영탄의 시가 아니다. 송수권 시는 역동적

김용직의 언급[312]과도 맥을 함께 한다. 이는 (가)와 (나)의 시에 나타나는 "누이야 지금도 살아서 보는가(살아서 듣는가)"와 "지금 이 못물 속에 비쳐옴을(이 못물 속 연꽃으로 비쳐오는 것을)"을 통해 명징하게 드러난다.

김소월 시의 '누이'가 우리 민족의 의식 구조에 내재해 있는 보편적이고 전형적인 한의 원형이라면, 서정주 시의 '누이'는 친근하고 다정한 존재로 형상화된다. 그리고 박재삼 시의 '누이'가 한을 품은 애상적 여인이라면, 송수권 시의 '누이'는 부활 의지를 지닌 존재이자 미래지향적인 만남을 예비하는 존재로 그려진다.

이상으로 전통서정시인들의 계보에서 송수권 시의 변별점을 확인하였다. 다음으로는 그의 시 세계가 동시대에 활동한 다른 시인의 시와는 어떻게 다른지 살펴보려 한다.

먼저 농촌을 배경으로 한 송수권의 시편들은, 신경림의 「농무」와 같은 농민시[313]처럼 전통적이고 공동체적인 삶의 공간을 바탕으로 하고 있다는 점에서 공통된다. 다음에 인용되는 신경림의 시는 농촌 현실에서 힘겨운

상상력을 보여주는데 죽은 누이의 애잔한 이미지보다는 부활 의지를 보여준다."(정호웅, 2005, 「<산문에 기대어>에 나타난 불과 물의 역동적 상상력」, 홍영·정일근 외, 앞의 책, 181~182쪽 참조.)

312 "「산문에 기대어」는 출발부터가 법화경에서 터득했음 직한 불교정신 또는 저 월명사나 충담사의 향가정신에서 오는 신성화된 삶의 '부활 의지'로써 면면한 가락을 감지할 수 있다."(김용직, 1980, 「한국적 정서와 힘」, 『산문에 기대어』 해설, 문학사상사, 149쪽.)

313 서범석은 일제강점기의 농민시의 갈래를 주제의식에 따라 다음 5가지로 분류한다. ① 비판적 리얼리즘의 농민시, ②계몽문학적 농민시, ③프로문학으로서 농민시, ④풍속사적 농민시, ⑤생산문학으로서의 농민시. 그는 농민의 삶을 '전통적'인 것(④)과 '현실적'인 것(①,②,③,⑤)으로 양분하고 이념적 방법에 따라 '민족주의'(②)와 '계급주의'(③)로 나누어 보았다. (서범석 편, 1993, 『한국 농민시』, 고려원, 984쪽.)

농민들의 삶을 형상화하고 있다.

　　　　징이 울린다. 막이 내렸다.
　　　　오동나무에 전등이 매어 달린 가설 무대
　　　　구경꾼이 돌아가고 난 텅 빈 운동장
　　　　우리는 분이 얼룩진 얼굴로
　　　　학교 앞 소줏집에 몰려 술을 마신다.
　　　　답답하고 고달프게 사는 것이 원통하다.
　　　　꽹과리를 앞장세워 장거리로 나서면
　　　　따라붙어 악을 쓰는 건 조무래기들뿐
　　　　처녀애들은 기름집 담벽에 붙어 서서
　　　　철없이 킬킬대는구나.
　　　　보름달은 밝아 어떤 녀석은
　　　　꺽정이처럼 울부짖고 또 어떤 녀석은
　　　　서림이처럼 해해대지만 이까짓
　　　　산 구석에 처박혀 발버둥친들 무엇하랴.
　　　　비료 값도 안 나오는 농사 따위야
　　　　아예 여편네에게나 맡겨 두고
　　　　쇠전을 거쳐 도수장 앞에 와 돌 때
　　　　우리는 점점 신명이 난다.
　　　　한 다리를 들고 날라리를 불꺼나.
　　　　고갯짓을 하고 어깨를 흔들거나.

　　　　　　　　　　　　　　　° 신경림, 「농무」 전문

　　신경림의 「농무」는 농민들의 현실적이고 고통스러운 삶을 탐구하면서,

민중적 민족주의라는 이념적 방법을 취한다. 이를 서범석은 신경림으로부터 새롭게 시작된 1970년대의 새로운 농민시의 한 갈래라고 지적한다.[314] 신경림의 「농무」는 산업화로 인해 피폐해진 농촌 현실과 농민들의 고달픈 삶을 전달하고 "비료 값도 안 나오는 농사 따위야"에서 볼 수 있듯이 농촌 경제의 구조적 모순을 비판한다. "쇠전을 거쳐 도수장 앞에 와 돌 때/ 우리는 점점 신명이 난다."와 같은 역설은 도시화로 인해 소외된 농민들의 답답함과 절망, 체념과 분노를 잘 형상화하고 있다. 신경림의 민중시는 농촌 현실의 불평등 구조에 대한 인식에서 출발하여 농민들의 현실적 고통을 드러낸다. 이런 점에서 전통적인 농촌을 이상적인 공간으로 설정하고, 그 시·공간을 그리워하면서 회귀하려는 욕망을 보여주는 송수권의 시와 변별점을 갖는다.

다음으로 2001년에 3인 시집인 『별 아래 잠든 시인』을 공동으로 출간할 정도로 막역했던 이성선, 나태주를 주목해본다. 이성선, 나태주[315]와 송수권은 순수서정시로 한국적 자연을 재발견하고 승화시키려는 노력을 기울여 왔던[316] 점에서는 유사한 측면이 있다. 세 시인은 1940년대 초~중반에

---

314 서범석, 2006, 「신경림의 <농무> 연구 — 농민시적 성격을 중심으로」, 『국제어문』 37권, 국제어문학회, 163쪽.

315 1984년 1월 이성선과 나태주가 광주로 송수권을 찾아와 세 시인이 처음 만났고, 평생 깊은 시우(詩友)의 정을 나누며 살았다(나태주, 「아직도 그리운 이름」, 『나태주 시 전집』 - 산문, 고요아침, 2006, 237쪽). 송수권은 나태주, 이성선 등을 일컬어 "혀를 물고 살았던 벗"이라 표현하고 있다. 그만큼 오랫동안 깊은 교우를 나누고 살았다는 의미다. (송수권, 2001, 「변방의 외로운 시인, 나태주」, 『시와시학』, 시와시학사, 겨울.)

316 3인 시집 『별 아래 잠든 시인』의 발문에서 "우리는 설악산 - 계룡산 - 지리산, 산자락 하나씩을 보듬고 화전을 일구며 사는 변방의 시인이었다", "순수서정을 표방하고 흔들림 없이 신 자연 속에서 가장 깨끗하게 살아온 우리들의 삶"이라고 한 것에서 잘 드러난다. 이 3인 시집이 발간되기 50여 일 전에 이성선은 사망한다. (이성선·송수권·나태주,

출생[317]하여 각각 출생지인 전라도, 강원도, 충청도 지역에 평생 거주하며 향토성이 짙은 시를 썼다.

그리고 리얼리즘 시가 주도했던 1970~1980년대 시의 흐름 속에서도 전통서정을 추구한 것과 고향 공간의 자연을 시로 형상화했다는 점에서 유사하다. 이들의 시에 대한 논의가 주로 자연주의적 이미지 내지는 한국적 한(恨)의 세계, 또는 전통적, 불교적 상상력과 같은 측면에 주목하고 있음[318]도 이런 특성과 관련된다.

이성선은 혼탁한 세상에서 순수서정의 자연 세계를 일관되게 노래했다. 자연에서 깨달음을 찾으려는 구도자의 모습, 자연과 사물을 통해 탄생과 소멸, 만남과 이별 등을 새롭게 인식하면서 생명의 존엄과 가치를 추구하였다. 나태주는 전통서정을 바탕으로 자연의 아름다움, 신비로움, 미묘함, 삶의 정경, 인정과 사랑의 연연함 등을 노래하였다. 대상에 대한 치밀한 관찰력과 사색, 천진하고 참신한 착상 등이 그의 시를 지배하는 원리이다.[319]

2001, 『별 아래 잠든 시인』, 문학사상사.)

317 송수권 : 1940년 전남 고흥 출생(1975년 『문학사상』 등단), 이성선 : 1941년 강원 고성 출생(1971년 『문학비평』 등단), 나태주 : 1945년 충남 서천 출생(1971년 서울신문 등단)

318 이병금, 2004, 「이성선 시의 선 사유 연구」, 경희대학교 석사학위논문; 김영희, 2011, 「이성선 시에 나타난 관능적 자연 이미지 연구」, 고려대학교 석사학위논문; 송영호, 2005, 「나태주의 서정시 연구」, 경희대학교 석사학위논문; 정지은, 2017, 「나태주 초기 시의 리듬 양상 연구」, 동국대학교 석사학위논문; 서기룡, 2019, 「나태주 시 연구」, 한국교원대학교 석사학위논문; 문채열, 2005, 「송수권 시 연구」, 한국교원대학교 석사학위논문; 김수영, 2008, 「송수권 시의 전통성 연구」, 한국교원대학교 석사학위논문 등.

319 권영민, 2001, 『한국 현대문학 대사전』, 서울대 출판부 참조.

그런데 이 두 시인의 시 세계가 전통서정 혹은 순수서정의 세계를 지속적으로 노래했다면, 송수권의 시는 여기에 민중이나 역사성이 가미된 역동적 힘을 보여준다는 측면에서 변별된다. 즉 전통서정에서 출발하였지만, 치열한 현실 인식이 투영된 민중시, 문명 비판적인 생태환경시, 역사의식이 가미된 장편서사시와 같이 폭넓은 시 세계의 스펙트럼을 송수권의 시가 보여주었기 때문이다. 이러한 점이 바로 전통서정시의 한계를 극복하기 위해서 송수권 시가 보여준 치열한 시정신이라고 볼 수 있다. 앞에서 자주 거론했듯이 송수권은 전통서정시가 지닌 가치와 한계를 직시하였다.

이상과 같은 인식의 변화에 따라 그의 시 세계도 차츰 변화되고 산문적 경향도 강해지면서 전통미학의 범주만으로는 설명하기 어려운 징후들이 나타난다. "시인의 내면의식은 객관적 현실과의 관계 속에서 부단히 형성되고 변모"[320]하기 때문에 송수권 시의 위상을 조명하기 위해서는 현실 인식에 따라 그의 시 세계가 변모한 양상을 점검할 필요가 있다.

2장_ 송수권 시의 시사적 위치

전술한 바와 같이 송수권의 시 세계가 항상 고정불변했던 것은 아닌데, 이는 그의 자연 인식과 세계관의 굴절에서 기인한다. 이러한 변모 양상에 따라 송수권의 시작 활동을 제5기로 나누어 보면 다음과 같다.

앞서 말했듯이 송수권 시의 시적 배경은 대부분 그의 주거지이다. 그는

---

320 오성호, 2006, 『서정시의 이론』, 실천문학사, 341~343쪽 참조.

제1기(1975~1982)에 고흥과 초도, 제2기(1982~1991)는 광주에서 살았다. 제3기 (1991~2001)에는 제주도에서 격포로, 제4기(2002~2011)에는 다시 격포에서 섬 진강, 제5기(2012~2016)는 완도 신지도로 이동했다. 이와 같은 장소의 이동에 따라 시 세계가 다른 양상을 보이는 것을 알 수 있다. 주거공간이 변화할 때마다 그의 작품에 나타나는 자연 배경과 시 세계가 달라지는 것이 이를 방증한다. 따라서 이 책에서는 송수권 시인의 시력(詩歷)을 창작 공간 중심 으로 구분해 파악해서 살펴보고자 한다.[321]

제1기에 해당하는 제1시집 『산문에 기대어』(1980), 제2시집 『꿈꾸는 섬』 (1983)은 고향을 배경으로 했다. 이 시기에는 토속적인 소재를 통해서 민족 적 정서와 원초적 자연을 형상화하였다. 이때는 자연에 대한 신화적 상상 력이 두드러진다.

제2기는 제3시집 『아도(啞陶)』(1985)부터 제4시집 『새야 새야 파랑새야』 (1986), 제5시집 『우리들의 땅』(1988), 제6시집 『자다가도 그대 생각하면 웃 는다』(1991)를 집필할 때까지이다. 제3시집 『아도(啞陶)』와 이듬해에 출간된 『새야 새야 파랑새야』는 부정적 현실과 투쟁하는 민중의식이 두드러진다. 이는 1980년 5·18 광주민중항쟁에서부터 1987년 6월항쟁을 지켜본 송수권 의 현실 인식이 시에 수용된 것이다. 이때부터 송수권의 시 내용과 형식은 획기적인 전환기를 맞이한다. 그의 시에서 나타나는 남성적 힘은 제1기에

---

321 주거지의 변화와 작품 성향의 변화가 정확하게 일치하지는 않으므로 주거지에 따른 분류인 제2기(1982~1991)는 광주를 기반으로 하고 있지만, 서로 성격이 다른 시편들도 있다. 따라서 시적 성향에 따라 이를 2기와 3기로 나눈다. 또한, 주거지로 구분한 제4기 (2002~2011)와 제5기(2012~2016)는 후기 시 세계의 완결판이라고 보고 제4기로 통합 하여 논의하겠다.

서부터 내재된 것이지만, 특히 이 시기의 시들은 민중성과 결부된 공동체 정신과 역사의식으로 확대됨으로써 나약한 한을 극복하는 역동적 힘을 보여주었다. 그런데 제5시집 『우리들의 땅』과 제6시집 『자다가도 그대 생각하면 웃는다』에서는 시대 상황의 변화에 따라 민중 의지가 다소 약화되고 전통서정으로의 복귀가 두드러진다.

제3기는 제7시집 『별밤지기』(1992), 제8시집 『바람에 지는 아픈 꽃잎처럼』(1994), 제9시집 『수저통에 비치는 저녁노을』(1998), 제10시집 『파천무』(2001), 제11시집 『언 땅에 조선 매화 한 그루 심고』(2005)까지다. 제7시집 『별밤지기』는 아버지를 잃고 홀로 된 심정을 쓴 것인데, 이 시기에 이르러서 생태학적 사유가 두드러진다. 제8시집 『바람에 지는 아픈 꽃잎처럼』은 생태시[322]의 성격을 띤 작품들이 많다. 이 시기에는 생명에 대한 문제를 보다 감각적, 실천적, 현실적으로 다루었다. 황토, 대나무, 뻘에 눈을 뜨고 그것을 남도 정신으로 승화한 것은 제9시집 『수저통에 비치는 저녁노을』에서부터다. 제10시집 『파천무』는 사랑과 만남, 인연의 소중함에 대한 자각을 형상화함으로써 빼어난 형이상학적 통찰을 보여주었다. 제11시집 『언 땅에 조선 매화 한 그루 심고』는 아내의 투병 때문에 몇 년 동안 절필한 후 다시 시를 쓰게 된 것으로 송수권 시의 원형성 회복을 위한 시집이다.

제4기는 제12시집 『달궁 아리랑』(2010), 제13시집 『남도의 밤 식탁』(2012), 제14시집 『빨치산』(2012), 제15시집 『통』(2013), 제16시집 『사구시의 노래』(2013), 제17시집 『허공에 거적을 펴다(2014), 제18시집 『흑룡만리』(2015)까지

---

322 한국시사에서 자연과 생태계의 파괴를 우려하여 그 오염 현장을 고발하고 비판하는 생태 시에 대한 본격적인 논의가 시작된 것은 1990년대부터이다.

다. 이 시기는 송수권 시의 완결판으로 볼 수 있다. 즉, 제4기에 이르러서 빨치산과 제주 4·3항쟁의 역사를 다루거나, 고향에 대한 노래, 남도의 소리와 가락, 남도의 음식과 사라져가는 것들에 대한 애정 등 폭넓은 스펙트럼의 시 세계가 통합적으로 형상화되었다. 이를 4가지 유형으로 나눌 수 있는데, 구체적으로 분류하면 다음과 같다.

(1) 역사의식 : 빨치산을 소재로 다룬『달궁 아리랑』,『빨치산』과 제주 4·3항쟁을 시적으로 형상화한『흑룡만리』. 이 3권은 동학혁명 서사 시집인『새야 새야 파랑새야』(1987)와 함께 송수권의 서사시집에 해당한다.

(2) 고향에 대한 노래 :『사구시의 노래』(2013)

(3) 남도의 소리와 가락 :『허공에 거적을 펴다』(2014)

(4) 남도의 음식문화 :『남도의 밤 식탁』(2012),『통』(2013)

특히 남도의 음식문화를 노래하는 그의 시는 다른 전통시와 구별되는 특징이 있다. 제9시집『수저통에 비치는 저녁노을』에서부터 송수권은 음식시를 매개로 하여 무뎌진 현대인의 원초적 감각을 복원하고자 하였다. 특히 송수권은『남도의 맛과 멋』,[323]『풍류 맛 기행』[324]을 통해 남도의 음식 문화를 총정리하였는데, 이는 본격적인 음식시를 쓰기 위한 발판이 된다. 이상과 같이 살펴본 그의 시 세계는 다음과 같은 점에 시사적 의의를

---

323 송수권, 1996,『남도의 맛과 멋』, 창공사.
324 송수권, 2003,『시인 송수권의 풍류 맛 기행』, 고요아침.

지닌다고 할 수 있다.

첫째, 송수권의 시는 전통서정을 창조적으로 계승했다. 그의 시는 자연 친화의 순수서정을 지향하면서도 관조적 세계에 빠져들지 않았다. 즉, 토속어에 대한 진지한 성찰을 통해 사라져가는 것들의 의미와 가치를 소환함으로써 우리말 고유의 묘미를 환기한다. 더 나아가 향토어에 담긴 남도의 정서, 더 나아가 우리 민족의 정서를 회복하고자 했다. 송수권 시의 토속적 정서는 우리 민족 고유의 신앙으로 확대된다.

둘째, 송수권의 시는 민요의 가락을 변형하면서 그 가락을 새롭게 전승하였다. 민요의 선·후창 방식, 숫자요(數字謠), 문답요(問答謠)와 같은 가락은 그만의 독특한 전통 변용으로 볼 수 있다. 그의 시적 외장이 무엇보다 돋보이는 것은 현대시에서 자취를 감추다시피 한 운율과 리듬감을 강조한 점 때문이다. 김소월의 대부분 시가 3음보를 기본으로 변화를 주는 율격임에 반해 송수권의 가락은 음보에 연연하지 않고 자유스럽게 행을 늘이거나 나눔으로써 그만의 독특한 가락을 만들어냈다.

게다가 그는 남도의 토착 방언을 비롯한 판소리, 민요, 농악, 무가, 춤, 육자배기를 비롯한 잡가 등에서 남도 가락을 차용했다. 의도적으로 토속어와 판소리 가락을 활용한 송수권의 시는 호흡이 긴 산문시에서도 리듬을 잃지 않고, 시적 분위기나 이미지, 정서의 변화를 자유자재로 구사하였다. 이는 우리말의 미감과 결을 개성적으로 살리려 애쓴 결과일 것이다.

셋째, 송수권의 시는 설화와 이야기시 기법을 활용해서 민족의 통합적 세계관을 보여주었다. 설화의 차용은 초기·중기에서도 일관되게 나타나는 특징이지만, 특히 후기 시에서 산문적 호흡과 함께 이야기가 등장한다. 이런 설정은 개인의 주관적 정서와 서정성보다는 이야기의 객관적 전개에 주력하게 만든다. 이러한 점에서 송수권의 이야기시는 서정주의 『질마재 신화』로 대표되는 이야기시와 비교했을 때, 확연하게 그 특성이 드러난다. 서정주의 이야기시는 운율을 버리고 이야기를 전면에 내세운 데 반해, 송수권은 『달궁아리랑』, 『빨치산』, 『흑룡만리』 등 이야기시에서도 운율을 버리지 않았다는 점에서 그 차이가 부각된다. 그리고 서정주의 『질마재 신화』가 이상적인 공간으로서의 신화적 세계를 형상화한 데 반해 송수권의 이야기시는 빨치산과 제주 4·3항쟁 등 민중적 삶의 공간을 전격 수용했다는 점에서 명백한 차이를 보인다.

따라서 송수권의 이야기시는 양식적 측면에서 한국 산문시의 전통과 이미지 편중 현상을 벗어난 새로운 산문시의 개발이라는 점에서도 큰 의미를 지닌다고 하겠다. 이러한 그의 이야기시는 변화하는 세계에 적응하기에 바쁜 현대인들에게 사라져가는 것들에 대한 성찰과 의미를 부여한다.

넷째, 곡선을 통한 순환론적 세계관을 펼쳤다. 송수권의 시는 현대사회의 문제점을 파악하고, 반성적 성찰을 보여주었다. 송수권의 시가 노래한 세계는 대부분 이미 잃어버렸거나 왜곡되어 버린 삶이다. 따라서 온전했던 과거의 삶(유년의 체험)에 대한 진한 애정과 그리움이 자주 나타난다. 그러나 그의 시는 회고적 정서를 바탕으로 하면서도 감상에 빠지지 않고, 슬픔을 객관화함으로써 합일과 조화로운 세계를 향해 나아감으로써 전통서정시의 한계를 극복해 나간다.

다섯째, 송수권의 시는 생명성에 대하여 이야기하되, 섣부르게 생경한 이념을 노출하거나 과도한 목적의식에 사로잡혀 순수서정시의 정신을 훼손하지 않았다. 물질문명에 대한 송수권 시의 비판적 시선은 모든 생명체에 대한 애정을 바탕으로, 인간과 자연의 화합할 수 있는 상생의 삶을 추구했다는 점에서 그 의의를 찾을 수 있다. 이를 구현하기 위해서 그가 시에 끌어들인 것이 곡선의 상상력이다. 그의 시는 곡선이 지닌 풍요로움을 통해서 직선을 질주하는 현대의 시간관을 지양하고자 했다. 따라서 곡선이 지닌 순환적인 이미지는 현대문명의 폐해를 치유할 수 있는 가치관으로 이어진다.

여섯째, 종래의 퇴영적인 한의 정서를 극복하고, 역사의식을 부여했다. 그리하여 송수권의 시는 전통서정의 미학과 더불어 시대정신과의 결합을 공고히 하고자 하였다. 그는 김소월, 김영랑, 서정주, 박재삼 등 기존 전통 서정 시인들이 추구해온 나약한 '한'의 정서에 역동성을 부여하여 공동체 영역으로 확대하였으며, 공허한 서정시의 한계를 극복하기 위해 민중적인 삶에 주목하면서 민족적 한을 역사의식으로 승화시켰다. 특히 그가 마지막 시집으로 제주 4·3항쟁을 형상화했다는 것은 그의 시적 지향점을 명확히 입증해준다. 송수권 이전에 4·3을 본격적으로 형상화한 이산하의 장편서 사시, 「한라산」(1987)이 있지만, 이 작품이 4·3 봉기를 탄압한 미국과 추종 세력에 대한 저항, 당시 5공 정권의 퇴진을 주장한 데 비해서 송수권의 『흑룡만리』는 이념에 희생된 선량한 제주도민들의 넋을 위로하기 위한 진혼제의 성격이 강하다는 점에서 그 차이를 보인다.

일곱째, 송수권의 음식시는 백석의 음식시를 계승하였지만, 송수권 특유의 풍류정신 및 남도정신과 결합함으로써 백석의 음식시보다 감각을 의도적으로 활용했다.[325] 풍류정신을 바탕으로 한 '뻘'과 '그늘'을 통해 송수권

---

325 '밤젓'을 다음과 같이 표현한다. "고솝하고 쌉쓰름한 그 맛/ 알싸하니 목이 잠겨 감질나는" 맛.

의 음식시는 대상을 재현하여 독자의 원초적 감각을 직접 일깨운다. 송수권의 음식시는 음식과 관련된 토속어의 사용으로 모국어의 범위를 한층 확장했다. 또한 현대사회의 이질적 서구 음식문화에 대응하여 전통적 음식문화를 보여줌으로써 우리 민족 본연의 공동체적 가치관을 회복하고자 한 그의 시는 음식시의 새로운 지평을 열었다고 할 수 있다.

하지만 송수권 시는 다음과 같은 점에서 한계를 나타내기도 한다. 남도정신을 토대로 향토어의 활용과 모국어에 대한 애착이 두드러지는데, 이런 지점에서 송수권의 시 세계가 지역성에 갇혀 있다는 견해에서 자유로울 수 없는 측면이 있기도 하다.

그럼에도 남도라는 상징적 공간을 통해 나타나는 근원적 세계에 대한 갈망은 의미하는 바가 지대하다. 말하자면 그가 천착한 전통서정시의 형식, 시적 의장(意匠)은 이질적인 서구문화의 무분별한 수용에 대한 반작용으로 읽힌다. 토속적인 정서를 시 속에 도입하여 이상적 삶에 대한 양식을 반문하게 하고자 한 것이기 때문이다.

송수권은 등단 이후 꾸준히 전통 서정 시인으로서의 자리를 지켰다. 이에 현실 참여에 미온적인 시인이라고 비판받기도 했지만, 역사적 차원으로 확대된 송수권의 시 세계를 확인할 수 있다는 점에서 이는 타당한 지적이라 할 수 없다. 왜냐하면 그는 광주민중항쟁의 체험을 담은 『아도』를 비롯하여 동학혁명 서사시집인 『새야 새야 파랑새야』, 빨치산을 소재로 다룬 『달궁 아리랑』과 『빨치산』 그리고 제주 4·3항쟁을 시적으로 형상화한 『흑룡만리』를 통해 괄목할 만한 문학적 성과를 보여주었기 때문이다. 자연친화적 세계관을 바탕으로 한 송수권의 시에서 전통서정의 비중이 큰 것은 틀림없으나, 그의 시 세계에 대한 가치와 평가가 전통의 범주에만 한정되어서는 안 되는 이유가 여기에 있다. 게다가 그는 치열한 현실 인식이 투영된 시에서조차 서정성의 구현에 충실하고자 하였다. 무엇보다 송수권이 표방한 전통서정과 시 정신이 작품 속에 예술적으로 구현되었으며, 그 서정성의 미학이 현대시의 자폐성을 극복하고, 한국시사의 정체성을 확립하는 데 기여했다고 할 수 있다. 이렇게 볼 때 송수권은 어쩌면 대가 끊길 위기에 처해 있는 한국전통서정시인의 마지막 계보에 드는 시인이요, 종래의 한국전통서정시가 지닌 결함과 한계를 극복한 진정한 완성자라고 평가할 수 있겠다.

3장_ 한국 현대시단과 송수권

과학기술이 급속하게 발달하고 물신주의가 팽배해짐에 따라 인간은 도리어 문명의 이기로부터 소외되고 인간 자신을 자본 및 상품의 노예로 전락시키고 말았다. 인류의 편익과 행복을 위해 구축한 현대문명이 오히려 인간을 구속하고 억압함으로써 현재는 물론 미래의 삶까지 암담한 불확실성으로 몰아가게 된 것이다. 역설적이게도 기계문명이 첨예하게 발달하면 할수록 인간 본연의 존재의미를 되찾고자 하는 시도 역시 꾸준히 지속되고 있다. 최근 범세계적으로 확산되고 있는 레트로 열풍도 이와 관련이 깊다 하겠다.

이런 측면에서 시류에 영합하지 않고 자신의 시적 영토를 공고히 확립한 송수권의 시적 의장(意匠)은 더 큰 의미로 다가온다. 그의 시는 토속적 서정을 기반으로 출발하였으나 전통서정에 안주하지 않고, 한층 더 심화된 세계로 확장되었기 때문이다. 하지만 항상 새로움을 추구해야 하는 예술세계에서 송수권이 천착한 전통서정은 낡은 것으로 폄하되는 실정이다. 그의 시 세계가 자연 친화적이며 전통서정의 복원을 위해 복무한다는 측면에서 오늘날의 현실과 동떨어져 있다는 비판에서 자유로울 수 없기 때문이다.

그렇다면 시가 마땅히 지녀야 할 서정성을 도외시하는 작금의 한국시단의 풍토는 과연 바람직한 것인가. 근래 한국시단과 일부 시인들은 몇 가지 문제점에 직면해 있다. 가장 큰 문제는 첫째, 새로움을 앞세워 전위적인 실험성만을 좇는 경향이다. 즉, 자폐성과 말초적인 감각을 의도적으로 드러내는, 사변적인 경향의 시를 좇는 시인들이다. 둘째, 운율과 압축을 도외시하고 극단적인 산문화로 치닫는 시인들, 셋째, 독자와의 소통의 문을 아예 닫아버린 시인들, 넷째, 복잡다기한 난해시의 면모를 보여주는 시인들이다. 더욱이 난해한 시적 풍조의 유행은 일반 독자들로부터 한국 현대시단을 더욱 더 유리되게 만들고 있다.

이런 의미에서 시의 생명이라고 볼 수 있는 서정성과 여운, 감동과 떨림 등을 강조하며, 전통서정의 맥을 잇고 재창조한 송수권의 시는 우리에게 시사하는 바가 무척 크다.

그러나 한국 시단에서 전통서정시의 추구는 시대의 흐름에 역행하는 것으로 치부되기도 한다. 혹자는, 언어에 대한 믿음을 가지고 자신을 둘러싼 세계를 투명하게 그려내는 시인보다는 언어와 세계에 대한 불신과 회의를 지님으로써 현실을 해체하고 시를 통해 재구성하려는 시인이 더 의미 있지 않겠는가, 하고 반문할지도 모른다. 또한 은유적인 언어체계에서 환유적인 사유체계로 이행하는 모험을 통해 시적 영역을 확장하는 노력이 한국현대시의 발전을 위하여 더 많이 필요하지 않을까, 하는 지적에 직면

할 수도 있겠다. 필자는 이러한 진단 역시 한국현대시의 지평을 넓히는 하나의 작업이라는 사실을 부정하고 싶지 않다.

그러나 모든 것이 대체로 그러하듯이 한국현대시 역시 외연의 확장과 함께 그 깊이를 담보할 수 있어야 한다. 이러한 맥락에서 물질문명이 몰고 온 폐단과 병폐를 치유할 수 있는 시의 역할 즉, 그 해법으로써 여러 가지 방법론을 모색할 수 있겠지만, 그중에서 가장 유력한 것이 전통서정에 대한 관심임을 부정할 사람은 없을 것이다. 근래 신서정에 대한 평단의 관심과 일부 시 동인의 움직임 역시, 이런 연유와 무관하지 않다. 신서정이든 탈서정이든 근본적으로 시는 동일성의 원리에 따른 서정에 그 뿌리를 두고 있다. 장희창에 의하면, 서정시는 '내면화', '노래', '감동'이라는 세 요소로 이루어져 있다.[326] 이런 점에서 볼 때 송수권의 시편은 시기별로 다양한 모습을 보여주고 있지만, 대부분의 시가 이 세 가지 요소를 충족하고 있다.

그러므로 송수권의 시 세계를 일관되게 관통하는 요소를 압축하자면, 남도정신을 바탕으로 하는 전통서정과 자연이라고 말할 수 있을 것이다. 즉, 그의 시는 더 넓은 세계 공간을 지향하면서도 남도라는 지리적 공간을 뿌리로 한다. 이는 근원적인 삶을 추구하는 남도문화와 토속적 정서가 황폐한 현대인의 정신을 되살리고, 구원해 줄 것이란 시인의 믿음 때문일 것이다.

그렇다면 한국현대시의 미래는 어떻게 흘러갈 것인가? 그 미래에 대한 전망은 과연 가능한 일일까? 역설적이게도 미래를 잘 예측하기 위해서는

---

326 장희창, 1986, 「서정시 개념에 대한 소고」, 『동의논집』 제13집, 동의대학교, 46쪽.

과거의 사례들을 점검하고 복기해볼 필요가 있다. 한국현대시사는 모더니즘과 리얼리즘의 길항 작용 속에서 형성되어 왔다고 해도 과언이 아니다. 하지만 한국시단은 순수와 참여라는 두 개의 축이 상호 배타적 관계에 놓여 있던 것이 아니라, 톱니바퀴가 맞물리는 듯이 상호보완적인 관계를 유지하며 발전해왔다. 이러한 맥락에서 볼 때 속도감을 미덕으로 여기는 현대사회에서 '느림의 미학'을 추구하는 송수권의 시가 더 필요한 것은 아니겠는가. 서로 다른 성향의 시가 상호보완적 요소로 작용할 때 한국시단은 더 풍성해질 것이며 균형적으로 발전해 나갈 수 있을 것이다. 특히 전통서정의 한 유형으로써 생태시나 명상시, 종교시 등에서 그 가능성을 찾아볼 수 있으리라 생각한다. 가령, 송수권의 시집 「퉁」에서처럼 남도의 질펀한 '뻘'이 주는 생명성, 「산문에 기대어」와 같은 불교적 명상시가 이러한 가능성을 담보할 수 있을 것이다.

요컨대 송수권의 시는 전통서정에 대한 지향뿐 아니라 생명존중과 상생이라는 폭넓은 시 세계를 보여주었다. 따라서 그의 시는 디지털 시대 물질문명의 발달에 따라 속도를 최우선시해야 하는 세상에 피로감을 느끼는 현대인들을 치유할 수 있는 구원의 시학이 될 수 있다 하겠다. 생명에 대한 외경심과 인간 존재에 대한 사랑은 물론, 그 너머의 공동체 정신을 노래한 송수권의 문학세계가 파편화된 현대사회의 개인들을 따스하게 감싸 안는 패러다임이 될 수 있으리라 기대하는 이유가 여기에 있다.

참고문헌

1. 기본 자료

1) 송수권 시집

송수권, 『산문에 기대어』, 문학사상사, 1980.
_____, 『꿈꾸는 섬』, 문학과지성사, 1982.
_____, 『아도(啞陶)』, 창비, 1984.
_____, 『새야 새야 파랑새야』, 나남, 1986.
_____, 『우리들의 땅』, 문학사상사, 1988.
_____, 『자다가도 그대 생각하면 웃는다』, 전원, 1991.
_____, 『별밤지기』, 시와시학사, 1992.
_____, 『바람에 지는 아픈 꽃잎처럼』, 문학사상사, 1994.
_____, 『수저통에 비치는 저녁노을』, 시와시학사, 1998.
_____, 『파천무(破天舞)』, 문학과경계사, 2001.
_____, 『언 땅에 조선 매화 한 그루 심고』, 시학사, 2005.
_____, 『달궁 아리랑』, 종려나무, 2010.
_____, 『남도의 밤식탁』, 작가, 2012.
_____, 『빨치산』, 고요아침, 2012.
_____, 『퉁』, 서정시학, 2013.
_____, 『사구시의 노래』, 고요아침, 2013.
_____, 『허공에 거적을 펴다』, 지혜, 2014.
_____, 『흑룡만리』, 지혜, 2015.

2) 송수권 시선집

송수권, 『우리나라 풀 이름 외기』, 문학사상사, 1988.
_____, 『지리산 뻐꾹새』, 미래사, 1991.
_____, 『들꽃 세상』, 혜화당, 1999.

_____, 『초록의 감옥』, 찾을모, 1999.

_____, 『여승』, 모아드림, 2002.

_____, 『우리나라의 숲과 새들』, 고요아침, 2005.

_____, 『시골길 또는 술통』, 종려나무, 2007.

_____, 『격포에 오면 이별이 있다』, 문학의 전당, 2007.

3) 송수권 산문집

송수권, 『다시 산문에 기대어』, 오상사, 1986.

_____, 『사랑이 커다랗게 날개를 접고』, 문학사상사, 1989.

_____, 『남도 기행』, 시민, 1991.

_____, 『남도의 맛과 멋』, 창공사, 1996.

_____, 『쪽빛 세상』, 토우, 1998.

_____, 『태산 풍류와 섬진강』, 토우, 2000.

_____, 『만다라의 바다』, 모아드림, 2002.

_____, 『아내의 맨발』, 고요아침, 2003.

_____, 『송수권의 풍류 맛 기행』, 고요아침, 2003.

_____, 『사랑의 몸 시학』, 문경, 2005.

_____, 『상상력의 깊이와 시 읽기의 즐거움』, 푸른사상, 2006.

_____, 『소리, 가락을 품다』, 열음사, 2007.

_____, 『남도 풍류의 맥을 찾아서』, 시와사람, 2008.

4) 송수권 자술시론

송수권, 「나의 삶 나의 시」, 『동아일보』 1991년 6월 17일자.

_____, 「작가의 고향, 고흥」, 『월간조선』 1991년 2월호.

_____, 「생기로 피는 한, 부활의 힘과 역동성」, 『시와 시학』 1991년 가을호.

_____, 「설움 많던 그 황톳길」, 『월간조선』 1991년 2월호.

_____, 「통일 시대를 향한 문학」, 『문학사상』 1995년 8월호.

_____, 「극기와 내면의 풍경」, 『송수권의 체험적 시론』, 문학사상사, 2006.

_____, 「시인의 고향과 시」, 『시안』 1999년 가을호~겨울호 연재.

_____, 「꽃의 이미지와 시적 변용」, 『시안』 2001년 봄호.

_____, 「남도의 표본적 정서와 그 말가락」, 송수권 교수 정년퇴임 석별강의, 2005.

_____, 「나의 시와 지형학」, 원광대학교 특강, 2005.

_____, 「남도의 식탁과 풍류정신」, 『시인수첩』 2010년 여름호.

_____, 「불교 인연 이야기—교수가 되기까지」, 『불교신문』 2010년 7월호.

_____, 「내 시의 비밀 — 굿과 제의와 샤머니즘에 나타난 원형적 이미지」, 『시인수첩』
　　　　2010년 가을호.
_____, 「작가의 집중조명」, 『시선』 2010년 가을호.
_____, 「나의 삶, 나의 문학」, 『대산문화』 2010년 가을호.
_____, 「남도의 맛과 멋」, 『오늘의 가사문학』, 고요아침, 2015년 봄호~2015년 겨울호.
_____, 「자전적 시론 — 백석과 송수권, 겹침의 시학」, 『열린시학』 2015년 여름호.
송수권·맹문재, 「대담 — 개미가 쏠쏠한 시」, 『서정시학』 2013년 겨울호.

2. 단행본

고형진, 『백석 시 연구』, 새미, 1996.
_____, 『백석시를 읽는다는 것』, 문학동네, 2013.
곽광수, 『바슐라르와 상상력의 미학』, 민음사, 1976.
권기숙, 『기억의 정치』, 문학과지성사, 2006.
권영민, 『한국현대문학사』, 민음사, 1994.
_____, 『한국 현대문학 대사전』, 서울대학교 출판부, 2001.
권혁웅, 『시론』, 문학동네, 2010.
김경복, 『생태시와 넋의 언어』, 새미, 2003.
김길수, 『떨림과 되살림의 풍경 교향곡』, 푸른사상, 2003.
김동근, 『서정시의 기호와 담론』, 국학자료원, 2015.
김동춘, 『분단과 한국사회』, 역사비평사, 1994.
김백겸, 『시를 읽는 천 개의 스펙트럼』, 북인, 2011.
김선태, 『풍경과 성찰의 언어』, 도서출판 작가, 2005.
_____, 『진정성의 시학』, 태학사, 2012.
김준오, 『시론』 제4판, 삼지원, 2010.
김진희, 『근대 문학의 장과 시인의 선택』, 소명출판, 2009.
김열규, 『동북아시아의 샤머니즘과 신화론』, 아카넷, 2003.
김　현, 『프랑스 비평사 — 근대/현대편』, 문학과지성사, 1991.
_____, 『행복의 시학/제강의 꿈』, 문학과지성사, 1991.
김홍중, 『마음의 사회학』, 문학동네, 2000.
김혜정, 『여성 민요의 음악적 존재 양상과 전승원리』, 민속원, 2005.
박용숙, 『한국의 시원 사상』, 문예출판사, 1991.
박찬부, 『라캉 : 재현과 그 불만』, 문학과지성사, 2006.
서대석, 『한국의 신화』, 집문당, 1997.

성기옥, 『한국시가 율격의 이론』, 세문사, 1996.

소래섭, 『백석의 맛』, 프로시네스, 2009.

송용구 편저, 『에코토피아를 향한 생명 시학』, 시문학사, 2000.

신덕룡, 『생명시학의 전제』, 소명출판, 2002.

유동식, 『풍류도와 한국의 종교사상』, 연세대학교 출판부, 1997.

염창권, 『집 없는 시대의 길가기 ― 일제 강점기 한국 현대시의 공간구조』, 한국문화사, 1999.

이남호, 『서정주의 화사집을 읽는다』, 열림원, 2003.

이부영, 『분석심리학』, 일조각, 1993.

이승훈, 『모더니즘 시론』, 문예출판사, 1995.

이승하 외, 『유쾌한 시학 강의』, 아인북스, 2015.

이승훈, 『문학 상징 사전』, 고려원, 1995.

이은봉, 『시와 생태적 상상력』, 소명출판, 2000.

_____, 『진실의 시학』, 태학사, 1998.

이성우, 『한국 현대시의 위상학』, 도서출판 역락, 2007.

이진경, 『근대적 시공간의 탄생』, 푸른숲, 2007.

오성호, 『서정시의 이론』, 실천문학사, 2006.

오세영, 『시 쓰기의 발견』, 서정시학, 2014.

_____, 『김소월, 그 삶과 문학』, 서울대학교 출판부, 2000.

_____, 『한국현대시 연구』, 새문사, 1990.

오세영 외 『한국 현대시사』, 민음사, 2007.

유성호, 『한국 현대시의 형상과 논리』, 국학자료원, 1997.

유종호, 『시란 무엇인가』, 민음사, 1995.

_____, 『문학이란 무엇인가4』, 민음사, 1995.

_____, 『동시대의 시와 진실』, 민음사, 1995.

임동권, 『한국 민요집 3』, 집문당, 1975.

장덕순, 『한국 설화 문학 연구』, 서울대학교 출판부, 2001.

장도준, 『정지용시연구』, 태학사, 1994.

장선희·정경운, 『호남 문학 기행』, 박이정, 2000.

조동일·김흥규, 『판소리의 이해』, 창작과비평사, 1992.

조동일, 『한국민요의 전통과 시가 율격』, 지식산업사, 1996.

_____, 『문학연구방법』, 지식산업사, 1980.

_____, 『한국 시가의 전통과 율격』, 한길사, 1982.

_____, 『한국 문학 통사 1』, 지식산업사, 2011.

_____,『한국 문학 통사 4』, 지식산업사, 2011.

조철수,『한국신화의 비밀』, 김영사, 2004.

조흥윤,『무(巫), 한국무의 역사와 현상』, 민족사, 1997.

정동화,『한국민요의 사적(史的) 연구』, 일조각, 1981.

주영하,『음식 인문학』, 휴머니스트, 2011.

지춘상,『남도 민속학 개설』, 태학사, 1998.

송수권,『시 창작 실기론』, 문학사상사, 2006.

천이두,『한국문학과 한』, 이우, 1985,

_____,『한의 구조 연구』, 문학과지성사, 1993.

채광석,『민족 문학의 흐름』, 한마당, 1987.

최동호·권혁웅 외『현대시론』, 서정시학, 2014.

최현식,『서정주 시의 근대와 반근대』, 소명출판, 2003.

한국문학평론가협회,『문학비평 용어사전』, 국학자료원, 2006.

홍명희,『상상력과 가스통 바슐라르』, 살림, 2005.

홍준기,『라캉과 현대 철학』, 문학과지성사, 1999.

홍영·정일근 외,『송수권 詩 깊이 읽기』, 나남출판, 2005.

황동규,『사랑의 뿌리』, 문학과지성사, 1976.

황선기,『불교사상의 본질과 한국불교의 제문제』, 보림사, 1989.

3. 학위논문 및 기타

1) 송수권 연구 학위논문

강선례,「송수권 시의 서정성 연구」, 인천교육대학교 석사학위논문, 2006.

유은희,「송수권 시 연구」, 원광대학교 석사학위논문, 2007.

소영란,「송수권 시 연구」, 순천대학교 석사학위논문, 2007.

문채열,「송수권 시 연구」, 한국교원대학교 석사학위논문, 2007.

김수영,「송수권 시의 전통성 연구」, 한국교원대학교 석사학위논문, 2008.

김종덕,「송수권 시 창작방법 연구」, 한남대학교 석사학위논문, 2008.

최나진,「송수권 시 세계의 변모 과정 연구」, 중앙대학교 석사학위논문, 2009.

이진영,「송수권 시 창작방법 연구」, 중앙대학교 석사학위논문, 2009.

김경선,「송수권 시의 풍류정신 연구」, 조선대학교 석사학위논문, 2012.

손나영,「송수권 시의 남도적 특성 연구」, 목포대학교 석사학위논문, 2013.

이태범,「송수권의 서정적 상상력 연구」, 전남대학교 석사학위논문, 2019.

김교은,「송수권 시의 토속성 연구」, 동신대학교 박사학위논문, 2020.

2) 기타 학위논문

김미정, 「1950~60년대 공론장에 대한 지식사회학적 연구 — 순수·참여 논쟁을 중심으로」, 서울대학교 석사학위논문, 2003.

김영희, 「이성선 시에 나타난 관능적 자연 이미지 연구」, 고려대학교 석사학위논문, 2011.

노현종, 「현대시에 나타난 '춘향' 모티프의 수용 양상 연구」, 아주대학교 석사학위논문, 2007.

류찬열, 「1970년대 한국 현대시의 계보와 유형 연구를 위한 시론」, 『우리문학연구』 제24집, 우리문학연구, 2008.

송영호, 「나태주의 서정시 연구」, 경희대학교 석사학위논문, 2005.

오정국, 「한국 현대시의 설화 수용 양상 연구」, 중앙대학교 박사학위논문, 2002.

이병금, 「이성선 시의 선 사유 연구」, 경희대학교 석사학위논문, 2004.

이원규, 「한국시의 고향의식 연구 - 1930~1940년대 시를 중심으로」, 성균관대학교 박사학위논문, 2004.

정지은, 「나태주 초기 시의 리듬 양상 연구」, 동국대학교 석사학위논문, 2017.

서기룡, 「나태주 시 연구」, 한국교원대학교 석사학위논문, 2019.

3) 학술 논문 및 평론

강민규, 「시 읽기에서 해석어휘의 활용에 관한 연구」, 『문학교육학』 43, 한국문학 교육학회, 2014.

구모룡, 「한국근대시와 불교적 상상력의 양면성」, 『한국시학연구』 제9집, 한국시학회, 2003.

고명수, 「시인의 운명」, 『현대시』 1998년 9월호.

고봉준, 「서정시 이론의 성찰과 모색」, 『한국시학연구』 제20호, 한국시학회, 2007.

권혁웅, 「한국 현대시의 운율 연구」, 『어문논집』 57집, 민족어문학회, 2008.

김강태, 「남도정신과 뻘의 정신」, 『현대시』 1997년 9월호.

김선태, 「송수권 시의 가락 연구」, 『현대문학이론연구』 제39집, 현대문학이론학회, 2009.

_____, 「송수권의 시론(詩論) 정립을 위한 시론(試論) — 남도 3대 정신을 중심으로」, 『한국현대문학이론연구』 67권, 현대문학이론학회, 2016.

김성재, 「한국의 소리 커뮤니케이션」, 『한국언론학보』, 48권 1호, 한국언론학회, 2004.

김수현, 「예술가의 상상력, 그 다양한 층위」, 『민족미학』 11, 민족미학회, 2012.

김완화, 「탈속의 시간과 공간을 찾아서」, 『시와정신』 2005년 가을호.

김용직, 「상상력과 언어의 특징」, 『문학사상』 1975년 2월호.

_____, 「깊고 큰 암각(岩刻) 문자군(文字群)」, 송수권 시집 『지리산 뻐꾹새』 해설, 미래사, 1991.

김용희, 「한국시의 신서정과 음식 시의 가능성」, 『시안』 2005년 봄호.

김재현, 「송수권 산문에 기대어」, 『시사영어 연구』 1985년 4월호.

김재홍, 「우주율 또는 생명의 가치화」, 『수저통에 비치는 저녁노을』 해설, 시와시학사, 1998.

김종덕, 「송수권 시와 한의 배경 연구」, 『한남대학교 어문학회』 32호, 한남대학교어문학회, 2008.

김주언, 「한국 음식시의 맥락과 가능성」, 『우리어문연구』 58집, 우리어문학회, 2017.

김준오, 「인간 탐구와 미당의 신화」, 『심상』, 한국문화예술위원회, 1978년 11월호.

_____, 「곡선의 상법과 전통시」, 『시와시학』 1991년 가을호.

김 현, 「제네바학파의 문학비평」, 『프랑스 비평사 — 근대/현대편』, 문학과지성사, 1991.

_____, 「제네바학파의 몇몇 업적들」, 『행복의 시학/제강의 꿈』, 문학과지성사, 1991.

김현자, 「한국 현대시에 나타난 '서정'의 본질과 의미」, 『한국시학회 학술대회 논문집』, 한국시학회, 2006.

김 훈, 「안으로의 울음과 밖으로의 울음」, 『서정시학』, 1996.

나태주, 「뻐꾸기 울음은 보랏빛 꾀꼬리 울음은 황금빛」, 『시와시학』 1991년 가을호.

남기혁, 「경계 너머에서 울려오는 전통의 목소리 — 송수권론」, 『유심』 2005년 봄호.

류지현, 「시인의 성찬, 꽃과 고요가 놓인」, 『서정시가 있는 문학 강의실』, 유니스타, 1998.

_____, 「송수권 시에 나타난 식물적 상상력의 미학 연구」, 『우리어문연구』 32집, 2008.

류찬열, 「1970년대 한국 현대시의 계보와 유형 연구를 위한 시론」, 『우리문학연구』 제24집, 우리문학연구, 2008.

박남수, 「한국적 한의 시」, 『문학사상』 1975년 2월호.

박상건, 「시인의 집필실 섬진강 어초장」, 『여성동아』 2002년 3월호.

박성천, 「송수권의 시에 나타난 한의 극복 의지로서의 바람의 역동성과 그 의미」, 홍영·정일근, 『송수권 시 깊이 읽기』, 나남출판, 2005.

박영호, 「노을처럼 빛나는 유장함」, 『현대시』 1999년 4월호.

박윤우, 「민족적, 삶의 곡진한 가락 혹은 서정 언어의 육화에 이르는 길」, 『시와시학』, 2003년 가을호.

박호영, 「낭만적 리얼리즘의 지평」, 『시와시학』 1991년 가을호.

배한봉, 「거침없는 가락의 힘, 그 곡즉전(曲卽全)의 삶」, 『관점 21, 게릴라』, 2001년 가을호.

_____, 「고향의 장소성과 공간 연구 — 이성선, 나태주, 송수권의 첫 시집을 중심으로」,

『비교한국학』 27, 국제비교한국학회, 2019.

성기옥, 「의성어, 의태어의 시적 위상과 기능」, 『새국어생활』 제3권 제2호, 1993.

송기한, 「서정적 주체 회복을 위하여」, 『서정시의 본질과 근대성 비판』, 최승호 편, 다운 샘, 1999.

신덕룡, 「꿈꾸기 혹은 그리움의 시학」, 『시와 사람』 1997년 겨울호.

신 진, 「소위 '전통서정시'의 정체와 기반 양식」, 『석당논총』 53호, 동아대학교 석당학 술원, 2012.

심재욱, 「한국현대시인의 자연관」, 『한국어문학연구』 10호, 이화여자대학교, 1970.

염무웅, 「5,60년대 남한 문학의 민족문학적 위치」, 『창작과비평』 1992년 가을호.

염창권, 「흔적 찾기와 되살리기」, 『비평문학』 제7집, 한국비평문학회, 1993.

오성호, 「백석 시에 나타난 음식과 그 의미」, 『배달말학회』 66호, 배달말, 2020.

오세영, 「이달의 쟁점 ─ 고전과 시적 소재」, 『문학사상』 1975년 2월호.

_____, 「색계(色界)와 무색계(無色界)를 넘어서」, 『80소년 떠돌이의 시』, 시와시학사, 2001.

_____, 「토속적 세계관과 생명존중의 시」, 『불교문예』 2004년 겨울호.

오용기, 「서정주 시와 한」, 『국어문학』 35, 국어문학회, 2000.

오태환, 「동백 민초의 하늘에서 채화한」, 『현대시학』 2003년 1월호.

윤종범, 「제네바학파의 문예비평 연구 ─ 쟝 피에르 리샤르의 문학비평」, 『상명대학교 논문』 30호, 상명대학교, 1992.

이근배, 「시의 신인을 찾아서」, 『문학사상』 1975년 2월호.

이대규, 「문학교육과 텍스트 상호성」, 『한국언어문학』 제39집, 한국언어문학회, 1997.

이사라, 「송수권 시의 기호적 독해」, 『서울산업대학논문집』 29집, 1989.

이선이, 「황토빛 서정과 내성의 시」, 『시와시학』 1996년 가을호.

이성선, 「낙조 속의 날개 울음」, 『시와시학』 1999년 여름호.

이숭원, 「한국 현대시에 나타난 식물적 상상력에 대한 연구」, 『선청어문』 18호, 서울대 학교 국어교육과, 1989.

이승하, 「시 창작에 있어 사투리 구사의 효과」, 『어문연구』 38호, 어문연구학회, 2002.

이지엽, 「카오스의 시대 구원의 시학」, 『21세기 한국의 시학』, 책만드는집, 2002.

이진영, 「송수권 시의 방법적 특성」, 『송수권 시(詩) 깊이 읽기』, 나남출판사, 2005.

이형기, 「고향, 전통 그리고 조국」, 『문학사상』 1991년 11월호.

이희중, 「서정적 연상과 시의 아름다움」, 『기억의 풍경』, 월인, 2003.

장경렬, 「인식의 전경화와 시적 소재로서의 언어」, 『시와시학』 1999년 여름호.

전정구, 「화음을 동반한 생명의 손길」, 『시와시학』 1999년 여름호.

정재민, 「한에서 솟아나는 힘의 언어」, 『육사신보』 249호, 1985. 2. 15.

정호웅, 「'산문에 기대어'에 나타난 불과 물의 역동적 상상력」, 『문학사상』 1989년 11월
호.
_____, 「불과 물의 역동적 상상력」, 『문학사상』, 1989.
_____, 「현대시에 나타난 전통적 율격의 계승」, 김대행 편, 『운율』, 문학과지성사, 1984.
조기영, 「전통적 자연관의 유형과 현대적 수용성」, 『동양고전연구』 12호, 동양고전학회,
1999.
조연정, 「송수권 시론에서 한의 의미」, 『한국문화』, 2005년 6월호.
진순애, 「남도의 비가, 그 순결의 언어」, 『서정시학』, 1996년 6월호.
천이두, 「한국적 한의 일원적 구조와 그 가치 생성의 기능에 관한 고찰」, 『한국언어문학』
27, 한국언어문학회, 1989.
_____, 「한의 구조에 대하여」, 『한국현대문학이론연구』, 현대문학이론학회, 1993.
채광석, 「설 자리, 갈 길 ─ 시를 위한 한 제언」, 『민족 문학의 흐름』, 한마당, 1987.
최동호, 「송수권의 서정시와 샤머니즘의 생명력」, 송수권 시집, 『바람에 지는 아픈 꽃잎
처럼』 작품 해설, 문학사상사, 1994.
최한선, 「황금 들녘에 피어오르는 시의 언어」, 『시안』 2001년 겨울호.
한계전, 「송수권 여승」, 『한계전의 명시 읽기』, 문학동네, 2002.
한명희, 「지리산 뻐꾹새 혹은 섬진강 어부」, 『시와 시학』 2003년 가을호.
허형만, 「사랑과 따뜻함의 시정신」, 『금호문화』 1991년 9월호.
허혜정, 「저음과 내성의 시」, 『서정시학』, 1999년 6월호.
홍신선, 「한국시의 불교적 상상력 연구」, 『한국어문학연구』 제43집, 한국어문학연구회,
2004.
홍 영, 「자연적인 삶과 생명의 아이콘」, 『시안』 2005년 봄호.
황동규, 「시(詩)의 소리」, 『사랑의 뿌리』, 문학과지성사, 1976.
황치복, 「그늘과 뻘밭의 우주율」, 『현대시학』 1999년 2월호.

4. 번역서

가스통 바슐라르(정영란 역), 『공기와 꿈』, 민음사, 1995.
_____(곽광수 역), 『공간의 시학』, 동문선, 1996.
_____(이가림 역), 『물과 꿈』, 문예출판사, 1996.
_____(김웅권 역), 『몽상의 시학』, 동문선, 2007.
노드롭 프라이(임철규 역), 『비평의 해부』, 한길사, 2000.
노르버그-슐츠·크리스티안(민경호 역), 『장소의 혼 : 건축현상학을 위하여』, 태림사,
1996.

노　자(오강남 역), 『도덕경』, 현암사, 1998.

＿＿＿＿(이강수 역), 『노자』, 길, 2007.

다이앤 애커먼(백영미 역), 『감각의 박물학』, 작가정신, 2004.

데이비드 로비(송창섭·임옥희 외 공역), 『현대문학이론』, 한신문화사, 1995.

디이터 람핑(장영태 역), 『서정시 : 이론과 역사』, 문학과지성사, 1994.

레비스트로스(박옥줄 역), 『슬픈 열대』, 한길사, 1998.

로널드 르블랑(조주관 역), 『음식과 성 : 도스토예프스키와 톨스토이』, 그린비, 2015.

스탠리 돕슨 외 공저(노성호 외), 『생태학』, 아카데미 서적, 2002.

아놀드 하우저(백낙청·염무웅 역), 『문학과 예술의 사회사4』, 창비, 2016.

아도르노(홍승역 역), 『미학이론』, 문학과지성사, 1984.

아리스토텔레스(천병희 역), 『시학』, 문예출판사, 2002.

알라이다 아스만(변학수·채연수 역), 『기억의 공간』, 그린비, 2011.

알렉산드로 포르텔리(윤택림 역), 『구술사, 기억으로 쓰는 역사』, 아르케, 2010.

알베르트 수스만(서유경 역), 『12감각』, 푸른씨앗, 2016.

애드워드 랠프(김덕현·김현주·심승희 역), 『장소와 장소상실』, 논형, 2005.

앤드루 돕슨(정용화 역), 『녹색 정치사상』, 민음사, 1993.

에이 아이 리차즈(이선주 역), 『문학비평의 원리』, 동인, 2005.

에른스트 피셔(김성기 역), 『예술이란 무엇인가』, 돌베개, 1984.

에밀 슈타이거(이유영·오현일 역), 『시학의 근본 개념』, 삼중당, 1978.

엘리자베스 그로츠(임옥희 역), 『뫼비우스 띠로서 몸』, 여이연, 2001.

옥타비오 파스(김홍근·김은중 역), 『활과 리라』, 솔, 1998.

이푸 투안(구동희·심승희 역), 『공간과 장소』, 대윤, 1992.

자크 라캉(권택영 엮음), 『욕망이론』, 문예출판사, 2014.

장 라플랑슈(임지수 역), 『정신분석 사전』, 열린책들, 2005.

제레미 다이아몬드(김진준 역), 『총, 균, 쇠』, 문학사상사, 2017.

지그문트 프로이트(김석희 역), 『문명 속의 불만』, 열린책들, 2003.

폴 리쾨르(김한식·이경래 역), 『시간과 이야기 1』, 문학과지성사 1999.

피에르 쌍소(김주경 역), 『느리게 산다는 것의 의미』, 동문선, 2002.